ro
ro
ro

Deanna Lee

Galerie der Leidenschaften

Erotischer Roman

Deutsch von
Elsie Meerbusch

Rowohlt Taschenbuch Verlag

Die Originalausgabe erschien 2006
unter dem Titel «Undressing Mercy»
bei Aphrodisia Books/Kensington Publishing Corp., New York

Deutsche Erstausgabe
Veröffentlicht im Rowohlt Taschenbuch Verlag,
Reinbek bei Hamburg, Juli 2007
Copyright © 2007 by Rowohlt Verlag GmbH,
Reinbek bei Hamburg
«Undressing Mercy» Copyright © 2006 by Deanna Lee
Redaktion Meike Wolff
Umschlaggestaltung any.way, Andreas Pufal
(Foto: mauritius images/SuperStock)
Satz Sabon PostScript (PageOne)
bei Dörlemann Satz, Lemförde
Druck und Bindung Druckerei C.H. Beck, Nördlingen
Printed in Germany
ISBN 978 3 499 24512 1

Für meinen Mann,
den geduldigsten Menschen der Welt.

Für meine Mutter,
die mir eine Schreibmaschine schenkte, als ich ihr
von meinem Wunsch erzählte, Schriftstellerin zu
werden.

Für meine Schwester,
die meine Texte auch gelesen hat, wenn sie schlecht
waren, und die immer Nachschub wollte.

Für meine beste Freundin Amy,
die mich stets unterstützt und für mich eine Quelle
der Inspiration darstellt.

Mein Dank gilt meiner Agentin Jess, die mich
entdeckt und mir geholfen hat, meinen Traum zu
verwirklichen.

1

Ich war nun seit etwa acht Monaten bei Frau Dr. Lesley Price in Therapie; sie wusste mehr über mich als sonst jemand auf der Welt, und das nahm ich ihr übel. Sie wusste, was mich nachts wach hielt und welche Kraft es mich kostete, trotzdem eine gewisse Gelassenheit zu bewahren. Dieses Wissen, das sie über mich hatte, würde zu meiner Heilung beitragen, und allein aus diesem Grund versuchte ich, meine Verärgerung für mich zu behalten. Eine Psychotherapie soll angeblich etwas Erleichterndes haben. Ich aber fühlte mich hinterher immer gereizt und irgendwie deprimiert.

«Sie haben Ihr Ziel bald erreicht.»

Ich nickte, schlug ein Bein unter und versuchte, an der beigefarbenen Wand hinter ihrem Kopf einen Fleck zu finden, auf den ich mich konzentrieren konnte. «Ja, ich bin nah dran.»

«Und die Albträume?»

«Keine, seit März.» Ich seufzte und begegnete endlich Lesleys Blick. «Schon gut, okay, ich hatte ein paar.» Ich schüttelte stirnrunzelnd den Kopf. «Ich hätte zu einem Mann in Therapie gehen sollen.»

«Es fällt Ihnen leichter, einen Mann anzulügen?»

Ich kicherte. «Geht das nicht allen Frauen so? Hören Sie mal, wie oft haben Sie einem Mann gesagt, dass Größe keine Rolle spielt?»

Lesley spitzte einen Moment lang die Lippen und schüttelte dann den Kopf, was ihre braunen Locken zum Tanzen brachte. «Okay. Aber wir sind vom Thema abgekommen.»

«Sie sind abgeschweift, nicht ich.» Ich verschränkte die Arme vor der Brust. «Ich kann nachts immer noch nicht schlafen, und wenn ich mir das nicht ausdrücklich verboten hätte, würde ich ständig Türen und Fenster kontrollieren. Also liege ich jetzt stattdessen wach im Bett und denke darüber nach, dass ich eigentlich nachschauen müsste, ob die verdammten Fenster und die Scheißtür geschlossen sind.»

«Er ist nicht hier in Boston.»

«Nein, das stimmt.» Ich sah mich im Raum um und betrachtete die eleganten Ledersitzmöbel, bevor ich es mir wieder im Sessel bequem machte. Man hätte meinen sollen, dass Ledersessel eine förmliche Atmosphäre erzeugen, doch ich empfand den Raum im Gegenteil als beruhigend und gemütlich. Sonderbar. Ich hätte mir nie vorstellen können, dass ich mich im Sprechzimmer einer Psychotherapeutin wohl fühlen könnte.

«Was macht der Sex?» Jetzt war sie wirklich gnadenlos. Aber das hatte ich wohl verdient.

«Weit und breit kein Schwanz in Sicht, egal welcher Größe.» Schulterzuckend sah ich auf meine Hände hinunter. «Es scheint einfach keine Männer zu geben, die für mich sexuell interessant sind.»

«Sie wollen wohl sagen, es scheint keine Männer zu geben, die sich im Bett von Ihnen dominieren lassen; also fangen Sie gar nicht erst an.»

Ich zuckte die Schultern und hätte dann beinahe losgekichert, weil ich mir vorstellte, wie ich wohl in schwarzem Leder mit einer Peitsche in der Hand aussehen würde. «Na ja, die Vorstellung hat was.»

«Etwas mehr Respekt bitte, Mercy.» Ich sah auf und

begegnete ihrem strengen Blick. Ihr Gesicht war genauso ernst wie eben ihr Tonfall.

«Okay, schwache Männer turnen mich ab. Starke Männer …» Ich holte tief Luft.

«Machen Ihnen Angst.»

«Nein, ich habe Ihnen schon gesagt, dass ich keine Angst vor Männern oder Sex habe. Ich habe Angst vor Jeff King, und zwar eine solche Heidenangst, wie ich es nie für möglich gehalten hätte.»

«Wie beurteilen Sie diese Angst?»

Ich stand auf und marschierte durchs Zimmer. «Warum haben Sie eigentlich keine Couch?»

Lesley lachte. Ich mochte es, wie sie lachte, unverkrampft und trotzdem stark, und das beruhigte mich. «Wäre eine Couch nicht ziemlich altmodisch? Mir ist es lieber, wenn Sie mir gegenübersitzen.»

Ich warf einen Blick auf das elegante Sitzmöbel mit verstellbarer Rückenlehne, aus dem ich mich gerade erhoben hatte. «Ich habe keine Angst vor Sex.»

«Ich glaube Ihnen, dass Sie das glauben.»

Ich hasse Psychogequatsche. Stirnrunzelnd sah ich aus dem Fenster. «Wann haben Sie sich eigentlich den neuen Jaguar gekauft? Freut mich ja, dass mein Geld einem so guten Zweck zufließt.»

«Letzten Monat.» Sie räusperte sich. «Setzen Sie sich, Mercy.»

Ich ging zum Sessel zurück und setzte mich. «Ich habe heute Nachmittag eine wichtige Besprechung.»

«Ja, das sagten Sie vorhin schon. Ist diese Besprechung wichtig für Ihre Laufbahn in der Galerie?»

«Ich glaube schon. Der Aufsichtsrat dürfte kaum einen Grund finden, meinen Vertrag für nächstes Jahr nicht zu erneuern.»

«Das ist Ihnen wichtig.»

«Erfolg ist jedem wichtig.» Ich holte tief Luft; ich hatte hart und wütend gesprochen. Der nächste Satz klang dann wieder mehr nach mir selbst. «Mir ist noch nie jemand begegnet, der sich über einen Misserfolg gefreut hätte.»

«Macht Ihr Chef Ihnen noch immer zu schaffen?»

«Er ist frustriert, das merke ich genau. Ich verstehe ja, dass er seine Stelle in der Galerie nicht verlieren will. Aber ganz unabhängig davon, wie es mit mir weitergeht, er ist jedenfalls so oder so nächsten August weg vom Fenster.»

«Sie genießen es, ihn zappeln zu sehen.»

Ich zuckte innerlich zusammen und verzog dann das Gesicht. «Er benutzt seine Macht, um Frauen zu manipulieren.»

«Sie würden ihn gerne dafür bestrafen, dass er zu wenig Achtung vor Frauen hat.»

Ja, zum Teufel, ich hätte ihn wirklich gerne abgestraft. «Kann sein.»

«Betrachten Sie ihn als jemanden, der Ähnlichkeit mit Ihrem Vergewaltiger hat?»

«Nein. Er ist überhaupt nicht mit Jeff King zu vergleichen. Milton Storey ist ein Kleingeist, der sich nicht auf neue Anforderungen einstellen kann. Bisher hat er sich durch seinen Status und die Beziehungen, die er durch seine Heirat erworben hat, in seiner Position bei Holman halten können. Das reicht nun aber nicht mehr, und jetzt klammert er sich mit aller Gewalt an seinem Stuhl fest.»

«Gibt es in Ihrem Leben irgendwelche Männer, denen Sie vertrauen, Mercy?»

Ich vertraue Martin.

«Ja.» Lesley seufzte. «Aber Martin Colwell ist in New York. Er gehört der Vergangenheit an. Und das wissen Sie.»

«Okay, na gut. In letzter Zeit hab ich's nicht so mit dem Vertrauen.» Ich blickte auf, und sie notierte etwas auf einem Schreibblock. Genau das konnte ich überhaupt nicht ausstehen, weil ich nie wusste, ob sie gerade ihren Einkaufszettel schrieb oder mir ein psychologisches Profil attestierte, mit dem ich unversehens in der nächsten Psychiatrie landen würde. Der Therapiestundenwecker gongte leise. Ich schoss aus dem Sessel hoch. «Bis zum nächsten Mal also.»

«Mercy.»

Ich setzte mich wieder und biss die Zähne zusammen. «Ja?»

Lesley streckte die Hand aus, nahm den Wecker vom Schreibtisch und steckte ihn in eine Schreibtischschublade. «Sehen wir einmal vom beruflichen Stress ab. Wenn Sie psychische Fortschritte machen wollen, kommen Sie nicht darum herum, sich Ihren persönlichen Themen zuzuwenden.»

«Ich bin hier, weil ich mich meinen persönlichen Themen zuwenden möchte.»

«Ja.» Sie nickte. «Aber jedes Mal, wenn es so aussieht, als würden wir ein Stück weiterkommen, zucken Sie zurück.»

«Ich gebe mir ja Mühe.»

«Ich möchte, dass Sie über Sex nachdenken, Mercy. Denken Sie darüber nach, welchen Platz die Sexualität in Ihrem Leben einnimmt. Schreiben Sie auf, wie ein normales Liebesleben für Sie aussehen würde. Erzählen Sie mir, was Sie vor Ihrer Vergewaltigung am Sex mochten. Mochten Sie es, wenn Sie hart rangenommen wurden?»

Ich wurde vor Scham und Empörung rot. «Gewaltsamer Sex? Wie kommen Sie denn auf so was? Das wäre mir doch im Traum nicht eingefallen.»

11

«Hart rangenommen werden ist etwas ganz anderes als eine Vergewaltigung.»

«Sicher.»

«Beim Sex können Wünsche erwachen, die vollkommen normal sind, wenn es zwischen Erwachsenen geschieht und beide einverstanden sind.»

«Vielleicht.» Ich wollte nicht darüber reden. Ich stand auf. «Ich muss jetzt los.»

«Machen Sie Ihre Hausaufgaben.»

Ich nickte. «Einverstanden.»

Als ich zwanzig Minuten darauf in die Kunstgalerie trat, spürte ich, wie ein Teil meiner Vergangenheit von mir abglitt. Meine Arbeit in der Holman Gallery war für mich auf eine ganz neue und eigene Art befriedigend. Ich war ausgefüllt und brauchte keinen Mann in meinem Leben.

Im Obergeschoss der Galerie traf ich meine Assistentin Jane Tilwell, die mich vor meinem Büro erwartete. Sie trug einen Hosenanzug von Armani, der ihre beneidenswert schlanke, sportliche Figur phantastisch zur Geltung brachte. Ihr honigblondes Haar war kurz geschnitten, und ich mochte die stachelige Kurzhaarfrisur. Sie wirkte damit modisch und schwungvoll. Und das passte vermutlich genau zu dem Image, das sie sich geben wollte. Ich mochte Jane wirklich ausgesprochen gern.

Gleich, als ich in der Holman Gallery anfing, war mir aufgefallen, dass Jane Tilwell in ihrer jetzigen Position unterfordert war und zur stellvertretenden Galeriechefin befördert werden sollte. Falls alles so lief wie erhofft und ich wirklich Galeriedirektorin wurde, würde ich da sofort tätig werden. Sie lächelte mich offen und freundlich an, wie es ihre Art war.

«Was gibt es?», fragte ich, blieb vor ihr stehen und warf einen Blick in mein Büro.

«Mr. Storey möchte vor der Verhandlung über den Montgomery-Vertrag noch gerne mit dir reden.» Sie reichte mir die Mappe mit dem Vertrag für Shamus Montgomery.

«Wo ist Milton denn?», fragte ich und sah auf die Uhr. Offen gestanden war ein weiteres Gespräch mit Milton Storey über den Montgomery-Vertrag so ziemlich das Letzte, was ich wollte.

«Mr. Storey befindet sich schon im Konferenzsaal.» Sie zeigte mit einer Kopfbewegung in Richtung unseres großen Konferenzraums, der auf der anderen Seite des Gebäudes lag.

Ich musterte sie kopfschüttelnd. «Du siehst in diesem Anzug wirklich verboten gut aus.»

«Ich hab ihn im Ausverkauf gekriegt.» Sie lächelte mit der selbstgefälligen Miene einer Frau, die ein echtes Schnäppchen gemacht hat.

«Du hast einen Armani-Anzug im Ausverkauf gekriegt und mich nicht angerufen?» Ich sah sie einen Moment lang empört an. «Für so was kann man gefeuert werden.»

Jane lachte, während ich in mein Büro ging, meine Handtasche in eine Schreibtischschublade legte und meinen Organizer herausnahm. Die wichtige Besprechung mit Shamus Montgomery war an diesem Tag mein letzter Termin; sonderbarerweise hob das meine Laune aber auch nicht. Ich hatte das zweitgrößte Bürozimmer im zweiten Stock der Kunstgalerie, doch eine gewisse Ähnlichkeit mit einem Goldfischglas war ihm nicht abzusprechen. Eine einzige große Glasscheibe trennte es vom Großraumbüro ab. Der Architekt, der das Galeriegebäude geplant hatte, hatte ein Faible für Glas, Metall und modernes Design gehabt. Ich hasste ihn. Für eine richtige Wand hätte ich glatt meine beste Tasche von Gucci hergegeben.

Das Zimmer war mattweiß gestrichen, und die Möbel schienen mit dem Raum zu verschmelzen. Auf den ersten Blick konnte ein Besucher sie für eine organische Fortsetzung des Teppichs halten. Mir war das unheimlich. Das Großraumbüro war genauso gestaltet: Einem metallgrauen Teppich entwuchs massenhaft Zeugs aus Glas und Stahl, als wäre dort ein Metallgarten angelegt.

Ich nahm die Mappe mit Montgomerys Vertrag und einen Stift mit. Wenn ich die Konfrontation mit Milton hinausschob, half das niemandem und verzögerte höchstens noch den Vertragsabschluss. Als ich aus dem Büro kam und das Großraumbüro durchschritt, wurde es plötzlich still in dieser Arena. In der Galerie hatte ich Freunde und Feinde. Milton Storey war nun seit beinahe fünfzehn Jahren Direktor, und die Entscheidung des Vorstands, mich ins Spiel zu bringen, hatte hier und da für böses Blut gesorgt. Ich wusste, dass ich, falls ich im August selbst Direktorin wurde, vermutlich ein paar Positionen neu besetzen müsste.

Als ich den Konferenzsaal betrat, sprach Milton Storey gerade in sein Handy. Ich setzte mich mehrere Stühle von ihm entfernt und warf die Mappe vor mich auf den Tisch. Ich arbeitete erst seit einem halben Jahr in der Galerie. In dieser Zeit hatte ich das Haus so ziemlich umgekrempelt. Milton hatte die meisten Veränderungen schweigend hingenommen, doch er hatte auch gelernt, wann es sich lohnte, einen Kampf zu führen.

Er beendete sein Gespräch abrupt und wandte sich mir zu. Sein Gesicht wirkte ruhig, doch seine Augen verrieten Zorn und außerdem Angst, was ich leider nicht übersehen konnte. Milton Storey wurde aus einer Position verdrängt, an der er hing. Dann legte er los: «Dieser Vertrag mit Montgomery ist ein Fehler.»

«James Brooks legt Wert darauf, dass der Vertrag mit

Shamus Montgomery zustande kommt. Er hat mehr als deutlich gemacht, dass er ein beträchtliches persönliches Interesse an einem erfolgreichen Abschluss hat.» Brooks hatte mir sogar gesagt, dass der Verlust von Montgomery meiner Karriere schaden könnte. «Mir ist klar, dass Sie sich für diesen Künstler von sich aus niemals engagiert hätten, aber wir wissen beide, dass der Vorstand Pläne für diese Galerie hat, die Sie persönlich strikt ablehnen.»

«Noch haben Sie meinen Posten nicht.» Sein Gesicht war zornrot, aber was mich erschreckte, war die Kälte in seinen Augen.

«Was hassen Sie eigentlich am meisten an mir?», gab ich zurück. «Mein Geschlecht, mein Alter oder die Tatsache, dass der Vorstand Sie inzwischen nicht mehr für die Person hält, die weiß, was das Beste für die Galerie ist?»

«Sie *selbst* sind mir unsympathisch, Ms. Rothell. Ihr Alter und Geschlecht ist mir völlig egal», blaffte er mich an und ließ sich dann in seinen Stuhl zurückfallen. Soweit mir bewusst war, hatte er damit zum ersten Mal seine persönliche Abneigung gegen mich zugegeben.

«Man hat mich in die Holman Gallery geholt, damit ich genau solche Projekte wie dieses hier durchführe.»

«Sie richten eine Galerie zugrunde, die ich in jahrelanger Arbeit aufgebaut habe. Sie haben zahlreiche vulgäre Machwerke hier hereingeholt, die unsere Klientel vertreibt.»

«In den sechs Monaten, seit ich die Sammlung betreue, haben unsere Einnahmen sich verdoppelt.»

«Geld, das durch kaum verhüllte Pornographie verdient wurde.»

«Sollten Sie ein Problem damit haben, wie der Laden hier läuft, wenden Sie sich bitte an den Vorstand.»

Ich sah, wie sein Gesicht zornrot anlief, doch er schwieg. Seit dem Tag, an dem ich meine offen gesagt etwas unterbelichtete junge Vorgängerin in der Position der stellvertretenden Galeriedirektorin abgelöst hatte, war es die Nummer eins auf seiner Agenda gewesen, mich zu demontieren.

Doch seine Intrigen machten mir keine Angst. Ich wusste, was der Vorstand wollte, und lieferte es in Hülle und Fülle. Die Tür ging auf, und als Jane Shamus Montgomery hereinführte, setzten wir beide ein Lächeln auf.

Auf meine erste Begegnung mit Shamus Montgomery hatte ich mich drei Tage lang vorbereitet. Doch als ich ihm dann zum ersten Mal persönlich gegenüberstand, wusste ich sofort, dass ich bei weitem nicht gut genug vorbereitet war. Meine Großmutter hatte einmal gesagt, Männer seien wie Wein. Das stimmt. Manche sind herb und schwer zu schlucken, andere dagegen liegen einem so voll und süß auf der Zunge, dass es den ganzen Körper von Kopf bis Fuß durchschauert.

Ich fragte mich, zu welcher Sorte dieser Mann wohl gehören würde.

Der für seine leidenschaftlichen erotischen Skulpturen berühmte Shamus Montgomery gab mir, attraktiv wie er war, plötzlich das Gefühl, dass mir ein Mann im Bett fehlte – und er zog mich mit Blicken geradezu aus. Ich starrte zurück und begutachtete ihn ebenso unverfroren.

Tiefbraune Haut. Augen, die so dunkel waren, dass man sie fast schwarz nennen konnte. Und ausgeprägte, wie gemeißelt wirkende Gesichtszüge, um die jedes Model ihn beneidet hätte. Er trug den typischen kurzen Haarschnitt vieler schwarzer Männer. Und die ganz leicht schräg stehenden Augen riefen seine chinesische Großmutter in Erinnerung.

Ich wusste viel über den Künstler Shamus Montgomery. Doch kaum hatte ich ihn zum ersten Mal gesehen, war mir klar, dass ich auch mehr über ihn als Mann wissen wollte. Es gab keinen Zweifel, dass er mich scharfmachte. Meine körperliche Reaktion überraschte mich. Es war lange her, seit ein Mann zum letzten Mal mein sexuelles Interesse erregt hatte.

Ich stand auf und reichte ihm die Hand. Als sie in der seinen verschwand, hielt ich einen Moment lang den Atem an. *Warm, schwielig* und *stark*, dachte ich gleich beim ersten Händedruck. «Freut mich sehr, Mr. Montgomery. Holman weiß die Ehre zu schätzen, die Galerie der Wahl für Ihre nächste Ausstellung zu sein.»

Da, zwei volle Sätze. Ich entzog ihm meine Hand und bezwang das überwältigende Verlangen, über den Konferenztisch zu krabbeln und mich auf seinen Schoß zu kuscheln. Ich setzte mich. Ich nutzte die Zeit, in der Milton den Künstler begrüßte, um wieder zu mir zu kommen. Shamus hatte mich sexuell so angeturnt, dass ich einen Moment lang völlig durcheinander gewesen war.

«Ich bin Ihretwegen hier, Ms. Rothell. Ihnen eilt ein großer Ruf voraus.»

Die Röte stieg mir ins Gesicht, und das nervte mich total. Rot werden gehörte nicht zum Image der smarten, modernen Frau. Ich hatte mehr als zwei Jahre darauf verwandt, mich wieder aufzubauen. Psychotherapie, Selbstverteidigungskurse und meine Entschlossenheit hatten mir geholfen, mir einen Platz in der Welt zu schaffen, an dem ich mich sicher fühlen konnte, weil ich alles unter Kontrolle hatte.

Ich lehnte mich im Stuhl zurück, und Shamus Montgomery entschied sich für den Platz unmittelbar mir gegenüber. Er war groß, mindestens einsneunzig, und er bewegte sich so geschmeidig wie eine große Raubkatze. Er setzte sich und sah dann ausschließlich mich an, als wäre ich allein mit ihm im Raum. Diese Art männlicher Aufmerksamkeit hatte ich früher immer sehr genossen, doch jetzt machte sie mich befangen. Mein Gott, der Mann war einfach atemberaubend.

Ich wartete, bis er saß, bevor ich etwas sagte. «Sie haben gesagt, dass Sie zweiundzwanzig bereits fertiggestellte Objekte ausstellen wollen.»

«Ja, aber ich zeige immer dreiundzwanzig Werke. Und mein Publikum erwartet das von mir.» Er neigte den Kopf und sah mir aufmerksam ins Gesicht. «Für die abschließende Arbeit brauche ich die richtige Frau.»

«Die Galerie wird Ihnen dabei behilflich sein, ein Modell zu finden.» Ich zog den Vertrag aus der Mappe und legte ihn vor mich. *Die richtige Frau.* Ich unterdrückte ein Stirnrunzeln. Hatte ich diesem wahnsinnig attraktiven Mann gerade die richtige Frau versprochen?

«Ich habe mich schon für ein Modell entschieden.»

Er hat schon die richtige Frau gefunden, dachte ich. *Die Glückliche.* Sobald ich herausgefunden hatte, wer sie war, würde ich sie wahrscheinlich innigst hassen. «Gut. Ich habe die von Ihrem Anwalt gewünschten Vertragsänderungen vorgenommen und die bereits vereinbarten Änderungen wieder mit eingeschlossen. Ich muss jedoch gestehen, dass dem Vorstand Ihre Vertrauensbruchklausel nur mit Mühe schmackhaft zu machen war.»

«Ich überlasse meine Arbeiten nicht gerne Menschen, denen ich nicht vertrauen kann. Falls ich mit der Holman Gallery keine unangenehmen Überraschungen erlebe, wird mein Werk selbstverständlich in Ihren kompetenten Händen bleiben.» Er hielt inne, sah mir aufmerksam ins Gesicht und fragte leise: «Wollen Sie nicht wissen, wer für mich Modell sitzen wird?»

Ich zwang mich, seinem Blick zu begegnen, und

schwelgte im Anblick dieser dunkelbraunen Augen und dichten dunklen Wimpern. In seinen Augen und auf den leicht nach oben gebogenen festen Lippen lag Humor. Wieder verspürte ich ein heftiges Verlangen, Duft und Geschmack dieses Mannes zu erkunden. Ich ließ den Blick über seine ausgeprägten, kantigen Gesichtszüge wandern. Der Mann mir gegenüber sah aus wie ein gefallener Engel. Ein zutiefst anzüglicher, reizvoller gefallener Engel.

Sein Lächeln erwidernd, blickte ich nachdrücklich auf den Vertrag, bevor ich antwortete. «Die Galerie wird das von Ihnen für Ihre letzte Arbeit gewünschte Modell besorgen.» Ich schob den Vertrag zusammen mit dem Stift über den Tisch.

Milton Storey stöhnte auf, als Shamus den Stift ergriff und den Vertrag mit einem energischen Schriftzug unterzeichnete. Er schob mir die Seiten über den Tisch zurück, ließ sie aber nicht los, als ich danach griff. «Ich erwarte Sie dann um achtzehn Uhr.»

Ohne Miltons geschocktes Aufkeuchen zu beachten, sah ich auf und begegnete seinem Blick

Ich gaffte ihn mit offenem Mund an. «Verzeihung?»

«Sie werden mir für mein letztes Projekt Modell sitzen, Ms. Rothell.» Ich unterzeichnete die beiden Ausfertigungen des Vertrags, und er stand auf. «Sie wissen, wo mein Atelier liegt?»

Ich nickte vollkommen verwirrt. Mit überraschend ruhigen Händen reichte ich ihm seine Vertragskopie und lehnte mich dann im Stuhl zurück. Überrumpelt wie ich war, empfand ich sogar einen gewissen Stolz darüber, dass ich nicht vergessen hatte, die Verträge zu unterzeichnen und ihm seine Ausfertigung auszuhändigen. Ich sah zu, wie er den Vertrag faltete und in die Innentasche seines Jacketts steckte.

Nachdem er noch ein paar Worte mit Milton gewechselt hatte, ging der verdammte Typ hinaus und ließ mich mit dem Vertrag zurück.

Bemüht, nicht zu zittern, legte ich das Dokument wieder in die Mappe, auf der Shamus Montgomerys Name prangte, und stand auf. «Ich muss die Papiere abheften.»

Ohne Milton noch eines Blickes zu würdigen, verließ ich den Raum und eilte in mein Büro.

Dort stieß ich auf Jane. Sie sprang lächelnd von meinem Schreibtisch auf. «Ich habe alle E-Mails in deinem Anfragenordner beantwortet. Morgen Vormittag hast du vier Termine, und ich habe den Flug für Ms. Carol Banks fest gebucht. Sie wird wie geplant Freitag hier eintreffen.» Jane stellte sich vor mich und sah mich aufmerksam an. «Und?»

Ich nickte. «Er hat unterschrieben.»

«Heiliger Strohsack, Mercy! Wie cool!» Sie nahm die Mappe aus meiner fast gefühllosen Hand. «Was ist los?»

Ich schluckte kräftig und schüttelte den Kopf. «Du wirst es nicht glauben.»

«Komm schon, raus mit der Sprache.»

«Shamus Montgomery möchte, dass ich ihm für sein letztes Ausstellungsobjekt Modell sitze.»

«O Gott!»

Ja, allerdings. O Gott. Der verdammte Kerl hatte den Vertrag erst nach meiner Zusicherung unterschrieben, dass die Galerie ihm das gewünschte Modell zur Verfügung stellen würde. Damit hatte er mich wirklich in eine ausweglose Situation manövriert. Ausweglos und gleichzeitig faszinierend. Ich war erregt und verängstigt zugleich. Ich konnte nicht abstreiten, dass ich Shamus Montgomery wahnsinnig attraktiv fand.

«Mercy, das ist doch total klasse.»

Ich drehte mich um und starrte sie wütend an. «Und was, Jane, soll daran bitte total klasse sein?»

«Komm schon! Dieser tolle Typ möchte, dass du dich nackt ausziehst, damit er nach deinem Vorbild eine Skulptur erschaffen kann. Was zum Teufel könnte denn besser sein?»

Ich war dreißig Pfund über meinem Idealgewicht und kämpfte mit Größe 40. Ich hatte nie zu den Frauen gehört, die ständig Diät machen; dennoch wäre ich gern ein bisschen schlanker gewesen. Außerdem hatte ich nicht die geringste Lust, für einen Künstler zu strippen. Ich schüttelte leise den Kopf, merkte dann aber, dass Jane mich kritisch musterte. Sie ging stirnrunzelnd zur Bürotür und machte sie zu.

Dann drehte sie sich um und sah mich energisch und aufmunternd an. «Mercy, du bist eine wirklich schöne Frau.»

«Danke, Jane.» Ich hielt mich nicht für unattraktiv und konnte Jane nicht erklären, was ich wirklich dachte.

«Du hast ein wunderschönes Gesicht und einen tollen, erotischen Körper.» Mit ausgestreckten Armen zeichnete sie ihre eigene straffe, schlanke Figur nach. «Ich seh doch fast aus wie ein Junge.»

Lachend schüttelte ich den Kopf und setzte mich hinter meinen Schreibtisch. «So einen Jungen hab ich wirklich noch nie gesehen.»

Jane lehnte sich gegen meinen Schreibtisch. «Schau mal, jemand wie Shamus Montgomery liegt bei so was niemals verkehrt. Er will *dich* als Modell, Mercy. Nicht mich und nicht Miss Johnson mit ihren falschen Titten da draußen.»

Ich blickte durch die Scheibe ins Großraumbüro, wo Sarah Johnson arbeitete. «Du meinst, die sind aus Silikon?»

«Aber natürlich. Was denn sonst?» Jane schnaubte. «Ich hab mir schon überlegt, dass ich sie beim Umweltschutzamt anzeigen müsste.»

«Wieso denn das?»

Jane zuckte die Schultern. «Die Frau ist garantiert nicht mehr biologisch abbaubar.»

Ich lachte und sah mir Sarah noch einmal an. Milton hielt an ihrem Schreibtisch Hof. In meinen Augen war Milton ein grauenhafter Langweiler, aber mir war vollkommen klar, warum Sarah Interesse heuchelte. Sie glaubte, dass er ihr in der Kunstwelt weiterhelfen konnte. Auch wenn klar war, dass seine Tage bei der Holmann Gallery gezählt waren, verfügte Milton Storey doch noch über Einfluss.

Milton hörte auf, vor Fräulein Umweltgefahr zu balzen, und näherte sich meinem Büro. «Am besten machst du dich jetzt dünn», legte ich Jane nahe. «Sonst fragt er dich mal wieder, warum du noch immer nicht mit seinem Junior ausgegangen bist.»

Jane verzog das Gesicht und schoss an Milton vorbei nach draußen, als dieser gerade in mein Büro trat. Ihr plötzlicher Abgang verwirrte ihn einen Moment lang, und sein Blick zuckte mehrmals von ihrer aufregenden Figur zu mir und wieder zurück, bevor er sich auf mein Gesicht heftete.

«Was kann ich für Sie tun, Milton?»

«Ich habe gerade Sarah von dem Vertrag mit Shamus Montgomery erzählt. Sie wäre bereit, an Ihrer Stelle Modell zu sitzen.» Milton steckte die Hände in die Hosentaschen und legte den Kopf schief. «Sie ist jung und schlank.»

Jung, schlank und aus Silikon. Ein einziger Blick auf Sarah, und ich wusste genau, was in ihrem Kopf vorging.

Ich würde niemals zulassen, dass sie in ihrem Evaskostüm aus der Änderungsschneiderei eines Schönheitschirurgen für Shamus Montgomery posierte. Auch wenn ich noch daran zweifelte, dass ich wirklich für ihn Modell sitzen wollte, so war mir doch vollkommen klar, dass ich sie auf keinen Fall in dieser Rolle dulden würde. «Mr. Montgomery hat seine Wahl getroffen. Und ich habe ihm versprochen, dass die Galerie ihm das gewünschte Modell zur Verfügung stellt.» Ich lehnte mich in meinem Bürosessel zurück und genoss es, Milton zappeln zu sehen.

Schließlich blickte er zu Sarah hinüber und zuckte die Schultern.

Miss Tolle Titten starrte mich wütend an und beugte sich wieder über ihre Arbeit.

Mein Telefon läutete. Milton schlenderte aus meinem Büro und ließ dabei die Tür hinter sich offen, was ich hasste wie die Pest. Als ich den Hörer abnahm, stand Jane schon da und machte lautlos zu. Sie würde mir fehlen, wenn ich ins Gefängnis kam, weil ich Milton ermordet hatte.

«Hallo?»

«Ms. Rothell.»

Shamus Montgomery. Seine Stimme klang sanft und kultiviert, aber dennoch weckte sie etwas unsagbar Wildes in mir. Ich wollte ihn wegen seiner Anmaßung zurechtweisen. Aber in Wirklichkeit gefiel mir seine Arroganz so sehr, dass ich die nächste Auseinandersetzung mit ihm kaum erwarten konnte. Aber vielleicht ging es ihm ja ganz ähnlich, sonst hätte er mich nicht so schnell angerufen.

«Mr. Montgomery. Wie gut, dass Sie sich melden. Sie haben mir praktisch keine Zeit gelassen, über Ihr Angebot nachzudenken.» Nach meiner hitzigen Eröffnung schwieg er einen Moment lang.

«Das war kein Angebot.»

Seufzend sah ich auf meinen Schreibtisch hinunter und warf dann einen Blick auf Jane, die im Großraumbüro saß. Sie hielt ein Blatt Papier hoch, auf dem in großen roten Lettern SHAMUS MONTGOMERY IST EIN GOTT stand. Ich warf ihr einen wütenden Blick zu und drehte meinen Sessel dann so, dass ich weder sie noch die alberne Aufschrift sehen musste.

«Ich kann Ihnen versichern, dass es Dutzende von Frauen gibt, die mit dem größten Vergnügen für Sie nackt Modell sitzen würden. Nur gehöre ich zufällig nicht dazu.» Das war eine verdammte Lüge. Na ja, eine halbe Lüge. Die Vorstellung, mich für Shamus Montgomery auszuziehen, bereitete mir keinerlei Schwierigkeiten; nur mit dem Modellstehen konnte ich mich einfach nicht anfreunden. Ich konzentrierte mich auf meine Fingernägel und blickte finster auf die Nagelhäutchen. Die demonstrierten ausgezeichnet, wie ich mich fühlte: ramponiert.

«Ich habe das Gefühl, dass Sie einmal etwas Neues ausprobieren sollten.»

«Ich schmore nicht im eigenen Saft», blaffte ich ihn an und ärgerte mich sofort über mich selbst, da er ja gar nichts dergleichen behauptet hatte.

Sein Schweigen war beunruhigend. Ich konnte geradezu hören, wie sich die Rädchen in seinem Kopf drehten, während er darüber nachdachte, was meine heftige Reaktion über mich aussagte. Ich schloss die Augen und wartete darauf, dass er etwas sagte. Irgendetwas.

«Kommen Sie pünktlich, Mercy.»

Er legte auf. Ich schlug die Beine übereinander und versuchte, mein feuchtgewordenes Höschen und das sanfte Pulsieren meiner Klitoris nicht zu beachten. Verärgerung und Begehren lieferten sich einen Kampf in meinem Körper, und da ich weder das eine noch das andere abreagieren konnte, war ich gefrustet und gründlich verwirrt. Ich konnte mich nicht erinnern, je einem Mann begegnet zu sein, der eine derart heftige körperliche Reaktion bei mir hervorrief.

Ich drehte meinen Bürosessel herum und schaute zu Jane hinüber, die so tat, als arbeite sie an ihrem Computer. Bei einem Blick auf meinen eigenen Monitor sah ich, dass mein Instant Messenger blinkte. Ich klickte das Fenster an und fand eine Nachricht von Jane:

«Nur ein Volltrottel würde sich die Chance entgehen lassen, einen Sommer NACKT an Shamus Montgomerys Seite zu verbringen.»

«Du kannst mich mal», mailte ich zurück, und dann schaltete ich den Messenger aus.

Ich sah, dass Jane kicherte, drehte meinen Bürostuhl zum Fenster und schaute nach draußen. Sie hatte recht. Shamus Montgomery war ein attraktiver, hochtalentierter Mann, und manche Frauen reisten Tausende von Meilen, um für ihn Modell zu stehen. Ich sollte mich durch die Einladung in sein Atelier geehrt fühlen. Er war ein großartiger Künstler, und ich wusste, was er aus einer Frau herausholen konnte. Dennoch beunruhigte es mich, dass er versuchte, sich auch meiner Seele zu bemächtigen.

Mich vor einem Mann wie Shamus auszuziehen war ein viel größerer Schritt als alles, woran meine Therapeutin und ich bisher gearbeitet hatten. Der Gedanke, ausgeliefert und verletzlich zu sein, war mir unerträglich. Ich hatte mir alle Mühe gegeben, mein schreckliches Erlebnis in New York zu überwinden, aber das hieß noch lange nicht, dass ich mich nackt zur Schau stellen wollte.

Trotz all dieser Ängste und meiner Verärgerung darüber, dass er mich ausmanövriert hatte, war da eine leise sexuelle Erregung, die ganz dicht unter der Oberfläche simmerte. Mich überkam die Vorstellung, ich spürte seine Hände und er legte sich mit seinem ganzen Gewicht auf mich und schöbe unverfroren seinen Schwanz in meine Unerfülltheit. Ich ließ den Kopf sinken. «Was für ein nervenzerfetzender Albtraum.»

Nach der Arbeit eilte ich nach Hause, um Zuflucht in meiner Wohnung zu suchen. Ich lebte nun seit zwei Jahren in Boston und hatte mir in dieser Zeit ein Zuhause geschaffen, einen Ort, der ganz auf mich zugeschnitten war und mir ganz allein gehörte. Es war eine Zweizimmerwohnung mit Küche und großem Bad. Ich hatte sie modern, aber behaglich eingerichtet und alle Räume cremeweiß gestrichen. Später hatte es mich dann überkommen, und ich hatte knallbunte Kissen und Läufer gekauft und in allen Zimmern verteilt. Ich gestand mir selbst durchaus ein, dass meine Wohnung meine Zufluchtsstätte vor den Unbilden der Welt war. Schließlich hatte ich auf die harte Tour gelernt, wie grausam das Leben sein konnte.

Ich zog die Schuhe aus und stellte sie neben die Tür. Nachdem ich rasch die Post durchgegangen war und die Werbung weggeworfen hatte, nahm ich den Rest mit in die Küche und setzte mich.

Der erste Brief kam aus New York, und der Absender war mein Ex-Lover Martin. Die Beziehung zu Martin war eine der wenigen in meinem Leben, bei der die Freundschaft das Ende der sexuellen Beziehung überdauert hatte. Der Brief sah aus wie eine Hochzeitseinladung. Ich hatte recht. Mit finsterer Miene las ich die Karte und warf sie dann auf den Tisch. Mir war klar, dass ich nicht hingehen würde. Selbst für die Hochzeit eines Freundes war ich nicht imstande, mein Unbehagen zu überwinden und nach New York zu fahren.

Die Hochzeitskarte hatte mich aus der Fassung gebracht, und ich wusste auch, warum. Es war selbstsüchtig und schrecklich gemein, aber ich bedauerte, dass Martin jemanden gefunden hatte, mit dem er sein Leben teilen wollte. Wobei er das mit Sicherheit verdient hatte. Martin war der netteste Mann, der mir je über den Weg gelaufen war. Es war schrecklich selbstsüchtig von mir, aber insgeheim wäre es mir am liebsten gewesen, wenn er weiter auf Abruf für mich bereitgestanden hätte. Von mir selbst entsetzt, strich ich mir rasch mit der Hand übers Gesicht.

Ich stand auf, machte mir ein Sandwich und setzte mich damit an den Küchentisch. Dann öffnete ich meine restliche Post, und zum Schluss war nur noch ein großer brauner Umschlag aus dem Museum übrig, für das ich in New York gearbeitet hatte. Schlimmstes befürchtend, machte ich ihn auf und kippte den Inhalt auf dem Tisch aus. Ich wusste gar nicht mehr, dass ich mich mit meiner privaten Adresse in die Mailing-Liste des Museums eingetragen hatte, aber dem war offensichtlich so. Was für ein idiotischer Fehler. Die glänzenden Werbebroschüren rutschten durcheinander, als ich eine Pressemitteilung mit einem Foto Jeff Kings herausgriff. Er war befördert worden und hatte nun die Position inne, die ich vor mehr als zwei Jahren aufgegeben hatte.

Mein Gott, wie ich ihn hasste! Ob ich wohl jemals so weit kommen würde, dass ich sein Gesicht sehen konnte, ohne geradezu körperlich zu fühlen, wie seine Hände sich in mein Fleisch krallten? Fast meinte ich, sein Rasierwasser zu riechen. Es machte mich rasend, dass schon sein Foto genügte, in meinen Schutzraum einzudringen und mich zu verletzen.

Das Telefon läutete, als ich gerade den letzten Bissen

meines Sandwichs herunterwürgte. Ich stürzte mich erleichtert auf den Hörer. «Hallo?»

«Hi. Was trägst du heute Abend, wenn du zu Montgomery gehst? Hast du auch daran gedacht, dass die Dessous aufeinander abgestimmt sein müssen? Und leg doch dieses tolle Parfüm auf, das wir letzte Woche in der Mall gekauft haben, du weißt schon, das mit dem Namen dieser Sängerin.» Jane schwieg einen Moment lang. «Hey, bist du noch dran?»

«Ja. Ich ziehe mein ärmelloses blaues Kleid an und natürlich auch eine passende Unterwäschegarnitur, aber Parfüm lege ich nicht auf.»

«Ach, komm schon, Mercy!»

«Jane, ich habe nicht die Absicht, Shamus Montgomery zu verführen oder sonst irgendwie zu provozieren.»

Ich blickte mich in der Küche um und sah dann kurz auf meine Post, die noch auf dem Küchentisch lag.

«Wenn bei dir nicht bald mal was passiert, muss ich meine Mitgliedschaft beim *Penthouse-Forum* erneuern.»

Ich lachte, weil sie wie ein quengeliges Kind klang. «Warum siehst du nicht zu, dass du selbst mal wieder flachgelegt wirst? Verdammt, dann könntest du's gleich für mich mit machen.»

Jane schnaubte und seufzte dann tief auf. «Männer nerven, Mercy. Vielleicht sollte ich lieber in Schwulenbars gehen, mir einen schwulen Kumpel suchen und es mit einer Lesbe treiben. Dann könnte ich mir vorstellen, ich lebte in einer dieser sexgeladenen Fernsehserien und bräuchte mir nicht mehr den Kopf über so lästige Sachen wie die Realität zu zerbrechen.» Ich lehnte mich gegen den Küchentresen. «Wir beide wissen, dass du eindeutig auf Männer stehst, und das wird sich auch nicht ändern. Aber eine wilde Nacht mit einer Frau könnte deinen Horizont erweitern.»

Sie lachte, und ich meinte geradezu zu sehen, wie sie die Schultern zuckte. Trotz ihrer zupackenden Art und ihres Charmes war Jane in sexueller Hinsicht ziemlich konventionell, und ich bezweifelte, dass sie sich Sex mit einer Frau gestatten würde. Sie schnatterte noch ein paar Minuten auf mich ein und ermahnte mich, ein Parfüm aufzulegen, bevor wir das Gespräch beendeten. Ich schätzte Jane sehr. Freundschaft unter Frauen war für mich ein seltenes Gut, aber deswegen würde ich mich jetzt noch lange nicht mit Duft überschütten.

Ich legte auf und kehrte an den Tisch zurück. Jeff Kings gutaussehendes, grausames Gesicht blickte zu mir auf. Mit einer Grimasse des Abscheus ergriff ich das Foto und riss es mitten entzwei. Jeff King ließ mich vollkommen kalt. Das musste ich glauben. Ihn und mein Leben von damals hatte ich hinter mir zurückgelassen.

Um 16.30 Uhr zwang ich mich zum Duschen. Unter dem kühlen, massierenden Wasserstrahl versuchte ich vergeblich, einen klaren Kopf zu bekommen. Shamus Montgomery war ja tatsächlich enorm attraktiv und faszinierend, aber ich wusste auch, dass man sich auf einen derart gefährlichen Mann nicht einlassen sollte. Denn gefährlich war er, und zwar nicht weil er der Typ war, der Frauen verletzte und zerstörte, sondern weil er machte, dass ich innerlich vor Ungeduld und Leidenschaft brodelte.

Gegen die Kacheln meiner Duschkabine gelehnt, nahm ich den Massageduschkopf vom Halter. Beiläufig wusch ich mir die Seife ab und lenkte den pulsierenden Wasserstrahl dann zwischen die Beine. Das kühle Wasser rauschte über meine heiße Möse und ließ die Klitoris vor süßer, quälender Lust pulsieren. Mit dem Daumen stellte ich am

Duschkopf einen kräftigeren Strahl ein und führte ihn an meine Schamlippen. Mit vorsichtig kreisenden Bewegungen ließ ich das Wasser meine Klitoris beklopfen.

Ob Shamus wohl zu den Männern gehörte, die sich an der Lust der Frau genauso berauschen konnten wie an der eigenen Erregung? Ob er wohl geschickte, erfahrene Hände hatte, die wussten, wie man zarte Haut liebkost? Ich presste mich mit aller Kraft gegen die Wand und erschauerte unter dem über meine Klitoris rauschenden Wasserstrahl. Ich stellte mir vor, wie eine Zunge über mich glitt, in meine Möse eintauchte und meine Klitoris mit zarten Berührungen neckte. Und ich dachte an das erregende Knabbern scharfer Zähne und an feste Lippen, die mich lutschten.

Die Augen fest geschlossen. Die Beine angespannt. Ich kam. Der Orgasmus wogte durch meine Klitoris. Mein ganzer Unterleib zog sich zuckend zusammen. Doch nach der heftigen Reaktion auf das stete Rauschen des Wasserstrahls fühlte meine Möse sich nur umso leerer an. War es denn schon so lange her, seit ein Mann mich ausgefüllt hatte? Ich wollte einen Mann, und ich war nicht so dumm zu glauben, dass mir da jeder Mann recht wäre. Ich wollte Shamus. Von einem Moment der Erschöpfung überkommen, steckte ich den Duschkopf wieder auf den Halter und holte tief Luft.

Nun hatte ich mich erst einmal abreagiert. Die quälende Lust auf Sex, die ich seit meiner Begegnung mit Shamus Montgomery ständig unterdrücken musste, hatte sich verflüchtigt, doch ich fragte mich, wie lange das anhalten würde. Ich hatte das Gefühl, dass ich Shamus nicht ewig durch Selbstbefriedigung ersetzen konnte.

Ich war erst halb angezogen, als das Telefon läutete. Der Anrufbeantworter sprang an, bevor ich es zum Hörer schaffte. Ich wartete ab, bis meine Stimme vom Band dem Anrufer mitgeteilt hatte, dass ich nicht zu Hause sei. Nach dem Piepton herrschte einen Moment lang Stille. Dann legte der Anrufer mit einem leisen Knacken auf. Ich holte tief Luft und ärgerte mich über meine plötzliche Angst.

Obwohl Jeffs letzter Anruf schon beinahe vierzehn Monate zurücklag, dachte ich immer sofort als Erstes an ihn, wenn jemand auflegte, ohne auf meinen Anrufbeantworter zu sprechen. Ich ließ die Nummer des Anrufers anzeigen, doch das Display meldete «Unbekannt». Ich legte auf und blieb ein paar Sekunden reglos stehen, während Paranoia und Selbsthass in mir tobten. Ich war zornig auf mich, weil ich es Jeff King gestattete, meine innere Ruhe zu stören. Schließlich ging ich ins Schlafzimmer zurück und zog mich fertig an.

Als mein Aufbruch sich wirklich nicht länger aufschieben ließ, griff ich nach Handtasche und Schlüsselbund. Ich wollte nicht zu spät kommen; das hätte Shamus die Oberhand gegeben.

2

Ich parkte vor seinem Atelier, das in einem klassischen Brownstone-Haus im Zentrum Bostons lag, und saß noch eine Weile im Auto. Die Finger hatte ich fest ums Lenkrad geklammert und badete mit gesenktem Kopf in Selbstmitleid, löste dann aber die Hand vom Steuer und griff nach meiner Handtasche. Ich schleppte mich aus dem Wagen und hoffte, dass mein Missvergnügen unübersehbar war.

Shamus Montgomerys Atelier nahm den ganzen ersten Stock des zweistöckigen Hauses ein. Im oberen Geschoss hatte er seine Wohnräume, wobei ich gerüchteweise gehört hatte, dass nur sehr wenige Menschen jemals eine Einladung in seinen Privatbereich bekamen. Ich kannte zumindest niemanden, der dem zurückhaltenden Mr. Montgomery jemals so nahe gekommen wäre. Im Erdgeschoss lag ein Ausstellungsraum, in dem sich eine der beliebtesten kleinen Galerien von Downtown Boston befand.

Ich öffnete die Tür und trat ein.

Shamus stand mit einer Kundin vor einer großen Eichenholzskulptur, die zwei weibliche Gestalten zeigte. Diese waren so intim und erotisch miteinander verschlungen, dass es mich heiß und kalt überlief. Die Kundin ließ die Hände über das glatte Holz der verführerischen Figuren gleiten, als stünde sie schon völlig in ihrem Bann. Ich wusste, dass sie die Skulptur kaufen würde. Als ich sah, wie zärtlich sie diese streichelte, hätte ich sie am liebsten selbst erstanden. Schaudernd dachte ich an das Loch, das der Kauf einer der Arbeiten Montgomerys ein halbes Jahr zuvor in meine Ersparnisse gerissen hatte.

Da die Faszination, mit der die Kundin das Werk betrachtete, mich irgendwie aus der Fassung brachte, wandte ich mich ab und besichtigte den Rest der Galerie. Beherrschend in diesem Raum war eine große Steinskulptur, an der das Schild VERKAUFT hing. Es war eine weibliche Figur in hingebungsvoller, aber leidenschaftlicher Pose. Ich fragte mich, wer Shamus da Modell gesessen haben mochte und ob diese Frau noch eine Rolle in seinem Leben spielte.

Kurz darauf hörte ich Stimmen und Schritte auf den Holzdielen, und gleich danach verkündete das Klingeln der Türglöckchen, dass die Kundin aufgebrochen war. Ich beobachtete Shamus dabei, wie er die Tür abschloss und die Jalousien herunterließ. Nun waren wir allein.

«Sie wirken beunruhigt, Mercy.»

Ich räusperte mich. «Mr. Montgomery, ich würde gerne mit Ihnen darüber sprechen, dass wir Ihnen ein anderes Modell besorgen sollten.»

«Für mich kommen nur Sie in Frage.» Er trat zur Treppe und entfernte eine Kette, an der das Schild PRIVAT hing. Die Kette schlug kurz gegen die Wand, und das Echo hallte bedrohlich durch die leere Galerie. «Mein Atelier liegt oben.»

«Warum ich?»

«Vielleicht weil Sie so ein bestürzend schönes Gesicht haben.»

«Vielleicht reicht das ja als Grund nicht aus.» Ich blieb stehen und widerstand dem Drang, mir mit den Fingern durchs Haar zu fahren. Ich kann es nicht ausstehen, wenn ich nervös wirke.

«Sie inspirieren mich.»

Na ja, was zum Teufel konnte ich darauf erwidern? *Ich inspirierte ihn*, und einen Moment lang war ich aufgeregt und glücklich wie ein junges Mädchen. Doch ich wollte mir nicht schmeicheln lassen und presste die Lippen zusammen. Er hatte mir den Wind aus den Segeln genommen, und ich konnte nur vermuten, dass genau das seine Absicht gewesen war.

Was wollte er eigentlich von mir? Ich widerstand dem Drang, einfach wegzulaufen, und eilte an ihm vorbei die Treppe hinauf. Anscheinend kam ich nicht gegen Shamus Montgomery an. Ich hatte ihm die Stirn bieten wollen, doch mein Widerstand war auf der Strecke geblieben. In seinem Atelier lag mitten im Raum ein großer Alabasterblock auf einer Plane. Davor stand ein ebenfalls mit einem Tuch bedecktes niedriges Podest. Ich schaute mich zur Treppe um, wo er stand und mich betrachtete.

«Sollen wir anfangen?» Hatte tatsächlich ich das gefragt?

Er lächelte, vermutlich weil er sich über meine jämmerlich dünne Stimme amüsierte. «Ja, ich denke schon.»

Ich schluckte kräftig und versuchte, nicht darauf zu achten, wie seine dunklen Augen über meinen Körper wanderten.

Seine Haut war milchschokoladenbraun und er sah einfach zum Anbeißen aus. Sofort verbot ich mir diesen Gedanken, trat zum Podest und betrachtete den großen Block, der dahinter bereitlag. «Alabaster ist eigentlich nicht Ihr übliches Material.»

«Ich hatte bisher nur wenige Modelle, zu denen dieser Stein gepasst hätte», räumte Shamus ein, der gerade die Tür schloss, was die Situation irgendwie noch intimer machte.

«Ah so.»

Er zeigte auf eine mit einem Sichtschirm abgeteilte

Ecke. «Hinter dem Wandschirm hängt ein Hausmantel. Nur den Mantel, bitte.»

Ich nickte und trat hinter den Schirm. *Nur den Mantel, bitte.*

Es war ein blauer Seidenmantel, und er roch ganz leicht nach Weichspüler. Ich entkleidete mich mit zitternder Hand und zog ihn über. Die Seide war kühl und umschmeichelte mich sanft. Ich band den Gürtel mit einem doppelten Knoten zu – mit einem Sicherheitsknoten –, aber schließlich musste ich die sichtgeschützte Ecke notgedrungen verlassen.

Auf dem Podest lag jetzt ein Kissen, das in einem Baumwollbezug steckte. Es war so groß, dass ich mich darauf ausstrecken konnte.

Shamus ließ den Blick von ganz unten an mir emporwandern. Seine Mundwinkel hoben sich zu einem leisen Lächeln.

«Macht es Ihnen Spaß, Frauen nervös zu machen?», fragte ich.

Er hob fragend die Augenbrauen. «Mache ich Sie nervös?»

Ich starrte ihn wütend an und marschierte aufgebracht zum Podium. Er wusste genau, was er in mir auslöste. «Wie wollen Sie mich?»

«Auf dem Rücken, und Sie sollen dabei meinen Namen schreien, aber vorläufig geht es darum, wie Sie als Modell liegen sollen.»

Auf dem Rücken, und ich sollte dabei seinen Namen schreien. Ich schluckte und trat einen Schritt zurück. Zum ersten Mal hatte er sexuelles Interesse an mir bekundet, und obgleich dieser Gedanke mich enorm reizte, hatte sein Eingeständnis mich doch auch bestürzt. Dass unsere gegenseitige Anziehung nun so unverblümt im Raum stand, befreite mich mit einem Ruck von meiner bisherigen Nervosität und machte mich gleichzeitig auf neue Weise unruhig. Denn jetzt hatte ich es nicht mehr nur mit einem Künstler zu tun, dem ich Modell sitzen sollte.

Shamus Montgomery stand nun vielmehr als ein Mann da, der sexuelle Absichten hegte, was seine Aufforderung, mich auszuziehen, in ein ganz anderes Licht rückte. Über die Absichten hätte ich mich unter anderen Umständen vielleicht sogar gefreut. Aber nicht in dieser Situation, in der er ganz allein das Heft in der Hand hielt.

Meine bebenden Finger verweilten zögernd auf dem Gürtelknoten. Der doppelte Knoten war bei weitem nicht genug. «Ich kann nicht.»

Ich blickte auf, ihm ins Gesicht.

Er sah mich verwirrt an. «Haben Sie Angst vor mir?»

Diese mit leiser Stimme gestellte Frage traf mich wie ein Stich. Es war mir rätselhaft, wie Worte einen so tief und schnell bis ins Innerste durchdringen konnten. Ich hatte keine Angst vor ihm, zumindest nicht körperlich. Doch emotional stand er für eine Welt der Sinnlichkeit und der Lust, die ich lange in mir verleugnet hatte.

Shamus Montgomery besaß alle Eigenschaften, die ich einmal an Männern betörend fand: Er war stark, intelligent, arrogant, begabt und wahnsinnig sexy. Seine gelassene körperliche Eleganz brachte mich aus der Fassung. Dieser Mann kannte seinen Körper und wusste genau, wie er ihn zu seinem Vorteil einsetzen musste. Würde er mich mit seiner Physis und seinem Auge für Details vollkommen überwältigen? Das heißt, falls ich überhaupt den Mut fand, mich auf diesen Mann einzulassen.

Ich räusperte mich. «Diese Art von Beziehung gestatte ich mir normalerweise nicht mit unseren Künstlern.»

«Das ist mir bewusst.»

«Ich würde am liebsten nein sagen und gehen.» Ich sah an ihm vorbei, wütend auf mich selbst, weil ich ihm mein Unbehagen eingestanden hatte.

«Und warum sagen Sie dann nicht nein und gehen?» Ich wurde rot und starrte auf das Podium. «Wenn mir der Vertrag mit Ihnen durch die Lappen geht, könnte das meine Karriere gefährden.»

«Und Sie finden, ich sollte ein schlechtes Gewissen haben, weil ich Sie in eine Situation manövriert habe, die Sie verunsichert?» Er sah mich mit vor der Brust verschränkten Armen an.

«Haben Sie denn kein schlechtes Gewissen?» Ich hob fragend die Augenbrauen und war verblüfft, als er den Blick abwendete. «Sie kommen mir nicht wie der Mann vor, der sich solcher Tricks bedienen muss, damit eine Frau ihm ihre Zeit oder Aufmerksamkeit schenkt.»

«Nein. Die meisten Leute würden sagen, dass mir die Herzen der Frauen zufliegen.»

«Und warum haben Sie mich dann nicht einfach gefragt? Als sie an Holman herangetreten sind, wussten Sie da schon, dass Sie mich als Modell wollten?» Sein Gesichtsausdruck sprach Bände. Shamus war nicht daran gewöhnt, sich rechtfertigen zu müssen.

«Ich habe mich nur Ihretwegen für die Holman Gallery entschieden. Es ging mir ausschließlich um Sie, Mercy. Ich hänge an meinen Arbeiten. Und natürlich möchte ich den bestmöglichen Ausstellungsort finden, aber hier in Boston hätte mir wirklich jede Galerie offen gestanden.»

«Warum haben Sie mich nicht einfach gefragt?», wiederholte ich, verärgert über dieses Manöver und noch wütender auf den anmaßenden Kerl als zuvor.

«Weil Sie abgelehnt hätten.»

«Und so drängen Sie mich in eine Position, in der ich

nicht nein sagen kann.» Ich kehrte ihm den Rücken und
ging vom Podium weg. «Finden Sie nicht, dass die Situation dadurch ziemlich verkorkst ist?»

«Ein bisschen. Aber nur weil mir etwas peinlich ist,
lasse ich noch lange nicht die Finger davon.»

Das glaubte ich ihm aufs Wort. Ich ging noch weiter
von ihm weg und blieb vor einem nahezu leeren Bücher-
regal an der einen Wand stehen. Auf einem der Bretter lag
ein Samttuch, auf dem acht winzige Frauenfiguren standen. Jede war akribisch mit individuellen Zügen gestaltet.
«Was sind das für Frauen?»

«Das ist ein Projekt, an dem ich für meinen Großvater
arbeite.» Er kam näher, und ich warf ihm einen kurzen
Blick zu, bevor ich wieder die Figürchen ansah. «Sie sind
entzückend.»

«Danke.» Er nahm die erste der kleinen Rosenholz-
schnitzereien in die Hand. «Das hier ist meine Großmutter
Lian. Als sie in die Staaten kam, hatte sie nur die Kleider,
die sie am Leib trug, und ein Kind. Sie war zu einer Zeit, als
Flucht unmöglich schien, aus China entkommen. Als sie
hier war, suchte sie nach dem Vater ihres Kindes.»

«Nach Ihrem Großvater?»

«Nein. Meine Tante Jia ist eine hundertprozentige Chi-
nesin.» Er nahm ein anderes Figürchen zur Hand. «Das ist
sie. Sie ist Ärztin und lebt in New York. Als meiner Großmutter klar wurde, dass sie ihren Liebhaber niemals finden
würde, nahm sie eine Stelle als Verkäuferin in einem Le-
bensmittelladen in Chinatown an. Dort hat mein Großvater sie kennengelernt und ist, wie erzählt wird, sofort
leidenschaftlich für sie entbrannt. Aus Begehren wurde
schnell Liebe. Er versprach ihr die Welt und nahm ihre
zweijährige Tochter als eigenes Kind an. In ihrer ganzen
Ehe haben sie niemals eine Nacht getrennt verbracht.

Es war nicht gerade eine einfache Beziehung. Sie hatten ihre Probleme, bissen sich aber durch. Sie hatten zusammen drei Söhne und eine Tochter.» Er berührte zögernd das dritte Figürchen. «Die Tochter Grace ist meine Mutter. Die anderen Figürchen sind die Ehefrauen meiner Onkel.»

«Keine Urenkel?»

«Nur Jungs.» Er lachte leise. «Aber Großvater hofft, dass ich selbst eines Tages eine Tochter bekomme. Er ist hundertzwei, Sie können sich also vorstellen, dass er meine Bemühungen, seinem Anspruch zu genügen, mehr als ungeduldig verfolgt.»

«Wann wollen Sie ihm die Figürchen geben?»

«Bei meinem nächsten Besuch in New York.» Er räusperte sich. «Wir sollten mit der Arbeit anfangen.»

Ich ging an ihm vorbei und stellte mich vors Podest. «Ich bin mir nicht sicher, ob ich mir das wirklich antun will.»

«Ich tue Ihnen nicht weh.»

«Das sagen die Männer immer.» Ich zwang mich, bewegungslos zu verharren, als er auf mich zukam und ganz dicht vor mir stehen blieb.

«Ich bin nicht wie die anderen Männer in Ihrem Leben.»

«Das weiß ich.» So jemanden wie ihn hatte ich überhaupt noch nie getroffen. Ich atmete tief durch. «Wie lange?»

«Die ersten Sitzungen werden etwa zwei Stunden dauern.»

Zwei Stunden. Hundertundzwanzig Minuten lang nackt mit einem Mann, den ich nicht kannte. Ich holte Luft und zwang mich, ihm ins Gesicht zu sehen. Ob er mich wohl für völlig bescheuert hielt? Ein Hauch von Seife und Rasierwasserduft streifte meine Nase.

Er roch sehr männlich und dann noch nach etwas anderem. Gleich darauf wusste ich, was es war. Er roch nach Sandelholz und ägyptischem Moschus. Ich leckte mir über die Unterlippe. Er ergriff meine Hand, führte mich sanft zum Podium und half mir hinauf. Mit geschickten Fingern löste er meinen Sicherheitsknoten. Er öffnete den Hausmantel und streifte ihn mir von den Schultern.

«Vertrauen Sie mir.»

«Ich kenne Sie ja gar nicht, wie soll ich Ihnen da vertrauen?»

«Vertrauen Sie darauf, dass ich mein ganzes Leben lang Schönes erschaffen habe. Niemals aber, in all den zweiunddreißig Jahren meines Lebens, habe ich versucht, etwas Schönes zu zerstören.» Er räusperte sich und hielt mich mit seinem Blick fest. «Als Kind hat mein Vater Schmetterlinge gesammelt. Als ich acht war, schenkte er mir die Sammlung, die er über Jahre hinweg zusammengetragen hatte. Ich aber war bei diesem Anblick zahlloser wunderschöner Leichen zutiefst erschüttert. Wie Sie sich vielleicht vorstellen können, wusste mein Vater überhaupt nicht, wie er mit meiner Verstörung umgehen sollte.»

«Ja. Das kann ich mir vorstellen.» Ich atmete tief ein, als er mich freundlich anlächelte.

«Ich konnte einfach nicht verstehen, dass jemand, der Schönheit bewunderte, diese vernichtete, um sie zu besitzen. Schließlich begruben wir die Schmetterlingssammlung in einem kleinen Grab im Garten.»

«Ich bin in einem Wohnblock in New York aufgewachsen.» Ich schluckte und hielt die Augen auf sein Gesicht geheftet. Ich war sehr verwundert, dass er den Blick kein einziges Mal auch nur kurz an mir hinunterwandern ließ.

Ich ließ den Mantel los, und ein Schauder lief mir über den Rücken, als die Seide von meiner überempfindsamen Haut glitt. Ich war nun ganz entblößt – und verletzlich. Ich hatte Angst, dass ich ihm gefallen würde. Und Angst, dass ich ihm nicht gefallen würde.

Zwei Jahre waren vergangen, seit ich zum letzten Mal nackt vor einem Mann gestanden hatte. Ich empfand es als sehr intim, mich vor jemandem auszuziehen, und hatte eine solche Situation lange nicht mehr zugelassen. Doch irgendwann in den letzten Stunden hatte ich Shamus den Vertrauensvorschuss gewährt, der für so etwas nötig war.

Nackt und nervös beobachtete ich, wie er ein paar Schritte zurücktrat. Ich blieb bewegungslos stehen, während Shamus' Blick sich von meinem Gesicht löste, gelassen über meine Brüste und dann noch tiefer glitt. Er holte tief Luft, hielt den Atem an und stieß ihn langsam wieder aus, als hätte er das Atmen zwischendurch vergessen. Seine Reaktion half mir, einen Teil der Anspannung loszulassen, die sich in mir aufgebaut hatte. Ein bewundernder Blick lässt niemanden vollkommen kühl.

«Legen Sie sich hin», bat er mich freundlich.

«Auf die Seite?», fragte ich leise und hoffte dabei, dass ich endlich aufhören würde, innerlich zu zittern.

Er nickte stumm, hielt meine Hand fest, bis ich kniete, und ließ mich dann los. Ich sah ihn an und entdeckte nichts als Wohlwollen in seinem Blick. Mein Gott, dieser Mann war umwerfend attraktiv, und sein Beifall bedeutete mir mehr, als ich erwartet hatte. Er trat ein paar Schritte zurück und blieb dann stehen, um mich genau zu betrachten. Seine Augen wanderten von meinen Füßen über Beine und Brüste bis zum Gesicht hinauf.

«Wunderschön.» Er drehte sich um, durchquerte den Raum und kam mit einem Seidentuch in der Hand zurück, das er prüfend vor mich hielt. Kopfschüttelnd blieb er stehen und machte noch einmal kehrt. Diesmal holte er ein kleines Kissen, das er mir unter den Kopf schob.

Er ließ die Finger durch mein Haar gleiten und breitete es auf dem Kissen aus. Dann drapierte er das Seidentuch sorgsam über meine Brust. Unter dem weichen, glatten Material wurden meine Nippel sofort steif. Meine Schulter mit sanften Fingern streifend, schob er den Stoff unter meinem Arm durch und ließ ihn mir über den Rücken fallen. Bei der schmeichelnden Berührung der glatten Seide lief mir ein Schauer der Erregung den Rücken hinunter. Ich schaute weg, als er sich vor mich aufs Podium kniete.

Ich versuchte, mich nicht zu rühren, als seine Hände über meine Hüfte glitten, und konzentrierte mich auf den noch jungfräulichen Alabasterblock. Shamus' Hand glitt zu meinem Oberschenkel weiter; er zog mein linkes Bein vor, schob das Tuch zwischen meine Schenkel und verdeckte damit die Möse. Ich kämpfte gegen den Drang an, näher zu rutschen und ihn zu intimeren Berührungen aufzufordern. Ob er so scharf auf mich war wie ich auf ihn?

Die Seide, die erst kühl auf meiner Haut gelegen hatte, wärmte sich durch die Berührung auf. Eine Hitzewelle überlief mich, und ich versuchte, an etwas Grässliches zu denken, um meine Erregung im Zaum zu halten, während er offensichtlich im Moment kein Interesse daran hatte, dem Gefühl der Anziehung zwischen uns weiter nachzuspüren. Seine Berührung hatte so unpersönlich gewirkt, dass ich fast enttäuscht war. Es fiel mir schwer, mir in Erinnerung zu rufen, dass diese Situation gar nicht als intime persönliche Begegnung gedacht war. Schließlich war das hier Shamus' Arbeit.

Ich schloss einen Moment lang die Augen, als das Tuch über meine Oberschenkel glitt und meine «Blöße» bedeckte, mich aber gleichzeitig aufreizend unverhüllt ließ.

«Ich wusste gar nicht, dass Sie Tücher über Ihre Modelle drapieren.»

Er sah mich an und nickte. «Es ist eine Schande, Sie zu verhüllen. Aber als ich Sie zum ersten Mal sah, hatte ich genau dieses Bild vor Augen.» Er trat vom Podium weg. «Liegen Sie bequem?»

Zu meiner Überraschung war dem so. «Ja.»

Er ließ mich liegen und kehrte mit einem großen Skizzenblock zurück. Damit setzte er sich vielleicht zwei Meter vor dem Podium auf den Boden.

«Was machen Sie da?»

«Ich werde heute und während der nächsten Sitzungen Skizzen von Ihnen anfertigen. Wenn ich mich endgültig für eine Position entschieden habe, nehme ich den Stein in Angriff. Mit Hilfe der Skizzen kann ich dann auch in Ihrer Abwesenheit daran arbeiten.»

Ich hatte nichts zu tun, als ihn zu beobachten. Und damit war ich mehr als genug beschäftigt. Shamus hatte kräftige und gleichzeitig behutsame Hände. Ich konnte mir gut vorstellen, wie er mit diesen Fingern Leidenschaft und Lust hervorrief. Ob er wohl ein behutsamer Lover war oder ob er die Frau einfach unter sich zurechtlegte und mit seiner Lust überwältigte? Ich meinte fast zu spüren, wie es wäre, wenn sein starker, geschmeidiger Körper sich zwischen meine Beine schöbe und wenn er dann in mich hineinglitte. Meine Scheidenmuskeln zogen sich um die Leere in meiner Möse zusammen, und ich biss mir einen Moment lang auf die Unterlippe, um nicht laut aufzustöhnen.

Danach konzentrierte ich mich lieber auf sein Gesicht. Seine Züge waren vollkommen. Das Kinn war kantig und stark. Ich sehnte mich danach, dieses klassisch männliche Gesicht zu berühren. Er hatte einen wundervollen Körper mit klar definierten Muskeln, die aber nirgends übertrieben wirkten. Bei einem Künstler, der sich mit dem menschlichen Körper beschäftigte, war das ja auch nicht verwunderlich.

In meiner Collegezeit hatte ich einmal einen schwarzen Freund gehabt, aber Shamus und jener Junge waren nicht zu vergleichen. Der Unterschied war enorm. Von meiner Zeit mit Brian erinnerte ich ekstatische Momente körperlicher Vereinigungen, die immer wieder ein schmerzliches Verlangen nach mehr in mir weckten. Brian hatte mir viel über mich selbst beigebracht und mich gelehrt, wie man einen Mann sexuell befriedigt.

Doch Shamus war kein junger Collegestudent. Dieser intensive, leidenschaftliche Mann war für eine Frau fast unwiderstehlich. Bis zum kleinsten Figürchen in seiner Galerie wirkten seine sämtlichen Kunstwerke sinnlich und attraktiv. Seit Jahren schon bewunderte ich sein Werk, und nun wollte er mich in Stein hauen. Hätte irgendjemand behauptet, ich würde noch am selben Tag, an dem ich Shamus Montgomery kennenlernte, für ihn Modell sitzen, hätte ich ihn schallend ausgelacht.

Die Stille im Raum war überraschend angenehm. Das fand ich merkwürdig, denn normalerweise hatte ich gerne Lärm um mich herum, und zu Hause lief eigentlich immer das Radio oder der Fernseher. Warum war Stille in seiner Gegenwart so viel leichter zu ertragen?

«Machen Sie auch Fotos?»

«Nein.» Er sah auf und begegnete meinem Blick. «Ich fotografiere meine Modelle nie.»

Das erleichterte mich. Ein paar Skizzen von mir mochten angehen, aber richtige Farbfotos hätten mich ziemlich nervös gemacht. Welche halbwegs normale Frau möchte schon ihren nackten Arsch auf diese Weise verewigt wissen?

Schon beim Gedanken, fotografiert zu werden, krümmte ich mich innerlich. Im Verlauf der Therapie hatte sich herausgestellt, dass nach der Vergewaltigung im Rahmen der ärztlichen Untersuchung im Krankenhaus Aufnahmen von mir gemacht worden waren. Ich hatte noch immer das leise Klicken des Kameraverschlusses und das Aufflammen des Blitzlichts in Erinnerung. Trotz meiner Bemühungen, mir nichts anmerken zu lassen, bemerkte Shamus meine Anspannung und legte den Skizzenblock weg.

«Alles in Ordnung?»

«Ja, bestens.»

Shamus lehnte sich auf die Hände gestützt nach hinten und betrachtete mich aufmerksam. «Sie wirken verärgert.»

«Ich hatte gerade an etwas Unangenehmes gedacht.» Ich senkte den Blick auf den leeren Boden zwischen uns. «Wirklich, alles in Ordnung.»

Er griff wieder nach seinem Block und setzte seine Arbeit fort, während ich mich bemühte, die Vergangenheit beiseitezuschieben. In letzter Zeit fiel es mir etwas leichter, mich von jenem schrecklichen Vorfall in New York frei zu machen. Zwar dachte ich noch immer häufig daran, doch jetzt schien ich eher mit Wut als mit Schmerz zu reagieren. Es war mir nicht leichtgefallen, mit dem Gefühl fertigzuwerden, tief verletzt und verraten worden zu sein. Wenn ich Jeff King zuvor nicht als Freund betrachtet hätte, hätte ich das Stadium der Empörung vielleicht schneller erreicht. Gewiss, er war kein enger Freund gewesen, aber alles andere als ein Fremder. Bis zu jenem Moment in meinem Büro, als mir klar wurde, wie gefährlich er war, hätte ich nie damit gerechnet, dass er mir jemals etwas antun könnte.

Ich warf Shamus einen Blick zu und stellte fest, dass er konzentriert arbeitete. Irgendetwas Besonderes war an diesem Mann, und zwar etwas, das über seine künstlerische Begabung hinausging. Es erstaunte mich, dass jemand wie er sich tatsächlich von mir inspiriert fühlte. Er hatte die ganze Welt bereist und war einer der gefragtesten Bildhauer des Landes. Seine Arbeiten schmückten die Lobbys zahlloser Gebäude auf allen Kontinenten. Es war keine Übertreibung, dass Männer und Frauen um die halbe Welt reisten, um genau dort zu liegen, wo ich jetzt lag.

Er hatte Teil an einer Welt der Schönheit, die mich zwar faszinierte, der ich aber niemals wirklich angehören würde. Meine Leidenschaft für die Kunst – Kunstgeschichte wie Gegenwartskunst – hatte mir Kraft gegeben, sowohl in schwierigen Jahren mit meinen Eltern als auch nach meinem Umzug nach Boston. Dennoch würde ich niemals wirklich verstehen, was es bedeutete, ein Künstler zu sein.

Ich bewegte mich ein wenig und verzog das Gesicht, weil ich einen Krampf im Oberschenkel hatte. Nach der langen Bewegungslosigkeit war ich völlig verspannt. «Ich muss mich einmal richtig recken.»

Shamus stand auf und kam zum Podium. «Ihr Bein?»

«Der Oberschenkel.» Ich schluckte, als er sich aufs Podium setzte und mir bedeutete, mich umzudrehen.

«Ich helfe Ihnen.»

«Okay.» Ich legte mich auf den Rücken und streckte das Bein aus. Davon wurde es eher noch schlimmer.

Shamus fuhr dem verkrampften Muskel mit seinen kräftigen Fingern nach, griff dann mit beiden Händen zu und bewegte mein Bein hin und her. Das rote Seidentuch glitt herunter und entblößte meine Möse und ihr feuchtes Pelzchen. Ich beobachtete aus halbgeschlossenen Augen, wie er meinen Oberschenkel sanft, aber eindringlich massierte, und seufzte auf, als der Muskel sich unter seiner Berührung allmählich entspannte.

Ich stellte den Fuß flach auf das Liegekissen und schlängelte mich ganz leicht, als seine Hände meine Schenkel bis fast zur Hüfte hinaufglitten, dort innehielten und gemächlich wieder nach unten strichen. Der Typ würde mir noch den letzten Rest Verstand rauben. Ich biss mir auf die Unterlippe und schluckte kräftig, um nicht aufzustöhnen. Er sah mich an, ließ den Blick über meine Brüste und dann zu meinem Gesicht gleiten.

«Sie sind eine schöne Frau.»

«Danke.»

«Geht es jetzt besser?»

Ich nickte und rutschte weg, sobald er mich losließ. Ich wusste, dass ich kurz davor stand, die Beine breit zu machen und ihn anzuflehen, mich zu ficken. «Alles wieder bestens.»

«Ich würde gerne noch ein paar Skizzen machen.»

«Einverstanden.»

Gleich darauf nickte er, stand auf, setzte sich wie zuvor auf den Boden und nahm seinen Skizzenblock zur Hand. Er wartete ab, bis ich wieder so lag wie zuvor und das Tuch erneut über mich drapiert hatte. Dann arbeitete er weiter, doch meine Erregung machte es mir fast unmöglich, still liegen zu bleiben.

Plötzlich sagte er etwas. «Reden Sie mit mir.»

Ich runzelte die Stirn. «Mit Ihnen reden?»

«Erzählen Sie mir von Ihrem Tag.»

Ich seufzte. «Na ja, der Vormittag war ganz okay, aber der Nachmittag war das Grauen.»

«Ach, wirklich?»

«Ja. So ein arroganter, manipulativer Typ hat mich dazu überredet, nackt in seinem Atelier Modell zu liegen.»

«Muss wirklich schlimm sein, wenn man so schön ist.»

Ich warf ihm einen Blick zu und sah, dass ein Lächeln über seine Lippen huschte, während er die Augen unverwandt auf den Skizzenblock geheftet hielt. «Bin ich deswegen hier?»

«Schönheit ist etwas Wundervolles und hat viele Gesichter. Ich bin Frauen begegnet, die dem klassischen Schönheitsideal in keiner Weise entsprachen, in meinen Augen aber dennoch absolute Schönheiten waren. Und dann gibt es Frauen wie Sie … ein faszinierendes Gesicht und dazu diese weiblichen Rundungen. Mein Großvater würde sagen, Sie sehen aus wie zehn Meilen schlechter Straße. Kurvenreich und herausfordernd, ein Abenteuer, das man unbedingt erkunden will.»

«Und Sie wollen mich erkunden?»

Er schaute auf. «In jeder denkbaren Hinsicht.»

«Sagen Sie das jeder Frau, die Sie in Ihr Atelier bitten?»

Er stand auf, setzte sich auf den Rand des Podiums und strich mir mit dem Finger über Kinn und Wangen.

«Mercy.» So sanft, wie er meinen Namen aussprach, während seine Finger meinem Gesicht nachfuhren, hätte ich ihn am liebsten fest umarmt. «Warum unterschätzen Sie sich eigentlich so?»

Ich wurde rot; es fiel mir schwer, still liegen zu bleiben. «Ich weiß nicht, was Sie meinen. Ich liege doch hier, nackt. Was wollen Sie denn noch?»

Ohne etwas zu erwidern, sah er mich weiter aufmerksam an. Ich fühlte seinen Blick in mich eindringen, als lese er meine Seele. Mit seinen tiefbraunen Augen nahm er mich ganz in sich auf, und unwillkürlich wand ich mich lüstern. Seine Augen wurden noch dunkler, woran ich erkannte, wie stark er auf mich reagierte. Trotz der Coolness, die er nach außen hin demonstrierte, war seine Erregung unverkennbar.

Shamus beobachtete schweigend, wie ich mich vor ihm auf dem Kissen rekelte.

Dabei glitt der rote Stoff auf mir hin und her, und als meine immer stärker geschwollenen Nippel von innen dagegen drückten, stieg mir auch noch die Röte ins Gesicht. Sein Blick wanderte zu meinen Brüsten hinunter, und er leckte sich mit der Zunge über die Unterlippe. Ich schluckte und meinte fast, die Berührung seiner Lippen zu spüren. Meine Nippel waren inzwischen so steif, dass es wehtat. Ich schloss die Beine und beobachtete, wie sein Blick an mir hinunterwanderte. Ich wünschte, er hätte mich nicht mit dem Seidentuch bedeckt. Ich hätte ihn gerne mein feuchtes Mösenpelzchen sehen lassen, damit er begriff, wie scharf ich auf ihn war.

Er seufzte und stand auf. «Sie tragen mehr, als Sie meinen.»

«Ich habe genau das getan, worum Sie mich gebeten haben. Was wollen Sie denn noch von mir?» Meine Antwort klang zickig und schroff. Diese Unbeherrschtheit tat mir gleich darauf leid, aber dass er meine sexuelle Reaktion so entschlossen überging, hatte mich verletzt.

«Ich glaube, Sie wissen, was ich meine. Aber Sie verbergen mehr vor sich selbst als vor Ihrer Umgebung.»

Er trat vom Podium weg, drehte sich um und sah mich an, wobei die Anspannung zwischen uns wuchs. Dann schaute er zu Boden.

Lange sagte er gar nichts, bis ich das Schweigen nicht mehr ertrug. «Warum interessiert Sie das überhaupt?»

Er hob den Hausmantel vom Boden auf. «Wir sind fertig.»

«Das waren aber keine zwei Stunden.» Ich presste einen Moment lang die Lippen zusammen. Ich hatte getan, was er wollte, und dass er nun unzufrieden mit mir war, machte mich wild.

«Nein, aber Sie sind so angespannt, dass ich nicht weitermachen kann.»

«Tut mir leid.»

Ich wollte nicht, dass es mir leidtat, und einen Moment lang nahm ich mir die Entschuldigung gehörig übel. Die Situation war einfach lächerlich. Wie sehr ich auch versuchte, mir die Sache schönzureden, bei der Vorstellung, ihm Modell zu sitzen, war mir nun mal unbehaglich zumute. Doch es erschien mir auch unmöglich, Shamus Montgomerys Wunsch abzulehnen. Was fiel ihm eigentlich ein, in mein Leben zu treten und meine Zeit und Aufmerksamkeit in Anspruch zu nehmen? Bis zu seinem Erscheinen hatte ich mein Leben für erfüllt gehalten, und ich nahm ihm übel, dass er mich nun an all das erinnerte, was mir fehlte.

«Ziehen Sie sich an, dann begleite ich Sie hinaus.»

Ich stand auf, und das Seidentuch fiel von mir ab. Er reichte mir die Hand, um mir vom Podest zu helfen. Ich ließ die geschlossene Hand einen Moment lang in seiner ruhen, bevor ich mich frei machte. Schweigend reichte er mir den Hausmantel.

Ich sah den Mantel kurz an, lehnte ab und trat hinter den Wandschirm. Erleichtert, dass die Sitzung vorbei war, zog ich mich rasch an. Als ich mein leichtes Kleid anhatte, fühlte ich mich irgendwie immer noch nackt. Zwischen meinen Schamlippen vibrierte die Klitoris, und meine Nippel waren noch immer unerträglich hart. Meine Handtasche umklammernd, verließ ich die sichtgeschützte Ecke und starrte den Auslöser dieser heftigen körperlichen Reaktion wütend an.

Shamus stand bei der Treppe, und die Tür war jetzt wieder geöffnet. Mit erhobenem Kinn ging ich auf ihn zu.

Ich schlüpfte an ihm vorbei und ging die Treppe hinunter. Unten angekommen, blieb ich stehen und fragte mich, ob sein Plan, mich als Modell zu verwenden, mit der vorzeitigen Beendigung der Sitzung gestorben war. Er trat zu mir und begleitete mich zum Ausgang.

Als er den Schlüssel aus der Tasche holte, um die Tür für mich zu öffnen, holte ich tief Luft und sagte: «Mr. Montgomery ...»

«Shame», verbesserte er mich. «Meine Freunde nennen mich Shame.»

Ich war mir nicht sicher, ob ich zu seinen Freunden gehören wollte.

«Soll ich morgen wiederkommen?»

«Ja.» Er schloss auf und hielt mir die Tür auf. «Wir werden etwas zu Essen bestellen und ein wenig Zeit miteinander verbringen, bevor wir es noch einmal versuchen.»

Ich ging rasch zum Auto und drehte mich erst um, als ich die Fahrertür öffnete. Er stand noch immer da, wo ich ihn zurückgelassen hatte.

Gerade jetzt, wo ich beruflich auf einem so guten Weg war, hatte ich allen Grund, mich nicht auf irgendeinen Mann einzulassen, und ich hätte für seine Zurückhaltung dankbar sein sollen. Stattdessen fühlte ich mich abgelehnt und war wütend.

Ich ruckte heftig am Sicherheitsgurt, schnallte mich an und ließ den Motor an. Als ich die Scheinwerfer einschaltete, machte er die Tür hinter sich zu. Innerlich lodernd vor Begehren, fuhr ich los und hoffte, dass ich es nach Hause schaffen würde, bevor das Bedürfnis nach Selbstbefriedigung mich ganz überwältigen würde.

Endlich stand ich vor meiner Haustür und schloss auf. Auch nach der Fahrt war meine körperliche Reaktion auf Shame unvermindert heftig. Ich legte Schlüssel und Handtasche beiseite und schloss mit einem erleichterten Seufzer die Tür. Vier Riegel und eine Sicherheitskette später wich die Anspannung allmählich aus meinem Körper.

Ich ging in die Küche und machte eine Flasche Wein

auf. Mit einem randvollen Glas in der Hand trat ich dann ins Wohnzimmer. Ich konnte ihn noch immer riechen; der Moschusduft seines Rasierwassers war mir bis nach Hause gefolgt. In Gedanken an Shamus Montgomery versunken, der mit seinem Schwanz offensichtlich nicht jede beglückte, nahm ich einen ordentlichen Schluck Wein und stellte das Glas dann neben mich

Ich streifte mir das Kleid über den Kopf. Als Nächstes kamen mein weißer, trägerloser BH und der Slip an die Reihe. Einen Moment lang stand ich nur in Sandalen da, doch dann befreite ich auch meine Füße und griff wieder nach dem Glas. Nach einem tüchtigen Schluck Wein steckte ich den Zeigefinger hinein, benetzte meine Nippel, stellte das Glas wieder beiseite und ließ die Hand über den Bauch nach unten gleiten. Der raue Stoff der Couchlehne rieb mir über den Rücken, als ich mich setzte und nach hinten sinken ließ. Ich legte die Hand auf die Möse und schloss die Augen.

Mit einem Seufzer der Erleichterung rieb ich meine erhitzte Lustgrube. Einen Finger schob ich zwischen die Mösenlippen und bearbeitete behutsam meinen Kitzler. Langsam hin und her reibend, dachte ich an den Mann, der mich ohne Einsatz irgendwelcher Verführungskünste in eine solche Verfassung gebracht hatte. Vor meinem inneren Auge sah ich seine Hand auf meinen hellen Schenkeln liegen, zu denen seine dunkle Haut einen so attraktiven Kontrast bildete. Ich stellte mir vor, dass er über mir kniete, der Inbegriff körperlicher Kraft, mit dem Mund eine feuchte Spur über meine Brüste zog und mit den Lippen an meinen Nippeln zupfte. Mit zusammengebissenen Zähnen ließ ich mich vom Orgasmus überwältigen.

Danach ertastete ich mein Weinglas und leerte es in einem Zug. Hoffentlich litt Shamus Montgomery genauso wie ich. Das wäre nur gerecht. Dieser Mann hatte mich so weit gebracht, dass ich an einem einzigen Tag zweimal masturbierte.

Als ich mich etwas erholt hatte, stand ich auf und kehrte in die Küche zurück, um mir noch einmal nachzuschenken. Ich warf einen Blick aufs Telefon. Der Anrufbeantworter blinkte wie wild. Ich drückte auf Wiedergabe. Das Gerät sprang summend an, doch dann kam nichts mehr. Jemand hatte aufgelegt. Ich löschte und fand noch zwei Aufzeichnungen derselben Art, bis ich zur letzten Nachricht kam. Als ich Janes Stimme hörte, lächelte ich.

«Ich hoffe schwer, dass du mir gleich ein paar richtig saftige Einzelheiten erzählst. Meine Idee mit der lesbischen Loverin und dem schwulen Freund hat nicht hingehauen. Ich war mit Susanne im Peach Tree, hab aber die Krise gekriegt, als ich von Frauen angemacht wurde. Susanne hat ihnen dann gesagt, ich gehörte ihr.»

«Das klingt ja wie im Frauengefängnis.» Ich warf einen Blick auf den Anrufbeantworter, und dann fuhr Janes Stimme fort:

«Ja, ich weiß schon, was du jetzt denkst. Aber wenn ich im Gefängnis wäre, würde ich unbedingt eine Frau wie Susanne zur Loverin haben wollen.» Jane schnaubte.

«Ach ja, ich hab meine brandneuen Schuhe ruiniert, und du weißt ja, was das für mich heißt.»

Allerdings. Jane war von Schuhen etwa so fasziniert wie ich von Handtaschen. Sie erinnerte mich noch an einen Termin, den ich früh am nächsten Morgen hatte, und brach dann ab. Vermutlich hatte der Anrufbeantworter abgeschaltet. Ich löschte die Nachricht und überlegte, wer wohl der Anrufer gewesen sein mochte, der einfach aufgelegt hatte. Anscheinend war es wieder einmal an der Zeit, meine Telefonnummer zu ändern.

Bei diesem Gedankengang wurde mir unbehaglich zumute, und ich ging, meinen Wein trinkend, ins Schlafzimmer. Dort setzte ich mich vor meinen Computer. In den Bürosessel gelehnt, rief ich meine E-Mails ab und sah zu, wie sie in meiner Mailbox landeten. Ich hatte eine E-Mail von Martin. Vermutlich hatte er mir geschrieben, um sich zu erkundigen, ob ich seine Einladung zur Hochzeit erhalten habe. Seit einem halben Jahr hatte ich ihm weder gemailt noch eine Mail von ihm erhalten. Nachdem mir schließlich klargeworden war, wie sehr mein Weggang aus New York ihn verletzt hatte, war mir der Kontakt schwergefallen.

Widerstrebend öffnete ich seine Mail und seufzte. Da ich auf keinen Fall nach New York wollte, konnte ich nicht zu seiner Hochzeit kommen und wünschte, ich könnte seine E-Mail und die Einladung einfach stillschweigend übergehen. Aber das ging einfach nicht: Nach meiner Vergewaltigung war dieser Mensch für mich eine Zeit lang der einzige Halt gewesen. Er hatte sich um alles gekümmert, und selbst jetzt konnte ich mir nicht vorstellen, wie ich damals ohne ihn überhaupt hätte zurechtkommen sollen. Keiner hatte meinen Schmerz und mein Entsetzen jemals so gut verstanden wie er.

Ich schloss seine Nachricht wieder und markierte sie für spätere Lektüre. Wenn ich überhaupt nicht darauf einging, würde er mich anrufen. Dann müsste ich ihm sagen, dass ich mich nicht überwinden konnte, nach New York zu kommen. Tatsächlich war ich seit meinem Umzug nicht mehr dort gewesen. Zu den Feiertagen und Geburtstagen hatten meine Eltern mich besucht, mir allerdings deutlich gesagt, dass ihnen der Gedanke an Weihnachten in Boston überhaupt nicht behage.

Meine Mutter hatte mir zwei Kettenbriefe, einen Witz und den Newsletter ihres Gartenvereins gemailt. Da meine

Eltern in einer Wohnung lebten, hatte ich nie kapiert, warum meine Mutter Mitglied in einem Gartenverein war. Offensichtlich war sie der Meinung, die Blumentöpfe auf ihrer Fensterbank zählten auch. Ich überflog den Newsletter; es musste irgendetwas über sie selbst darin stehen, sonst hätte sie ihn mir nicht geschickt. Ganz unten fand ich es dann. Dort stand eine stolz strahlende Julia Witherspoon-Rothell, einen glänzenden Spaten in der Hand. Dem Artikel war zu entnehmen, dass sie in einer Kleingartenkolonie Brooklyns ihren ersten Spatenstich getan hatte.

Da meine Mutter seit mehr als zehn Jahren von einem Schrebergarten träumte, überraschte mich das nicht sonderlich. Aber es war anrührend und irgendwie auch ein bisschen komisch, sie da in ihrem Designer-Overall und den adretten weißen Turnschuhen stehen zu sehen. Ich warf einen Blick auf die Uhr und runzelte die Stirn. Es war definitiv zu spät, um sie anzurufen. Seit ich denken konnte, ging sie mit den Hühnern ins Bett. Ich leerte mein Glas und stieg unter die Dusche.

Nachdem ich die Lust auf Sex wieder in den Hinterkopf verbannt hatte, erstaunte es mich einigermaßen, dass ich so heftig auf Shame reagierte. Ich habe ehrlich gesagt nie zu den Leuten gehört, die sich etwas verwehren. Was ich wollte, habe ich normalerweise auch immer gekriegt. Dass ich nun gezwungen war, mich mit meiner sexuellen Unerfülltheit auseinanderzusetzen, war ein gewisser Schlag für mein Ego, umso mehr, als der Anlass ein Mann war.

Morgen war ein neuer Tag, und auch dieser Tag würde damit enden, dass ich nackt vor Shamus Montgomery lag.

3

Ich betrat die Holman Gallery und gab mir alle Mühe, die beiden Mitarbeiterinnen im Verkaufsraum zu übersehen, die mich aufdringlich anstarrten. Der ganze Scheißladen wusste über meinen Vertrag mit Shamus Montgomery Bescheid. Ich wusste nicht recht, ob ich mich darüber ärgern oder freuen sollte.

Jane erwartete mich vor meinem Büro, während die anderen Kollegen unauffällig ihren Schreibtisch umlagerten. Ich nahm Jane den Kaffee aus der Hand, den sie mir reichte, und bemühte mich um ein Lächeln, während sie in mein Büro trat und die Tür energisch hinter sich zumachte.

Noch immer mit diesem bemühten Lächeln auf den Lippen sah ich Jane direkt in die Augen. «Wenn du auch nur einem Einzigen von diesen falschen Hunden da draußen weitererzählst, was ich dir jetzt sage, bring ich dich um und beseitige deine Leiche im Büroshredder.»

Jane hob die Hand zum großen Pfadfinderehrenwort, dem ich noch nie getraut habe. «Ich verspreche dir, den falschen Hunden kein Wort zu verraten. Allerdings sterbe ich sowieso vor Neugierde, wenn ich nicht bald etwas erfahre.»

«Na gut. Ich hab mich ausgezogen, er hat ein paar Skizzen von mir gemacht, und dann hab ich mich wieder angezogen und bin gegangen.»

Jane runzelte die Stirn. «Und *dafür* musste ich dir Stillschweigen geloben?»

«Es handelt sich um eine geschäftliche Übereinkunft.»

Ich setzte mich an meinen Schreibtisch und merkte seufzend, dass mein Gesicht heiß wurde. «Ein Geschäftstreffen, aber so intim, dass es mir irgendwann eine Heidenangst gemacht hat.»

«Hat er irgendwas Komisches angestellt?»

Ich blickte auf und kicherte angesichts ihrer wütenden Miene. «Warum denn? Verprügelst du ihn dann?»

«Schon möglich.»

«Nein, er hat nichts Komisches gemacht.» Ich seufzte. «Er hat einfach nur auf dem Boden gesessen und skizziert.»

«Oh.» Sie setzte sich und schaute kurz ins Großraumbüro hinaus, bevor sie sich wieder auf mich konzentrierte. «Gehst du heute wieder hin?»

«Ja.»

«Flattern dir einfach nur die Nerven, oder geht dir die Sache wirklich so gegen den Strich?»

«Na ja.» Ich seufzte und dachte vor meiner Antwort einen Moment lang nach. «Okay, es ist schmeichelhaft, dass ein international berühmter Künstler sich von mir inspiriert fühlt.»

«Er sagte, dass du ihn inspirierst?»

«Ja.»

Sie atmete mit gespitzten Lippen aus und schüttelte dabei den Kopf. «Wow. Bildest du dir auch gehörig was darauf ein?»

«Na ja, da würde ich nicht widersprechen.» Ich zuckte die Schultern und sah auf die Schreibtischplatte hinunter. «Er ist ein erstaunlich einfühlsamer Mann, und das sage ich, obwohl er mich ausgetrickst hat, damit ich Modell für ihn sitze.»

«Ich wünschte, ein berühmter und wahnsinnig attraktiver Künstler würde einmal mich austricksen, damit ich mich vor ihm ausziehe.»

Ich lachte. «Sei vorsichtig mit dem, was du dir wünschst.»

«Und es ist gar nichts passiert?»

«Dieser Mann hat irgendwas.»

«Ja klar, attraktive, reiche Männer, die haben immer irgendwas.»

Ich schüttelte lachend den Kopf. «Er ist arrogant und dominant. Und ich gebe zu, dass ich ihn attraktiv finde. Nur eine lebende Leiche würde das anders sehen.» Ich nahm einen Stift zur Hand und klopfte damit sanft auf die Glasplatte des Schreibtischs. «Ich hätte wirklich gern einen Schreibtisch aus solidem Holz.»

«Der würde nicht zum Rest der Einrichtung passen.»

Ich rümpfte die Nase. «Mir egal.»

«Ich find es zum Kotzen, dass ich am Schreibtisch nicht mal die Schuhe ausziehen kann. Wer in meine Nähe kommt, hat sofort alles voll im Blick.» Sie verschränkte die Arme vor der Brust und seufzte. «Überhaupt kein Rückzugsraum.»

«Ich glaube, so hatte Milton sich das auch gedacht.» Ich zeigte zum Großraumbüro. «Wenn du da rausschaust, siehst du vor allem eines: Beine. Es ist bestimmt kein Zufall, dass die Belegschaft zu neunzig Prozent weiblich ist.»

«Deswegen trage ich ja Hosen. Damit er nicht seine ganze teuer bezahlte Arbeitszeit damit verbringt, meine Beine zu begaffen.» Sie drehte ihren Stuhl so, dass sie mich genau ansah. «Es ist also wirklich gar nichts passiert?»

Ihr skeptische Miene brachte mich zum Lachen. Plötzlich wünschte ich, es gäbe etwas, was ich ihr erzählen könnte. «Na ja, ich hatte einen Krampf im Bein, und er hat die Stelle massiert.» Ich zuckte die Schultern. «Er war ein vollendeter Gentleman.»

«So ein Mist.»

«Genau.» Ich nickte, doch als sie lächelte, starrte ich sie wütend an. «Unsinn, vergiss das.»

«Gesagt ist gesagt.»

«Diese Abmachung ist rein geschäftlicher Natur.»

«Ach Quatsch, komm schon. Du warst nackt mit diesem tollen Mann zusammen, und er hat dich einfach nur abgezeichnet? Du könntest mir wenigstens erzählen, dass er auch abge*spritzt* hat. Damit könnte ich leben.» Jane verschränkte seufzend die Arme vor der Brust. «Dieser Typ ist wahrscheinlich das Attraktivste an Mann, was diese Stadt überhaupt zu bieten hat.»

Ich schüttelte lachend den Kopf und trank einen Schluck Kaffee. «Es hätte nicht sittsamer zugehen können.»

Jane blickte niedergeschlagen ins Großraumbüro hinaus. «Kann ich Miss Tolle Titten wenigstens erzählen, dass er dich stundenlang angebetet hat?»

Ich schaute kurz zu Sarah hinüber und musste lächeln. «Du darfst sie nicht immer so nennen. Sonst rutscht dir das irgendwann noch in ihrer Gegenwart heraus.»

Jane stand auf und ging zur Tür. «Wie soll ich eigentlich meinen Erfahrungshorizont durch dich erweitern, wenn du überhaupt keine Erfahrungen machst?»

Sie machte die Tür hinter sich zu, und ich saß da und kaute an ihrer Bemerkung. Das war zwar nur ein Scherz gewesen, aber der Stachel saß. Mit einem Stift auf die Schreibtischplatte trommelnd, dachte ich darüber nach, dass in meinem Privatleben wirklich eine hässliche Lücke klaffte. Die Abende, die ich im vergangenen Jahr in männlicher Begleitung verbracht hatte, ließen sich an einer Hand abzählen. Zweimal hatte es sich um Blind Dates gehandelt, und beide Male war der Abend so schrecklich verlaufen, dass mir schon der Gedanke daran unerträglich war.

Ich sah das Telefon an, als es läutete. Dann nahm ich ab. «Mercy Rothell.»

«Ich bin's.»

«Guten Morgen, Milton.» Ich biss mir auf die Lippen, um nicht laut aufzustöhnen. Er rief mich nur an, wenn er sich mit mir streiten wollte, ohne mir dabei in die Augen sehen zu müssen. Was bedeutete, dass er gleich etwas von mir verlangen würde, was absolut nicht in Frage kam.

«Wie war es bei Montgomery?»

«Montgomery und ich haben eine geschäftliche Vereinbarung.» Auf keinen Fall würde ich dieser Dumpfbacke in allen Einzelheiten schildern, wie oder wann ich mich nackt ausgezogen hatte. Ich empfand es ja schon als komisch, das Wort *nackt* in Miltons Gegenwart auch nur zu denken.

«Gut.» Es folgte eine lange Pause, und dann kam er zum Grund seines Anrufs. «Sie haben heute einen Termin bei Lisa Millhouse. Sie werden Sarah mitnehmen, damit sie Erfahrungen sammeln kann.»

«Lisa Millhouse duldet keine Unbekannten.» Ich blickte dorthin, wo Sarah saß, und stellte fest, dass sie zu mir herstarrte. «Wenn ich Ihr Spielzeug mitnehme, könnte das die professionelle Beziehung der Galerie zu einer extrem gefragten, aufstrebenden Künstlerin beschädigen.»

Er schnaubte wütend.

Ich sollte allmählich lernen, meine Gedanken für mich zu behalten. Seit meiner Einstellung durch den Vorstand hatte Milton Storey versucht, mich auf die Abschussliste zu manövrieren. Er verabscheute die von mir organisierten Ausstellungen, betrachtete Lisa Millhouses Werk als pornographisch und nutzte jede Gelegenheit, um Sand ins Getriebe zu werfen. Der Vertrag mit Lisa war damals ein echter Coup gewesen, und seine Unterzeichnung hatte mir zum ersten Mal einen sicheren Stand in der Galerie verschafft. Der Vorstand war schon lange hinter ihren Arbeiten her gewesen.

«Sie nehmen Sarah mit», beharrte er.

«Nein, ich nehme sie nicht mit», widersprach ich freundlich. «Wenn der Vertrag mit Millhouse platzt und der Ostflügel der Galerie dieses Jahr leersteht, müssten wir dem Vorstand schon einen sehr guten Grund für so ein Debakel nennen. Das Amüsement Ihrer neuesten Eroberung ist in meinen Augen kein guter Grund.»

Er legte mitten im Satz auf. Das war seine übliche Reaktion, wenn ich ihm in Erinnerung rief, dass ich in fünf Monaten auf seinem Platz sitzen würde. Ich hätte ihm das natürlich nicht so unter die Nase reiben müssen, und jetzt hatte ich ein schlechtes Gewissen. Andererseits hat es auch etwas für sich, jemandem, der einen wahnsinnig macht, mal die Krallen zu zeigen.

Ich trocknete meine Kaffeetasse ab und warf das Papierhandtuch in den Müll. Der Pausenraum war eine Katastrophe, und zwar immer. Mir war schon der Gedanke gekommen, dass ich Leute, die bei sich zu Hause ebenso schlampig wären wie hier im Pausenraum, bestimmt nicht gerne besuchen würde. Seufzend lehnte ich mich gegen den Tresen. Mehrere schriftliche Ermahnungen zu Ordnung und Sauberkeit waren unbeachtet geblieben. Jetzt gab es nur noch zwei Möglichkeiten: entweder den Pausenraum zusperren oder die Reinigungsfirma beauftragen, den Raum mit in ihr Programm aufzunehmen.

Der Gedanke ärgerte mich. Es war idiotisch, dass ich für einen sauberen Pausenraum fünfhundert Dollar im Monat zusätzlich hinblättern sollte. Als ich hörte, dass jemand eintrat und krachend die Tür hinter sich zuwarf, blickte ich auf. Sarah stand vor mir und funkelte mich wütend an. Anscheinend hatte sie den Entschluss gefasst, mir die Stirn zu bieten.

«Sarah.»

«Ich habe Pläne, und Sie kommen mir dazwischen.» Sie verschränkte wütend die Arme vor der Brust.

Na ja, wenigstens redete sie nicht um den heißen Brei herum. Da konnte auch ich Klartext reden. «Ich habe ebenfalls Pläne, und zwar für diese Galerie. Dass eine unerfahrene Einkäuferin sich mit einer unserer wichtigsten Künstlerinnen befasst, gehört gewiss nicht dazu.»

«Gehört es auch zu diesen Plänen, mit den unter Vertrag stehenden Künstlern zu ficken?»

«Nein. Für meine Karriere werde ich weder meine Würde noch meine Selbstachtung opfern.» Ihre Wangen wurden rot und ihre Augen hart. «Ich bin Ihre Vorgesetzte, und ich würde Ihnen raten, nächstes Mal einen entsprechenden Tonfall zu wählen. Holman wird professionell geführt, und ich erwarte ein professionelles Verhalten.»

Sie drehte sich unvermittelt um und riss die Tür auf. «Na schön.»

Ich sah ihr leicht irritiert nach. Gleich darauf steckte Jane mit einem Blick auf ihre Armbanduhr den Kopf durch die Tür. «Lisa Millhouse erwartet dich.»

«Ich weiß.»

«Lass dich von Miss Tolle Titten nicht ärgern.»

Ich lachte und griff nach der leeren Kaffeetasse. Jane reichte mir die Pläne für Lisas Ausstellung und meine Aktentasche. Dabei nahm sie mir gleichzeitig die Tasse aus der Hand. «Danke.»

«Gern geschehen.» Sie sah achselzuckend zur Tür. «Weißt du, wenn man es hier so machen könnte wie früher in der Schule, würde ich dir anbieten, ihr auf der Toilette mal tüchtig in den Arsch zu treten.»

«Wenn man es hier so machen könnte wie früher in der Schule, würdest du Wache schieben, während ich ihr selbst auf der Toilette mal tüchtig in den Arsch träte.» Jane musste lachen, und ich grinste. «Hat Mr. Brooks bestätigt, dass er heute Nachmittag kommt?»

«Ja.»

Die Fahrt zu Lisa Millhouse war erholsam. Sie wohnte eine Dreiviertelstunde außerhalb Bostons. Lisa arbeitete meistens in Bronze und Stahl; ich fand eine Frau, die täglich mit dem Schweißbrenner hantierte, sehr interessant. Inzwischen experimentierte sie, wie ich wusste, auch mit Holz und Leinwand. Sie war seit beinahe acht Jahren als Künstlerin anerkannt, und ich hatte Glück gehabt, sie für die Galerie gewinnen zu können.

Lisa stand mit einer Tasse Kaffee in der Hand auf der Veranda, als ich in ihre Zufahrt einbog. Bei meinem allerersten Besuch hatte sie mir über den Lauf eines Paintball-Gewehrs entgegengeblickt. Ich hatte drei Wochen gebraucht, um ihr Vertrauen zu gewinnen, und bis heute machte ich sie ein bisschen nervös. Da sie offensichtlich bei anderen Leuten nicht weniger zurückhaltend war, nahm ich es nicht persönlich.

Ihre Arbeiten waren auf eine fast gewalttätige Art provozierend und sexuell aufgeladen. Sie glühten vor unverhüllter Emotionalität. Ich nahm die Pläne für ihre neue Ausstellung vom Rücksitz und winkte ihr zu. Sie nickte kurz zurück und ging ins Haus.

Als ich ihr folgte, fand ich sie in der Küche, wo sie mir eine Tasse Kaffee einschenkte. Ich nahm die Tasse und legte die Pläne auf den Küchentisch. «Sie sehen aus, als hätten Sie ein paar schlaflose Nächte hinter sich.»

Lisa setzte sich achselzuckend an den Tisch. «Im Sommer sind die Albträume schlimmer, warum, weiß ich auch nicht.»

Von ihrer Scheidung, die durch alle Zeitungen gegangen war, einmal abgesehen, wusste ich wenig über sie. Aber mit Albträumen kannte ich mich aus, da hatte ich mehr als genug eigene Erfahrung. Ob sie wohl krank vor Angst und Wut aus ihren Träumen erwachte? Und dann durchs ganze Haus tigerte und nachprüfte, ob Fenster und Türen verriegelt und verrammelt waren? Lisa war in vielerlei Hinsicht ein Geheimnis, und manchmal hätte ich am liebsten ihren ganzen seelischen Schmerz ans Tageslicht befördert und ein für alle Mal ausradiert. Doch ich wusste, dass Schmerz für manche Menschen der Brennstoff war, der ihren Motor am Laufen hielt. Der Schmerz befeuerte ihre Leidenschaft, ihre Wut und ihre Lebenslust. Was wäre Lisa ohne ihren Schmerz?

Ich setzte mich und holte die Pläne aus ihrer Papröhre. «Das Aufbauteam steht schon bereit, um die Arbeit an der Ausstellung in Angriff zu nehmen. Ich wollte mich aber vorher noch vergewissern, dass Sie mit allem einverstanden sind.»

Sie beugte sich über die Pläne und studierte sie aufmerksam. Kurz darauf nickte sie. «Das ist gut so. Ich mag die fließende Raumauffassung …» Sie stockte kurz und nickte dann. «Ich habe noch ein Ausstellungsstück, das als Zentralobjekt geeignet ist. Es wird rechtzeitig zum Ausstellungsbeginn fertig sein.»

«Gut.» Ich lehnte mich im Stuhl zurück und blickte stirnrunzelnd in meine Kaffeetasse. «Sie sollten vielleicht wissen, dass Milton entschlossen ist, Sie gegen mich auszuspielen.»

«Intrigen am Arbeitsplatz kotzen mich an.» Sie setzte sich. «Ich fühle mich bei Ihnen und der Holman Gallery wohl. Ich bin bereit, alles mitzutragen, was Sie in den nächsten Monaten eventuell tun müssen, um Ihre Position bei Holman zu sichern.»

«Vielen Dank.»

«Ich kann nicht versprechen, dass ich ihm nicht den Stinkefinger zeige.»

«Das weiß ich.»

«Außerdem macht es mir Spaß, einem Mann wie Milton Storey ans Bein zu pinkeln.» Sie kicherte. «Vielleicht sollte ich noch ein bisschen Zusatzmunition für mein Paintball-Gewehr bestellen.»

«Gott bewahre.» Ich lächelte in meine Tasse hinein. Ich würde sie niemals zu so etwas ermutigen, aber andererseits hatte ich ihr ja keine Vorschriften zu machen.

«Wie ich gehört habe, sitzen Sie für Shamus Montgomery Modell?»

Shit. Ich hatte gehofft, nicht über ihn reden zu müssen. «Ja. Woher wissen Sie das?»

«Er hat mich heute früh angerufen, wegen einer Lieferung Rosenholz, die wir vor einer Woche gemeinsam bestellt hatten. Shame warnt mich netterweise immer vor, wenn der Lieferant kommt.» Sie warf mir einen Blick zu und lachte. «Shame ist sehr attraktiv, finden Sie nicht?»

«Ja, sicher.» Ich zuckte die Schultern. Falls man das Adjektiv schön überhaupt für Männer verwenden durfte, traf es auf Shame zu, und das wusste sie ebenso gut wie ich.

«Er hat außerdem enorm viel Talent. Es gibt nur wenige Künstler, die ihre Persönlichkeit wirklich einfangen könnten, Mercy. Ich bin sehr gespannt auf dieses Werk.»

«Seine Ausstellung wird drei Wochen nach Ihrer eröffnet und nimmt das ganze Obergeschoss des Nordflügels ein.» Ich sah zu, wie sie aufstand, um sich Kaffee nachzuschenken. «Kann ich irgendetwas für Sie tun?»

«Nein. Irgendwann werde ich schon wieder schlafen. Wollen Sie sehen, wie weit ich mit meinem neuesten Projekt bin?»

Ich stand auf und nickte. «Natürlich.»

Ich folgte ihr durch die Hintertür über ein kleines, sauber gemähtes Rasenstück in die Scheune, die sie als Atelier benutzte. In der Mitte der Arbeitsfläche stand eine große Bronzeskulptur. Ihre weiblichen Linien stachen mir sofort ins Auge. Sie schrien Schmerz und Gefühlschaos heraus. Verstört vom unverhüllten Hervorbrechen dieser verhassten Gefühle warf ich nur einen kurzen Blick auf die Skulptur. Die weibliche Gestalt kniete und hielt dabei schützend die Hände über den Kopf.

«Sie ist wunderschön.» Es war eine grausame Schönheit.

Am liebsten wäre ich weggelaufen, schloss aber nur kurz die Augen. Fast wider Willen wanderte mein Blick wieder zu der Skulptur zurück, und ich schluckte gequält.

«Danke.»

«Lisa, wollen Sie wirklich, dass dieses Werk öffentlich ausgestellt wird?»

Ich begegnete ihrem Blick und erkannte in ihren Augen denselben Schmerz wie eben in der Skulptur. «Ja.»

Mit einem Nicken ließ ich den Blick noch einmal über die Arbeit wandern. «Wie soll das Werk heißen?»

«*Zerreißgrenze.*»

Ich nickte und räusperte mich. «Sie haben recht. Diese Skulptur rundet die Ausstellung vollendet ab.» Ich warf einen Blick auf die Uhr, wobei mir mein Fluchtimpuls durchaus bewusst war. «Mein nächster Termin ist in einer Stunde, da mache ich mich jetzt besser auf die Socken.»

Lisa lachte leise. «Eines Tages, Mercy, werden Sie Ihren Schutzpanzer aufbrechen müssen, den Sie um sich gebildet haben.»

Ich sah sie an. «Was meinen Sie damit?»

«Sie lieben die Kunst. Doch die Gefühle, die sie in Ihnen hervorruft, bedrängen Sie zu sehr.» Sie senkte den Kopf. «Warum verstecken Sie Ihre Leidenschaftlichkeit?»

Auf diese Frage wusste ich keine Antwort. Seufzend ließ ich den Blick ein letztes Mal über die Skulptur wandern und verließ die Scheune. Lisa folgte mir nicht, und das hatte ich auch nicht erwartet. Sie gehörte zu den Menschen, die das Bedürfnis nach Ruhe und Stille begreifen. Die Möglichkeit, sich zurückzuziehen, war ihr so wichtig, dass sie intuitiv erfasste, wann ein anderer Mensch sich überwältigt fühlte und allein sein musste.

Auf dem Rückweg zur Stadt stellte ich das Radio aus. Entweder der Sender machte mich nervös, oder ich war einfach überempfindlich. Als ich in der Galerie eintraf, war die Mittagspause schon vorbei, und ich hatte nur noch zehn Minuten, um mich auf die seit einem Monat anberaumte Vorstandssitzung vorzubereiten. Ich stürmte durch die Galerie und die Treppe zu den Büros hinauf.

Oben empfing mich Jane mit einem großen Schoko-Cookie, einer Tasse Kaffee und der Mappe mit den Tagesordnungspunkten. Ich nahm ihr den Cookie aus der Hand und folgte ihr durchs Großraumbüro in den großen Konferenzsaal. Zwei Vorstandsmitglieder waren bereits eingetroffen. «Erinnere bitte Mr. Storey an die Besprechung, Jane.»

Jane stellte meinen Kaffee auf den Tisch und nickte. «Natürlich.»

James Brooks, der Vorstandsvorsitzende der Galerie, saß mir gegenüber und beäugte meinen Schokokeks. «Der ist nur für mich», warnte ich ihn.

Er lachte. «Da haben Sie aber Glück, dass ich Geiz geil finde.»

Das stimmte. Seine Ex-Frau hielt das Portemonnaie so fest verschlossen wie der sprichwörtliche Sklaventreiber. Die beiden hatten sich vor etwas mehr als einem Jahr freundschaftlich getrennt und waren geschieden. Mit einem freundlichen Lächeln sah ich die Frau schräg über den Tisch hinweg an. Ich hatte mich oft gefragt, wie die beiden es schafften, weiterhin so verdammt nett miteinander umzugehen. Ich brach meinen Keks in zwei Teile und bot ihm widerwillig einen an. Der Cookie-Süchtige schlug sofort zu. Meine Hälfte kauend, überflog ich die Tagesordnung.

«Haben Sie den Abschlussvertrag mit Shamus Montgomery gelesen, James?», fragte ich und hoffte, dass mein Lächeln nicht selbstgefällig wirkte.

«Aber sicher. Wir sind sehr erfreut. Er stellt seine Arbeiten nur selten außerhalb seiner eigenen Galerie aus.»

«Diesmal blieb ihm kaum eine Wahl. Seine eigene Galerie ist nicht groß genug für die neue Ausstellung. Zehn der zweiundzwanzig bereits fertiggestellten Arbeiten wiegen über zweihundert Pfund.» Ich schluckte den letzten Rest des Cookies herunter und griff nach meiner Kaffeetasse. «Haben Sie den Rest auch schon gehört?»

«O ja.» James lächelte, und in diesem Moment ging die Tür auf und die drei noch fehlenden Vorstandsmitglieder traten ein, dicht gefolgt von Milton. «Ich bin wirklich gespannt auf seine aktuelle Arbeit.»

Tja, darauf war ich auch wirklich gespannt. Ich blickte vor mich auf den Tisch und versuchte, nicht an meinen Chef und diverse andere Personen zu denken, die meinen nackten Arsch bald in Alabaster verewigt sehen würden. Das Ganze war verdammt nochmal *wirklich* ein Albtraum.

Der Vorstand der Holman Gallery hatte fünf Mitglieder: James Brooks, Cecilia Marks, Dr. Natalie Monroe, ihren Mann Carl Monroe und Victor Ford. Die Gelegenheiten, bei denen die letzten drei Mitglieder etwas gesagt hatten, konnte ich an einer Hand abzählen. Insgeheim nannte ich sie das schweigende Trio. Ich kam nie so recht dahinter, ob die drei sich zu Tode langweilten und deshalb nichts sagten oder ob sie telepathisch kommunizierten. Vielleicht würden sie eines Tages die Weltherrschaft an sich reißen.

Ich brauchte nicht lange zu rätseln, was Milton dem Vorstand vortragen würde. Kaum hatte er sich gesetzt, ergriff er auch schon das Wort.

«Wie Sie wissen, hat Ms. Rothell gestern Shamus Montgomery unter Vertrag genommen.» Die Vorstände nickten. Ich lehnte mich im Stuhl zurück und wartete auf den Rest. «In diesem Rahmen hat sie sich bereit erklärt, nackt für ihn Modell zu sitzen. Das empfinde ich als ungehörig. Außerdem halte ich Mr. Montgomerys Ausstellung in der Holman Gallery für eine Geschmacksverirrung.»

«Shamus Montgomerys letzte Ausstellung soll der damals beteiligten Galerie zehn Millionen Dollar an Provisionen eingetragen haben», entgegnete ich. «Was nun meine Entscheidung angeht, Mr. Montgomerys Wunsch zu entsprechen und ihm Modell zu sitzen ...» Innehaltend wägte ich meine nächsten Worte sorgfältig ab. «Es ist sowohl eine Ehre als auch ein Privileg, als Modell für eine seiner Arbeiten ausgewählt zu werden. Ich glaube, dass diese Arbeit der Ausstellung eine besondere Qualität verleihen und unsere Beziehung zu dem Künstler festigen wird. Je zufriedener er mit der jetzigen Ausstellung ist, desto bereitwilliger wird er auch künftige Arbeiten in unserem Haus zeigen.»

«Die stellvertretende Direktorin unserer Galerie sollte nicht nackt vor einem hier unter Vertrag stehenden Künstler herumparadieren», schimpfte Milton.

«Ich paradiere nicht herum», entgegnete ich nachsichtig.

«Mercy hat alles gut im Griff und soll das nach ihrem Ermessen entscheiden. Und wie steht es mit Lisa Millhouse?»

James nahm sich eine Serviette und wischte sich Gebäckkrümel von seinem adrett geschnittenen und frisierten Bart.

«Sie hat heute Vormittag den Plänen für ihre Ausstellung im Ostflügel zugestimmt. Ich werde dem Aufbauteam noch heute die nötigen Anweisungen geben. Die Objekte sind schon bei uns im Lager, und sobald die Ausstellungsräume vorbereitet sind, lassen wir sie hertransportieren. Lisas jüngste Arbeit muss allerdings noch in ihrem Atelier abgeholt werden.» Ich blätterte diesen Tagesordnungspunkt um.

«Gut.» James ließ kurz den Blick in die Runde gehen und konzentrierte sich dann wieder auf mich. «Und jetzt erzählen Sie mir von Ihrer Idee.»

«Ich würde gerne den Südflügel der Galerie wieder eröffnen und den Schülern der hiesigen Highschools dort Räumlichkeiten für eigene Ausstellungen anbieten.»

«Das ist einfach lächerlich!», unterbrach Milton mich. Er schnaufte und funkelte mich wütend an. «Ein solches Projekt ist bei unserem Budget nicht drin.»

Mit einem leisen Seufzer sah ich Milton an und wandte meine Aufmerksamkeit dann wieder James zu. «Dieses Projekt hätte mehrere Vorteile für die Galerie. Zum einen zieht es neue Kundschaft an. Eltern, die diesen Namen verdienen, werden mit Sicherheit in die Galerie kommen, wenn dort Arbeiten ihres Kindes zu besichtigen sind. So unterstreichen wir unseren Ruf als führende Förderer von Jugendeinrichtungen und der schulischen Kunsterziehung in Boston.»

«Der ganze Südflügel?», fragte Milton. «Den haben wir doch vor einem halben Jahr geschlossen, um Geld zu sparen.»

«Haargenau. Er steht leer, obwohl er eine wichtige Funktion erfüllen könnte.» Ich biss mir auf die Zunge und verschluckte den Rest.

«Mir gefällt die Idee.»

Ich blickte schräg über den Tisch auf Cecilia Marks, die ehemalige Mrs. Brooks. Sie war als Förderin der Künste bekannt und hatte in den einschlägigen Kreisen Bostons ein so großes Gewicht, dass sie mühelos eine Karriere zerstören, aber auch ermöglichen konnte. Sie hatte mir den Weg für den Umzug nach Boston geebnet. Ich hatte ihr viel zu verdanken. Wenn sie zustimmte, war das für den Vorstand und für mich von großer Bedeutung.

«Ja. Mir gefällt die Idee ebenfalls. Sie könnten zunächst einmal die Schulen kontaktieren, um mit den Kunsterziehern ins Gespräch zu kommen», sagte James.

Milton folgte mir in mein Büro und schlug krachend die Tür hinter uns zu. «Falls Ihnen das entgangen sein sollte, noch bin ich der Direktor dieser Galerie.»

Ich fuhr mir mit der Hand über die Stirn und setzte mich. «Die Entscheidung ist gefallen, Milton. Die Diskussion ist abgeschlossen.»

«Es wird Ihnen noch leidtun, dass Sie nach Boston gekommen sind, Ms. Rothell, dafür werde ich sorgen.»

Es tat mir tatsächlich schon leid, dass ich ihn kennengelernt hatte, aber das zählte vermutlich nicht. Er stürmte aus meinem Büro.

Jane trat ein und machte die Tür leise hinter sich zu. «Nun?»

«Sie haben zugestimmt.»

«Klasse.» Wie ein Honigkuchenpferd strahlend, setzte Jane sich auf den Besucherstuhl. «Das haut mich um.»

«Wenn Milton erst mal weg ist, werde ich klipp und klar sagen, dass die Idee von dir stammt. Es ist ärgerlich, dass ich das im Moment noch kaschieren muss.» Ich wollte mich da wirklich nicht mit falschen Lorbeeren schmücken. Mich selbst hatte Janes Vorschlag zunächst gar nicht gereizt, und sie hatte mehrere Monate gebraucht, um mich zu dem Vorstoß zu überreden.

Jane blickte mit schiefer Miene ins Großraumbüro hinaus. «Wenn er wüsste, dass das auf meinem Mist gewachsen ist, würde er mir das Leben zur Hölle machen. Also kann ich mich nur bei dir bedanken.»

Ich nickte und fragte mich, wie Jane sich wohl im August fühlen würde, wenn ich sie als meine Nachfolgerin auf dem Stellvertreterposten vorschlug. Eine solche Beförderung wäre wohlverdient, aber ich würde ihr erst von meiner Absicht erzählen, wenn der Vorstand zugestimmt hatte. Ich sah auf die Uhr und runzelte die Stirn. In weniger als zwei Stunden würde ich mich schon wieder in Shamus Montgomerys Klauen befinden. Wir saßen kurze Zeit schweigend da, jede in ihre eigenen Gedanken vertieft, doch plötzlich sagte Jane aufseufzend:

«Du solltest mit ihm schlafen.»

Ich zuckte zusammen und sah sie an. «So ein Unsinn.»

Jane grinste. «Auch wenn du mir bestimmt nicht glauben wirst, ich sag dir eines: Ein schöner Schwanz am rechten Ort ist genau das Mittel, um dein Leiden zu kurieren.»

«Ich leide überhaupt nicht.»

«Wie du meinst», murmelte Jane und stand auf. «Ich halte dich auf dem Laufenden, falls ich irgendwas über Mr. Storeys Pläne erfahre.»

Ein schöner Schwanz am rechten Ort. Allerdings. Ich

drehte und wendete den Ausdruck im Kopf und musste Jane insgeheim zustimmen. Ich rieb die Beine aneinander und versuchte, nicht darauf zu achten, wie leer meine Möse sich anfühlte. Ich wusste nicht, warum Shamus bewirkte, dass ich mich leer fühlte, aber der Gedanke, dass er mich wunderbar ausfüllen würde, war mir inzwischen auch selbst schon gekommen.

Das Telefon klingelte und riss mich aus dem Beginn eines erotischen Tagtraums. Ich nahm ab, lehnte mich im Sessel zurück und hielt den Hörer ans Ohr. «Mercy Rothell.»

«Guten Tag, Mercy.» Schon beim Klang seiner Stimme schmolz ich innerlich dahin.

Ich ließ mich tiefer in den Sessel sinken und drehte ihn mit dem Rücken zum Großraumbüro. «Mr. Montgomery.»

Er lachte. «Essen Sie gerne chinesisch?»

«Aber sicher.» Ich wand das Telefonkabel um meinen Finger und sah aus dem Fenster.

«Prima, das gibt es nämlich als Abendessen.»

«Warum entlassen Sie mich nicht einfach aus dem Vertrag und suchen sich eine bereitwilligere Frau?» Ich biss mir auf die Lippen, weil mir plötzlich gar nichts mehr daran lag, mich aus diesem Vertragspunkt herauszuwinden und nicht für ihn Modell sitzen zu müssen. Ich befand mich in einer merkwürdigen Verfassung, gleichzeitig freudig erregt und voll schlimmer Befürchtungen.

Er schwieg einen Moment lang. «Ich würde Ihnen keinen Gefallen tun, wenn ich Sie mit meinem Ansinnen verschonte. Haben Sie es nicht satt, Ihr Leben immer nur halb zu leben?»

Ich schloss die Augen und kaute auf der Unterlippe herum. Er versuchte, mich dazu zu provozieren, mehr von mir selbst preiszugeben. Schließlich antwortete ich: «Dann also bis um sechs.»

«Ich erwarte Sie.»

Ich beendete das Gespräch und seufzte. Es wollte mir noch immer nicht recht in den Kopf, dass ein Mann wie Shamus Montgomery mich erwartete. Er war wie eine Naturgewalt in mein Leben getreten, und ich wusste, dass es nie wieder wie früher sein würde.

«Das kommt bei Ihnen ja nicht allzu oft vor.»

Lesleys Stimme klang gelassen, aber ich hörte die Neugierde, die darin mitschwang. Bestimmt hatte ich völlig durchgedreht gewirkt, als ich sie kaum zwanzig Minuten zuvor angerufen und um einen Zusatztermin gebeten hatte.

Ich schüttelte achselzuckend den Kopf. «Es gibt da einen Mann.»

«Ah ja.»

Zornbebend bediente ich den Hebel der verstellbaren Rückenlehne und legte die Füße übereinandergeschlagen auf die Fußstütze. «Ein Typ, der ständig Druck macht, fordernd.»

«Sie mögen ihn.»

«Alles andere würde mir schwerfallen», räumte ich verstimmt ein. «Er ist charmant, begabt, attraktiv und …»

«Fordernd.»

Ich sah sie an und zuckte die Schultern. «Ja, fordernd.»

«Haben Sie Angst vor ihm?»

«Nein.»

«Sind Sie sich sicher.»

«Ja, natürlich bin ich mir sicher.» Ich sah sie böse an und blickte dann weg. «Ich bin mir sicher.»

Lesley seufzte. «Sagen Sie das, weil Sie wollen, das es stimmt, oder weil Sie denken, dass ich das hören will?»

«Es stimmt wirklich. Wenn ich ihn ansehe, denke ich nicht einmal ansatzweise an das, was mir in New York zugestoßen ist.»

«Woran denken Sie denn?»

«An Sex. Leidenschaftlichen, entfesselten Sex.»

«Was löst der Gedanke, dass Sie ihn sexuell begehren, in Ihnen aus?»

«Das ist schwer zu sagen. Ich meine, er ist ja nicht der erste Mann, den ich sexuell attraktiv finde.» Ich biss mir auf die Lippen.

«Ist er der erste seit Ihrer Vergewaltigung?»

«Natürlich nicht, davor gab es Martin.» Ich sah sie mit zusammengepressten Lippen an. Ihr Unglaube war nicht zu übersehen. «Ich war vor meinem Weggang aus New York beinahe ein halbes Jahr lang mit ihm zusammen.»

«Ja, Sie haben sich ein halbes Jahr lang in der Freundschaft mit Ihrem Freund Martin verkrochen.»

Es kotzt einen ganz schön an, wenn jemand, den man schließlich bezahlt, einem andauernd widerspricht. «Okay, meinetwegen, vielleicht war ich sexuell weniger zu Martin hingezogen, als möglich gewesen wäre.»

«Und wie sieht Ihre Reaktion auf diesen Mann nun nach zweijähriger Enthaltsamkeit aus?»

«Es raubt mir den Atem», flüsterte ich. «Verstehen Sie, wie in so einem kitschigen Liebesroman. In meinem ganzen Leben habe ich so etwas noch nie für einen Mann empfunden. Ich bin nicht einfach nur scharf auf ihn. Es ist mehr, als ich jemals erklären könnte, und dabei kenne ich ihn kaum.»

«Aber Sie wollen ihn besser kennenlernen?»

«Ja.» Ich schüttelte stirnrunzelnd den Kopf. «Aber da ist noch mehr.»

«Einfach raus damit, Mercy.»

Ich setzte mich aufrecht hin und schob die Fußstütze

unter den Sessel zurück. Nervös stand ich auf und trat ein paar Schritte weg. «Also, meine Lust auf ihn ist irgendwie nicht weich und sanft.»

«Manchmal ist Sex schmutzig und gewalttätig.»

«Ja.» Ich schloss die Augen und holte tief Luft. «Wie kann ich nach dem, was mir zugestoßen ist, überhaupt nur an diese Art von Sex denken?»

Lesley schwieg einen Moment und nickte dann. «Ich verstehe.» Sie klappte meinen Ordner auf ihrem Schreibtisch zu und legte die Hände sittsam gefaltet darauf. «Ihre Reaktion auf diesen Mann ist absolut in Ordnung. Das sexuelle Begehren kann sich auf sehr unterschiedliche Weise ausdrücken.»

«Ich will nicht zu diesen Frauen gehören, die überhaupt nur kommen können, wenn sie sich missbraucht und vergewaltigt fühlen.» Ich drehte mich um und sah sie an.

«Und Sie gehören auch nicht dazu.»

«Sind Sie sich da sicher?»

«Sie etwa nicht?», fragte sie leise. «Es gibt keine Standardreaktion auf eine Vergewaltigung, Mercy. Sie haben diesen Angriff überlebt und Ihr Allerbestes gegeben, um darüber hinwegzukommen, und darauf sollten Sie stolz sein.»

«Okay.» Ich nickte und setzte mich wieder. «Das heißt also, nur weil ich mir wünsche, dass dieser Mann mich gegen eine Wand rammt und mir die Seele aus dem Leib fickt, bin ich noch lange nicht verrückt?»

«Denken Sie einmal darüber nach, wie Sie es beim Sex vor Ihrer Vergewaltigung mochten. Unterscheidet sich das wirklich so sehr von dem, was Sie sich mit diesem neuen Mann in Ihrem Leben wünschen? Wie sah denn der ideale Lover vor Ihrer Vergewaltigung für Sie aus?» Sie hielt inne und legte den Kopf schief. «Haben Sie Ihre Hausaufgabe gemacht?»

«Noch nicht.»

«Da das hier eine außerplanmäßige Sitzung ist, lasse ich Ihnen das vorläufig durchgehen. Erzählen Sie mir einfach, wie es mit dem Sex war.»

«Ich denke, bei mir war es so wie bei den meisten anderen Frauen.» Ich verschränkte achselzuckend die Arme vor der Brust. «Also … ich bin groß für eine Frau und habe größere Männer immer als attraktiv empfunden. Starke, aber behutsame Hände, Ausdauer und natürlich einen großen Schwanz.» Ich lachte leise und zuckte die Schultern. «Ich meine, manche Frauen würden wohl behaupten, dass das keine Rolle spielt.»

«Aber Sie sind da anderer Meinung?»

«Ja. Die Größe spielt eine Rolle. Sogar eine bedeutende. Ich mochte es immer, wenn Männer sich in ihrem eigenen Körper wohl fühlten und mir gegenüber nicht befangen waren. Ich war nie auf dem Sklavinnentrip, aber ich mochte es, wenn ein Mann stark war und wusste, was er wollte. Es ist irgendwie wunderbar, die eigene Lust in die Hände eines anderen Menschen zu legen. Mit Machtspielchen hat das überhaupt nichts zu tun.»

«Es geht vielmehr um Vertrauen.»

«Ja.» Ich lehnte mich noch ein wenig entspannter zurück. «Dann bin ich also nicht verrückt.»

«Nein.» Lesley lachte. «Und wenn Sie nun auf Fesselungen und Auspeitschen stünden, hätten Sie eigentlich auch keinen richtigen Knacks. Gegen Dominanzspiele ist nichts einzuwenden, solange die Beteiligten volljährig sind, dabei Lust empfinden und keine bleibenden Verletzungen davontragen.»

Bleibende Verletzungen. Diese Worte gingen mir nicht aus dem Kopf. Vor einiger Zeit hatte ich erkennen müssen, dass das, was Jeff mir angetan hatte, mich dauerhaft verändert hatte und dass da etwas zurückgeblieben war, was ich nie wieder vollkommen loswerden würde. Er war nicht nur in meinen Körper, sondern auch in meine Seele eingedrungen, und das ließ sich einfach nicht mehr rückgängig machen.

Der einzige Ausweg bestand darin, in meinem Leben und in meinem Kopf Raum für neue Erfahrungen zu schaffen. Eines hatte Lesley mich definitiv gelehrt, nämlich dass ich nicht einfach so tun konnte, als hätte es meine Vergangenheit nie gegeben. Wichtiger war aber noch, dass ich meine Zukunft nicht ewig aufschieben durfte. Ich hatte alle Energie und allen Ehrgeiz ganz auf die Galerie konzentriert, und das zahlte sich nun allmählich aus.

Jetzt aber, da ich meinem Karriereziel ganz nahe war, wurde mir mein unerfülltes Privatleben von Tag zu Tag schmerzlicher bewusst.

«Worüber denken Sie nach, Mercy?»

«Ich möchte nicht, dass Jeff King für den Rest meines Lebens diktiert, was ich zu tun und zu lassen habe, aber genau in diese Falle bin ich anscheinend getappt.»

«Wie meinen Sie das?»

«Ich gehe nicht mit Männern aus, die ich attraktiv finde, weil ich keine sexuellen Verwicklungen will. Ich habe zahllose Pläne für meine berufliche Zukunft und meine Karriere gemacht, aber keine für mein Privatleben. Ich habe mir den Gedanken, einmal zu heiraten, ganz aus dem Kopf geschlagen, von Kindern ganz zu schweigen. Ich habe nicht einmal darüber nachgedacht, ob es vielleicht in fünf oder zehn Jahren so weit sein könnte.»

«Und Sie finden das unnormal?»

Ich verschränkte die Arme vor der Brust und schüttelte den Kopf. «Nein. Nur konnte ich mir vor meiner Vergewaltigung durchaus eine Zukunft mit Mann und Kindern vorstellen. Jetzt dagegen denke ich nicht einmal mehr über so etwas nach.»

«Sie haben einen langen Heilungsprozess durchgemacht, Mercy. Die Konzentration auf Ihre Karriere hat es Ihnen ermöglicht, Ihr Leben selbst zu gestalten. Dieses Gefühl der Kontrolle war sehr wichtig für Sie, das wissen wir beide. Wenn ein zweiter Mensch dazukommt, ein Mann, geht ein Teil dieser Kontrolle verloren.»

«Werde ich denn jemals so weit kommen?»

«Natürlich.»

Ich lachte leise. «Das sagen Sie so, als verstünde sich das von selbst. Aber ich habe von Frauen gehört, die sich niemals von einer Vergewaltigung erholen. Irgendwann hocken sie nur noch tagein, tagaus in ihrer Wohnung, haben Angst hinauszugehen und trauen sich nicht einmal mehr selbst.»

«Sie sind auf einem guten Weg, Mercy.»

Ich nickte. «Okay.»

Ich trat aus dem Gebäude, in dem die Praxis meiner Therapeutin lag, und holte mein Handy heraus. Während der Sitzung hatte es zweimal Vibrationsalarm gegeben. Nun war beide Male «Unbekannt» angezeigt. Ich fragte mich gerade, was ich eigentlich davon hatte, dass ich für die Übermittlung der Anruferkennung bezahlte, als das Handy wieder läutete. Auch diesmal ein unbekannter Anrufer. Stirnrunzelnd nahm ich den Anruf an.

«Hallo.»

«Wie geht es dir, Mercy?»

Ich schloss die Augen und öffnete die Wagentür mit zitternder Hand. Als ich drinnen saß, hinter verriegelten Türen, fühlte ich mich etwas sicherer und zwang mich zum Antworten. «Jeff.»

«Ich habe an dich gedacht.»

«Komisch, ich bezahle jemandem viel Geld dafür, damit er mir hilft zu vergessen, dass es dich überhaupt gibt», antwortete ich, erst einmal stolz darauf, dass ich nicht gleich in Tränen ausgebrochen war. «Wo hast du meine Nummer her?»

«Das bleibt vorläufig mein Geheimnis. Ich würde dich gerne sehen.»

«Nein.»

«Wir sind zivilisierte, gebildete Menschen. Triff dich mit mir.»

Seine Stimme tat mir fast körperlich weh. Ich erinnerte mich daran, wie seine Finger sich schmerzhaft in meinen Arm gekrallt hatten, während er mir brutal erklärte, dass er mir noch viel weher tun würde, wenn ich mich wehrte. Aber schlimmer als meine körperliche Reaktion war das Wissen, dass er meine Freundschaft verraten und mein Vertrauen missbraucht hatte. Vor dem Übergriff hätte ich Jeff King als einen Freund betrachtet. Jetzt aber war er ein lebender Albtraum, und jedes Mal, wenn er sich in mein Leben drängte, überfiel mich die Erinnerung, wie dumm und naiv ich gewesen war.

«Die Antwort lautet nein, und das wird sich auch niemals ändern.» Die Worte klangen selbstbewusst und überzeugend. Wenigstens meine Stimme ließ mich nicht im Stich und verriet nicht, wie ich mich insgeheim fühlte.

Ich beendete das Gespräch und schaltete das Handy aus. Es war, als hätte die ganze Welt sich verschworen, um mir jeden Moment dieses Tages so schwer wie möglich zu machen. Dann dachte ich peinlich berührt, dass ich plötzlich einen Verfolgungswahn entwickelte, und so ließ ich den Motor an und fädelte mich in den Verkehr ein.

4

Nun saß ich zum zweiten Mal vor Shames Brownstone-Haus im Auto. Die Fahrt hatte mich leider nicht beruhigt. Jeffs Stimme klang immer noch in mir nach, und ich meinte fast, sein Rasierwasser zu riechen. Ich fuhr mir mit der Hand durchs Gesicht und nahm die Verwüstung, die meine feuchten Handflächen an meinem Make-up anrichteten, anstandslos hin.

Da ich mich nicht ewig im Wagen verkriechen konnte, stieg ich aus und schaltete die Alarmanlage ein. Manchmal ist tapfer sein zu müssen ganz schön ätzend. Mit gestrafften Schultern bereitete ich mich innerlich auf die Begegnung vor und betrat die Galerie. Die Lichter im Ausstellungsraum waren schon gedimmt und die Treppe nicht mehr mit dem PRIVAT-Schild versperrt.

Die Stille hier unten im Ausstellungsraum war unheimlich und bewirkte, dass sich mein Magen zusammenzog. Auch wenn ich es nicht gerne zugab, hatte Jeff Kings Anruf mir ziemlich zugesetzt. Er schaffte es mühelos, mich aus der sicheren Welt, die ich mir errichtet hatte, brutal herauszureißen. Aber im Grunde musste ich die Schuld bei mir selbst suchen. Hätte ich ihn angezeigt, säße er jetzt vielleicht im Gefängnis.

Ich sah die Treppe hinauf und fragte mich, wo Shame wohl steckte. Das letzte Mal hatte er mich ja hier unten in der Galerie empfangen. Ich machte die Tür auf und zu, damit die Ladenglocke noch einmal klingelte, und trat dann ganz ein. «Soll ich abschließen?», rief ich laut.

Meine Frage verhallte in der stillen Galerie. Dann tauchte oben auf der Treppe eine eindeutig weibliche Gestalt auf und stampfte die Stufen hinunter. Shame folgte der jungen Frau auf den Fersen.

Noch mit ihren Blusenknöpfen beschäftigt, funkelte sie mich aufgebracht an. Sie war schlank und sah trotz ihrer Wut wie ein Engel aus. Kein Wunder, dass sie einen Künstler inspirierte. Ihren Gesichtsausdruck konnte ich mühelos deuten. Frauen wie sie waren nicht an Zurückweisung gewöhnt. Derselbe geschockte, verwirrte Blick musste am Vorabend in meinem Gesicht gestanden haben. Sogar jetzt überkam mich noch einmal ein Anflug von Wut, dass Shame meine offensichtliche sexuelle Erregtheit übergangen hatte und ich schließlich dazu gezwungen gewesen war, mich selbst zu befriedigen.

«Die da? Du ersetzt mich durch die da? Du undankbarer Drecksack.» Die Frau schoss ihm einen wütenden Blick zu und stürmte aus der Tür.

Ich fuhr zusammen, als die Ladenglocke gegen die Türscheibe schepperte. Zur Tür tretend, schloss ich ab und zog den Schlüssel aus dem Schloss. Ich ließ die Jalousien sorgfältig herunter und wandte mich dann Shame zu. «Sie hat nicht gerade glücklich gewirkt.»

Er schüttelte seufzend den Kopf. «Sie ist noch jung.»

«Ja.» Ich trat zu ihm und reichte ihm den Schlüssel. «Bin ich der Ersatz?»

«Nein. Sie hat mir schon für zwei frühere Arbeiten Modell gesessen, doch für die abschließende Arbeit der Ausstellung ist sie nicht geeignet. Sie selbst sieht das allerdings anders.» Er nahm den Schlüssel entgegen und steckte ihn in die Hosentasche.

Ich hätte ihn am liebsten gefragt, ob er mit ihr schlief, schluckte das aber herunter. Als ich seinem Blick begegnete, merkte ich, dass er mich aufmerksam musterte. «Ich bin bereit.»

«Nein, sind Sie nicht, aber das kommt schon noch. Ich habe uns etwas zu essen bringen lassen.»

Er trat von der Treppe zurück, sodass ich vor ihm hinaufgehen konnte. Anstelle des Podiums stand nun ein großer roter Sessel in der Raummitte. Ich betrachtete das Ungetüm einen Moment lang und fragte mich, was Shame damit im Sinn hatte. Wie tickte ein Mann wie Shamus Montgomery? Was trieb ihn an? Wo hakte es bei ihm? Ich sah ihn aufmerksam an und räusperte mich.

«Vielleicht sollten wir einfach mit der Arbeit anfangen.»

Er deutete auf einen Tisch und zwei Stühle. «Ich finde, wir sollten erst noch etwas essen.»

Nach einem kurzen Blick auf den Tisch konzentrierte ich mich wieder auf den Sessel. «Wo ist die Toilette?»

Er zeigte auf eine Tür neben der Treppe zum zweiten Stock. «Lassen Sie sich ruhig Zeit.»

Ich sah ihn kurz an, bevor ich die Handtasche über die Stuhllehne hängte und in die kleine Toilette trat. Ein einziger Blick in den Spiegel sagte mir, warum er mich aufgefordert hatte, mir Zeit zu lassen. Was von meinem Make-up übrig geblieben war, unterstrich meine Blässe nur noch.

Mir kam der Gedanke, dass ich einer Begegnung mit Shamus im Moment emotional gar nicht gewachsen war. Der Vorabend war schon schwierig gewesen, aber da hatte ich das Gefühl gehabt, mich behaupten zu können. Heute Abend sah es anders aus. Ich war durch das Gespräch mit Jeff emotional angeschlagen und fühlte mich besudelt. Plötzlich kam es mir so vor, als hätten die vielen Stunden in Lesleys Praxis mich eigentlich nicht viel weiter gebracht. Sollte ich diese Phase nicht schon längst hinter mir haben?

Warum zitterte ich immer noch, wenn ich auch nur die Stimme dieses Drecksacks hörte?

Ich wusch mir das Gesicht mit der Seife, die am Waschbeckenrand lag, nicht gerade glücklich, weil ich wusste, dass meine Haut von Handseife austrocknete. Ein kurzer Blick in das kleine Toilettenschränkchen förderte ein Fläschchen mit Feuchtigkeitscreme zutage. Nicht gerade meine Marke, aber es musste eben genügen.

Als ich merkte, dass ich mich nun schon seit fast zehn Minuten frisch machte, zwang ich mich dazu, die Tür zu öffnen und hinauszugehen. Shame war inzwischen auf die andere Seite des Raums gegangen und stand vor dem Sessel.

Ich setzte mich, schnappte mir einen Karton mit Hähnchen Kung-Pao und beschloss, mich für das, was mir bevorstand, mit einem vollen Magen zu wappnen. Shame durchquerte das Atelier und setzte sich zu mir an den Tisch. Mein Blick wanderte mehrmals zum Sessel, bevor ich ihn ansah.

«Der Sessel beunruhigt Sie?»

Beunruhigte mich der Sessel? Nein. Das verdammte Ding brachte mich vollkommen aus der Fassung. Was hatte er damit vor? Der Sessel war provozierend und so groß, dass selbst ein Hüne ihn nicht ausfüllen konnte. Es kam mir so vor, als könnte das Ding mich komplett verschlucken. «Haben Sie denn nicht genau das beabsichtigt?»

«Ich dachte mir, Sie hätten vielleicht gerne Ihr eigenes Territorium.»

«Mein Territorium?»

«Ja. Eine Art Refugium. Ob Sie mir nun glauben oder nicht, Mercy, ich will Sie gar nicht so in die Enge treiben, dass Sie sich unwohl fühlen.»

«Ich habe keine Angst vor Ihnen.»

«Nein, ich glaube eigentlich, dass Sie vor fast gar nichts Angst haben.»

Ich schob mir das Haar von den Schultern und begegnete seinem Blick. «Ich gebe mir Mühe.»

«Wovor haben Sie denn Angst?»

«Ich bin genau wie andere Menschen. Vermutlich ist die Angst vor Kontrollverlust meine größte Sorge. Ist das nicht die Wurzel der meisten Ängste?»

«Da dürften Sie wohl recht haben.» Er blickte kurz auf sein Essen, lehnte sich dann im Stuhl zurück und sah mich an.

«Wovor haben *Sie* denn Angst?», fragte ich.

«Es ist ein bisschen merkwürdig für mich, über meine Ängste nachzudenken. Als ich jünger war, dürften meine persönlichen Ängste sich wohl vor allem auf meine Arbeit bezogen haben. Ich hatte Angst vor Ablehnung meines Werks und vielleicht auch vor persönlicher Ablehnung. Schon als Kind konnte ich es nicht ausstehen, wenn es nein hieß. Heute muss ich sowohl beruflich als auch persönlich kaum mehr Ablehnung fürchten. Als Künstler habe ich mir eine Nische geschaffen, in der ich mich sehr gut aufgehoben fühle. Allerdings auch wieder nicht so gut, dass ich nicht etwas nervös würde, wenn ich ein Risiko eingehe.»

«Und persönlich?»

«Ich habe inzwischen genug Erfahrung, um zu wissen, dass es für jede Frau, die nein sagt, zahlreiche andere gibt, die ja sagen.» Er setzte eine Wasserflasche an die Lippen und trank ausgiebig. «Meine Eltern haben mir gute Gene mitgegeben, und ich gebe auf mich acht. Der Rest kommt dann schon oder eben auch nicht.»

«Und wenn eine Frau Ihnen einen Korb gibt?»

Er lächelte. «Dann verpasst sie was.»

«Sie sind dann nicht verärgert?»

«Nein. Für solche Spielchen bin ich definitiv zu alt. Eine Frau ist entweder für mich verfügbar oder eben nicht.»

«Und doch haben Sie mich in eine Lage manövriert, in der ich Ihre Bitte, Ihnen Modell zu sitzen, nicht ablehnen konnte.»

«Das ist etwas anderes. Auf beruflicher Ebene gehe ich anders vor als in privaten Dingen. Wenn mein Interesse an Ihnen rein persönlicher Natur gewesen wäre, hätte ich die Sache ganz anders angepackt.»

Er hatte sein Essen nicht angerührt und schob es jetzt beiseite. Ich fragte mich einen Moment lang, warum er keinen Appetit hatte. Machte vielleicht *ich ihn* nervös? Der Gedanke war verführerisch, wenn auch höchst unwahrscheinlich.

«Persönlich interessieren Sie sich also nicht für mich?»

«Das habe ich nicht gesagt.» Er lächelte kurz, und ich hätte ihm am liebsten eins aufs Maul gegeben. «Sie wissen, dass Sie ungewöhnlich schön sind.»

«Das hat man mir schon gesagt.» Ich griff nach einer Gabel und spießte ein Hähnchenstück auf. «Als ich jünger war, hat mich die Aufmerksamkeit von Männern immer sehr verlegen gemacht. Natürlich habe ich mir nie gewünscht, lieber hässlich zu sein, aber ich war oft frustriert, weil die Leute nie versuchten, mehr als das Äußere zu sehen.»

«Und was gibt es hinter diesem reizvollen Gesicht zu entdecken?»

«Ich habe ein abgeschlossenes Betriebswirtschaftstudium und ein Diplom in Kunstgeschichte. Wenn alles gutgeht, werde ich im August dieses Jahres Direktorin der Holman Gallery. Ich bin ein Einzelkind und habe meine Eltern enttäuscht, die einfach nicht begreifen können, dass ihre Tochter so ganz anders ist als sie selbst.» Ich machte die Wasserflasche auf, die er mir hingestellt hatte, und trank ausgiebig.

«Sind Ihre Eltern wirklich enttäuscht von Ihnen, oder bilden Sie sich das nur ein?»

Ich zuckte lachend die Schultern. «Na ja, ich bin offensichtlich nicht ganz nach Wunsch geraten. Hätten sie rechtzeitig gewusst, dass es mir vollkommen gleichgültig sein würde, wie ich gesellschaftlich dastehe, hätten sie wohl lieber noch auf ein zweites Kind gesetzt. Sie verstehen nicht, warum ich partout einen Beruf haben will, wie ich es außerhalb New Yorks überhaupt aushalten kann und warum ich nicht irgendeinem engstirnigen Typ aus ihrem Milieu das Jawort gebe und sie mit einem Enkel erfreue.»

«Gibt es einen Mann in Ihrem Leben?»

Ich schaute auf mein Essen hinunter. «Nein.»

«Erzählen Sie mir, warum Sie sich für ein Leben als Single entschieden haben.»

«Nur weil ich mich für Sie ausgezogen habe, Mr. Montgomery, heißt das noch lange nicht, dass ich auch einen Seelenstriptease mache.»

«Wollen Sie wissen, was ich sehe, Mercy?»

«Nein.» Ich sah ihn an. «Aber ich habe das Gefühl, dass Sie es mir trotzdem sagen werden.

Er lachte, stützte das Kinn in die Hand und betrachtete mein Gesicht. «Ich sehe eine Frau, die sich zu viel Mühe gibt, glücklich auszusehen, statt einfach glücklich zu sein. Als Sie mir zum ersten Mal ins Auge gefallen sind, kamen Sie mir wie eine Frau vor, die ihr Leben vollkommen im Griff hat. Das ist jetzt mehr als zwei Jahre her, und Sie arbeiteten damals in New York. Seitdem ist irgendetwas geschehen, was Sie verändert hat. Was war das?»

«Ich kann mich nicht erinnern, Ihnen in New York jemals begegnet zu sein.» Eine solche Begegnung hätte ich gewiss nicht vergessen.

«Nein, wir haben uns auch nicht kennengelernt. Wir haben allerdings einen gemeinsamen Bekannten, Edward Morrison.» Er schwieg einen Moment lang, bevor er fortfuhr: «Warum haben Sie New York verlassen?»

«Ich hatte festgestellt, dass die Museumsarbeit nicht meine eigentliche Leidenschaft ist. Einen Künstler zu entdecken ist weit aufregender, als die Werke der Verstorbenen zu bewahren. Das Leben ist für die Lebenden da. Museen beschäftigen sich mit der Vergangenheit.» Denselben Sermon hatte ich seit meiner Ankunft in Boston schon mehr als zwanzigmal abgelassen, und es klang noch immer nicht überzeugend. Aber da ich unmöglich erzählen konnte, dass ich aus Angst vor Jeff King aus New York geflohen war, blieb mir nichts anderes übrig.

«Irgendetwas haben Sie da ausgelassen.»

Ich sah ihm in die Augen. «Sie bedrängen mich, Mr. Montgomery. Das mag ich nicht.»

Er lehnte sich im Stuhl zurück. «Ich hatte mir schon gedacht, dass Ihr rotes Haar gefärbt ist.»

Sein unverfrorener Hinweis auf die intime Situation des Vorabends war wie ein Eimer kaltes Wasser. Ich schob meinen Teller zur Seite und stand auf. «Ich bin satt.»

Er stand ebenfalls auf, trat zum roten Sessel und sah mich an. «Dann kommen Sie her.»

Während ich seiner Aufforderung nachkam, riss ich mich innerlich zusammen. Ich durfte mich auf keinen Fall von ihm nervös machen lassen. «Ich ziehe mir nur schnell den Mantel an.»

«Nein.» Er musterte mich von Kopf bis Fuß. «Ziehen Sie sich hier aus.»

Ich blieb stehen und sah ihn aufgebracht an. «Was für

ein Spiel spielen Sie da eigentlich mit mir, Mr. Montgomery?»

«Ich hatte Ihnen doch gesagt, dass Sie mich Shame nennen sollen.»

«Als wenn ich mich von Ihnen herumkommandieren ließe.» Ich widerstand dem Impuls, die Arme vor der Brust zu verschränken. Ich wusste, dass mein überwältigendes Bedürfnis, die Situation selbst zu kontrollieren, zum Teil auf Jeff Kings Anruf zurückging. «Ich bin keine Stripperin.»

Lachend trat er einen Schritt zurück. «Nein, gewiss nicht.» Er setzte sich zwei oder drei Meter vor dem Sessel auf den Boden, den Skizzenblock in der Hand.

«Ich würde mich lieber hinter dem Wandschirm ausziehen.»

«Setzen Sie immer Ihren Kopf durch?»

Ich schürzte die Lippen und starrte ihn einen Moment lang wütend an. «Halten Sie mich deswegen für verwöhnt?»

«Nein, Sie sind bei weitem die am wenigsten verwöhnte Frau, die ich kenne.» Er legte den Kopf schief. «Ich dachte, wir wären gestern Abend übereingekommen, dass Sie mir vertrauen können.»

«Sie hatten mich gebeten, Ihnen zu vertrauen.»

«Und Ihr Vertrauen bekommt man nicht so ohne weiteres», murmelte er. «Ziehen Sie sich vor meinen Augen aus, Mercy.»

Ich stellte mich vor den Sessel, zog die Bluse aus dem Rock und knöpfte sie mit zitternden Fingern auf. Als ich den letzten Knopf geöffnet hatte, zitterten meine Hände nicht mehr. Ohne ihn anzusehen, streifte ich mir die Bluse von den Schultern und warf sie vor ihm auf den Boden.

Als ich mir vorn am Verschluss meines BHS zu schaffen machte, begegnete sich unser Blick. Es war zu still im

Raum. Ich schluckte, ließ die Schließe los, und der BH glitt zu Boden. Mit nahezu gefühllosen Händen löste ich den Knoten meines Wickelrocks. Schließlich stand ich in halterlosen Strümpfen, Höschen und leichten Riemchensandalen vor ihm.

«Lassen Sie den Rest an.»

Ich sah den Sessel an und ließ die Hände herunterfallen. «Der Sessel ist mein Territorium.»

«Ja.» Er betrachtete mich von Kopf bis Fuß, registrierte meine harten Nippel und verweilte schließlich bei den Sandalen. «Ich werde diese Grenze respektieren, solange Sie mich nicht selbst bitten, sie zu überschreiten.»

«Und wenn ich niemals darum bitte?»

Er lachte. «Ich denke, wir wissen beide, dass es anders kommen wird. Vorläufig sollten wir uns auf die Arbeit konzentrieren.»

«Einverstanden.» Ich setzte mich, und er legte Skizzenblock und Zeichenkohle zu Boden und stand auf.

«Lehnen Sie sich im Stuhl zurück und öffnen Sie die Beine.»

Ich wurde rot, tat aber wie geheißen. «Wo soll ich die Hände hinlegen?»

«Auf die Stuhllehne.» Er ging zweimal um den Stuhl herum, nickte, blieb dann vor mir stehen und sah mich an. «Ich verstehe Sie nicht, Mercy.»

«Da gibt es nicht so viel zu verstehen.»

«O doch.» Er trat ein paar Schritte zurück. «Lehnen Sie sich bequem an.»

Ich atmete tief durch, kam seinem Wunsch nach und versuchte, nicht auf das Kribbeln in meinen Nippeln zu achten. Offensichtlich war er mit meiner Haltung zufrieden, denn er kehrte zum Skizzenblock zurück.

Eine halbe Stunde lang herrschte Schweigen. Er füllte

drei Seiten mit Skizzen aus unterschiedlichen Perspektiven, wobei er sich auf meine Beine konzentrierte. Die Blätter breitete er wie eine Art von Puzzle zwischen uns auf dem Boden aus. Dann wandte er sich meinem Oberkörper und meinem Gesicht zu. Ich rutschte ein wenig unruhig hin und her, bemühte mich aber, meine Stellung nicht zu verändern. Als er meinem Blick begegnete, seufzte er und schüttelte den Kopf.

«Was ist denn?»

Er legte den Skizzenblock weg. «Ihre Augen verraten Sie, Mercy.»

«Was wollen Sie damit sagen?»

«Sie sind eine sehr schöne Frau, der die Sinnlichkeit aus allen Poren dringt, und doch sehe ich bei Ihnen eine Reserviertheit, die überhaupt nicht zu Ihnen passt. Frauen von Ihrem Schlag sollten sich nicht wie scheue Kätzchen benehmen. Bescheidenes Erröten, das ist etwas für die Unerfahrenen. Ein Mädchen verbirgt und verleugnet seine Sexualität. Eine Frau dagegen gibt sich ihrer Sexualität lustvoll hin.»

«Sie halten sich wohl für sehr tief blickend.»

«Ich sehe tatsächlich tief.» Er senkte den Kopf. «Gestern Abend waren Sie scharf auf mich. Ihr ganzer Körper war erhitzt und errötet.» Sein Blick wanderte über meine Nippel, und diese schienen sich unter seinen forschenden Augen noch praller aufzustellen. «Und doch haben Sie es sorgfältig vermieden, mich aus der Reserve zu locken. Eine Frau gibt deutlich zu erkennen, was sie will.»

Verärgert, dass er mich so gründlich durchschaut hatte, sah ich ihn unwirsch an. «Ich falle bestimmt keinem Mann zu Füßen und bettele um seinen Schwanz. Wenn ich wirklich einen Schwanz brauche, kann ich mir den auch kaufen.»

Er nickte lachend. «Ja, da haben Sie natürlich recht. Sie brauchen Ihre Wünsche nicht zu äußern und können jede Zurückweisung vermeiden, wenn bei Ihnen zu Hause so ein praktisches kleines Gerät auf Knopfdruck für Sie bereit ist.»

Ich verschränkte die Arme vor der Brust und widerstand dem Impuls, ihm den Stinkefinger zu zeigen. Das arrogante Schwein würde mich noch dazu provozieren, ihm eine runterzuhauen. Als hätte er meine Stimmung erfasst, seufzte er plötzlich auf, und ich wandte mich ihm zu.

«Stehen Sie auf und lockern Sie Arme und Beine.» Er lehnte sich auf den Händen zurück und betrachtete mich von Kopf bis Fuß. «Und dann ziehen Sie sich ganz aus.»

Ich tat wie geheißen. Dass er in dieser Situation am längeren Hebel saß, machte mich nur noch wütender. Wir beide wussten, dass ich nicht aus dem Vertrag herauskonnte, und er schien zwar willens, über seine Methoden nachzudenken, war aber keinesfalls bereit, die Übereinkunft, die ich unwissentlich eingegangen war, als solche aufzugeben. Ich zog meinen Slip aus und setzte mich dann, um die hohen Strümpfe von den Beinen zu streifen.

Wieder nackt, dachte ich. Nun wurde meine Möse noch nicht einmal mehr vom dünnen Stoff des Höschens beschützt. Und sofort glühte ich vor Erregung. Es reichte irgendwie schon, dass ich nackt vor diesem Mann stand, und mein Körper loderte richtiggehend auf. Der Lustsaft umspülte meine Klitoris, und ich schluckte, widerstand aber dem Impuls, meine Möse mit der Hand zu verdecken.

Fast zitternd sah ich ihn an: «Dieselbe Position wie eben?»

«Nein.»

Er senkte den Kopf und sah mir ins Gesicht. «Machen Sie es sich bequem, Mercy.»

Ich setzte mich tief in den Sessel zurück, zog die Beine an, schlang die Arme darum und legte das Kinn auf die Knie. Als ich schließlich zu ihm hinsah, zeichnete er schon, anscheinend mit meiner Position zufrieden.

Etwa vierzig Minuten später schloss er den Skizzenblock und stand auf. «Sie können sich anziehen.»

Ich sammelte meine Kleider ein, während er wegging. Ohne mich um ihn zu kümmern, eilte ich hinter den Sichtschirm. Als ich dort wieder hervorkam, saß er im Sessel, ein Glas Wein in der Hand. Mit seiner Haltung, die absolut nicht einstudiert wirkte, bot er ein lässig-elegantes Bild.

«Ich dachte, der Sessel sei mein Territorium.»

Er musterte mich beiläufig und sah mir dann in die Augen. «Wenn Sie nackt sind.»

«Bekommen Sie das, was Sie brauchen?»

Er nickte. «Ja, genau das. Und was brauchen Sie, Mercy?»

«Was braucht denn jede Frau?»

«Ich wollte nicht wissen, was Frauen im Allgemeinen brauchen. Sondern, was *Sie* brauchen.»

«Frieden», flüsterte ich. «Nur das eine Shame, Frieden.»

«Frieden, den kann man niemandem so ohne weiteres verschaffen.» Er schwieg einen Moment lang und nickte dann. «Und es ist auch schwierig, ihn für sich selbst zu erringen.»

Ich ging durch den Raum und griff nach meiner Handtasche. Dort holte ich meine Schlüssel heraus, schob die Strümpfe und meinen Slip hinein und machte den Reißverschluss wieder zu. Er stand auf und folgte mir, als ich den

Raum verließ und die Treppe hinunterging. An der Haustür holte er den Schlüssel aus der Hosentasche und hielt dann inne.

«Seit ich erwachsen bin, verbringe ich einen Großteil meiner Zeit in Gesellschaft schöner, nackter Frauen. Frauen kommen nur deshalb nach Boston, um mir Modell zu sitzen.» Er sah mir in die Augen und räusperte sich. «Es gibt da eine Regel, an die ich mich immer halte, wenn eine Frau mir Modell sitzt.»

«Ach ja?»

«Ja.» Er nickte und ballte die Faust um den Schlüssel in seiner Hand. «Ich schlafe nicht mit diesen Frauen.»

«Nicht einmal mit der von vorhin?»

Er schüttelte lachend den Kopf. «Nicht einmal mit ihr. Obwohl sie sich angeboten hat.»

«Waren Sie je in Versuchung?»

«Ja.» Er näherte sich. «Und im Moment befinde ich mich tatsächlich in einem Dilemma.»

«Ich führe Sie in Versuchung?»

«Ja, aber solange das Projekt nicht fertiggestellt ist, bemühe ich mich um professionelle Distanz.»

«Ich verstehe.» Ich blickte zu Boden und dann wieder in sein Gesicht. «Das scheint mir ein guter Vorsatz, Shame.»

«Ja.» Er nickte zustimmend.

Plötzlich zischte er etwas, fast unhörbar, fuhr mir mit den Fingern ins Haar und umfing meinen Hinterkopf. Er zog mich an sich und bedeckte meinen Mund mit seinem. Ich überließ mich seinem Kuss ohne das geringste Zögern. Es war so leicht, mich ganz seinem Mund und dem Geschmack seiner Lippen hinzugeben. Ich hatte gar nicht gemerkt, wie sehr mir die intimen Berührungen eines anderen Menschen all die Zeit gefehlt hatten. Seine Zunge streifte meine Lippen und glitt in meinen Mund. Ich nahm dieses Eindringen freudig hin und hoffte inständig, dass er nicht aufhören würde.

Als er mich gegen die Tür drückte, klammerte ich mich vor Erregung bebend an ihm fest. Die Jalousie schlug klappernd gegen die Scheibe und grub sich mir in den Rücken. So eng von ihm umfangen, spürte ich, wie die Leere tief in meinem Inneren danach verlangte, gefüllt zu werden. Ich krallte ihm die Finger in die Schultern und entzog ihm mit meinem allerletzten Rest von Selbstbeherrschung den Mund. Wir verharrten reglos, die brennenden Körper aneinandergepresst und heftig keuchend.

«Ich hab deinen Lustsaft gerochen, als ich im Sessel saß.» Seine Lippen streiften über Kinn und Wangen. «Allein schon beim Gedanken daran hab ich fast einen Orgasmus.»

Ich packte sein Hemd fester. «Küss mich.»

Das ließ er sich nicht zweimal sagen. Wimmernd rieb ich das Bein an seinem. Als ich fast so weit war, um mehr zu betteln, entzog ich ihm meinen Mund und sah weg. Seine Hände glitten an meinen Hüften hinunter, und er holte tief und bebend Atem.

«Du trägst keinen Slip, Mercy.»

«Stimmt.» Ich atmete durch. «Das kommt mir ganz schön unanständig vor.»

«Allerdings.» Shame streifte meine Lippen mit seinen, und ich stöhnte ganz leise, als er mich fester küsste, dann aber den Kopf hob. «Du weißt, dass ich dich wunderschön finde.»

«Hört sich gut an.» Ich presste mich noch fester an ihn und spürte, wie sein harter Ständer gegen meinen Bauch drückte. Ich schwelgte in seinen Worten, obwohl er nichts Neues gesagt hatte. «Und fühlt sich auch gut an.»

«Das geht zu schnell.» Seine Lippen wanderten über mein Kinn zu meinem Hals hinunter.

«Dann sollten wir besser aufhören.» Ich zog mich zurück, und wieder klapperte die Jalousie gegen die Scheibe.

«Gleich.» Shame schob die Hand zwischen die überlappenden Stoffbahnen meines Wickelrocks.

Ich schloss aufkeuchend die Augen, als er meine Möse bedeckte. Einer seiner Finger glitt zwischen den Schamlippen aufwärts und über meine Klitoris. «O Gott.»

Der Finger rutschte tiefer und tauchte in meinen Eingang ein. Ich umarmte Shame fester, während ich den köstlichen Ansturm seiner Finger hinnahm. Das kaum merkliche Eindringen ließ meine Beine schwach werden, und ich hielt mich an seinen Schultern fest.

«Bist du meinetwegen so feucht?»

Bei der Frage zog sich mein ganzer Unterleib zusammen. Schon seit unserer allerersten Begegnung war ich nass, wenn ich ihn nur sah. «Shame.»

«Ich weiß.» Er zog seine Hand weg, und die plötzliche Leere ließ mich erschauern. «Ganz ruhig.»

«Ich brauche mehr.» Ich fühlte mich schwach bei diesem Eingeständnis und schloss die Augen.

«Brauchst du mich, oder wär dir jetzt jeder Mann recht?»

Die geflüsterte Frage war wie ein Schlag ins Gesicht. Ich riss mich von ihm los und verschränkte die Arme vor den schmerzhaft geschwollenen Brüsten. «Das ist eine beschissene Frage.»

«Ich habe das Recht zu wissen, ob du dich von mir nur beiläufig angezogen fühlst.»

Ich war gekränkt, musste aber einräumen, dass er ein Recht auf diese Frage hatte. Tatsache war, dass ich ihn mit einer Heftigkeit begehrte, die mir vollkommen fremd war. «Ich kann mir kaum vorstellen, dass irgendeine Frau eine sexuelle Beziehung mit dir als beiläufig betrachten könnte.» Ich sah ihn kurz an. «Ich bumse nicht einfach drauflos. Ich bin alt genug, mehr zu wollen.»

Er öffnete die Tür und sah mich an. «Gute Nacht, Mercy.»

«Gute Nacht.» Ich unterdrückte den Impuls, ihn zärtlich zu berühren, schlüpfte an ihm vorbei und trat durch die Tür in die Nacht hinaus.

Als ich hinter verschlossenen Türen im Auto saß und der Schlüssel im Zündschloss steckte, brauchte ich einige Minuten, um so weit zu mir zu kommen, dass ich den Motor anlassen konnte. Ich spürte noch immer seine Lippen auf meinen, seine Zunge in meinem Mund, sein zärtliches Streicheln und schließlich die in meine Möse gleitenden Finger. Unser nächstes Treffen konnte ich kaum erwarten und hatte gleichzeitig Angst davor.

Ich holte mein Handy aus der Tasche und wählte Janes Nummer, während ich die Automatik auf Drive stellte. Das Kabel des Ohrhörers verfing sich in meinem Haar, aber ich konnte Ordnung schaffen, bevor Jane abnahm. Ich redete los, sobald ich ihre Stimme hörte. «Nenn mir vier gute Gründe für wilden, hemmungslosen, rauschhaften Sex mit einem Mann, den man kaum kennt.»

«Orgasmus, Orgasmus, Orgasmus und dass du ihm nur einen falschen Namen nennen musst, wenn du nicht willst, dass er dich hinterher nervt.»

Lachend schüttelte ich den Kopf. «Danke.»

«Gern geschehen. Ich bin die einsame Stimme der Vernunft für die moderne, karrierebewusste Frau. Und, hast du ihn flachgelegt?»

«Nein.»

«Mist», seufzte Jane.

«Ja, irgendwie schon.» Stirnrunzelnd hielt ich bei Rot. «Sag mal, hast du mich zufällig angerufen und aufgelegt, als der Anrufbeantworter anging?»

«Nein, normalerweise lege ich auf, bevor das verdammte Gerät anspringt. Du weißt doch, wie diese Dinger mich nerven.»

«Wir alle liegen mit bestimmten Geräten in Fehde. Sag mal, willst du morgen mit mir frühstücken?»

«Lass mal sehen … Möchte ich wirklich zu nachtschlafender Zeit aufstehen, um mit einer Frau zu frühstücken, die heute Abend nichts Heißes erlebt hat?» Sie machte eine theatralische Pause. «Nein. Stell mir die Frage nochmal, wenn du was Saftiges zu erzählen hast.»

Mit einem letzten Blick auf die Tür der Galerie warf ich mein Handy auf den Beifahrersitz. Hätte ich doch etwas Saftiges zu erzählen gehabt! Ich hätte mir vormachen können, dass ich nicht wusste, warum Shame mich weggeschickt hatte, aber ich wusste es genau. Shame gehörte nicht zu den Männern, die auf schüchterne Frauen stehen. Wenn ich etwas von ihm wollte, musste ich meine Wünsche klar und deutlich aussprechen.

Ich presste die Beine zusammen und versuchte, nicht auf meinen noch immer pochenden Kitzler zu achten. Shame hatte mich ganz schön aufgewühlt, auf eine angenehme, wenn auch letztlich frustrierende Weise. Wenn ich daran dachte, wie seine Finger in meine Möse geglitten waren, wusste ich, dass es nur eine Frage der Zeit war, bis mein Körper die Entscheidung für mich traf. Wie lange konnte ich noch dagegen ankämpfen?

5

Gegen 8.30 Uhr tat es mir allmählich wirklich leid, dass ich das Frühstück ausgelassen hatte. Ich schob die Schuld auf Jane – das war zwar ungerecht, tat mir aber gut. Aus dem Ostflügel der Galerie, wo die Räume für Lisas Ausstellung vorbereitet wurden, war gedämpftes Sägen zu hören. Mit einem genervten Blick ins Großraumbüro versuchte ich, mich zu erinnern, warum ich die Frau, die mir jetzt am Schreibtisch gegenübersaß, eigentlich hatte anreisen lassen. Es war zwar nicht mein eigenes Geld, aber die Verschwendung ärgerte mich trotzdem. Außerdem hasste ich Vorstellungsgespräche. Diese Aufgabe würde ich mit Sicherheit in andere Hände legen, wenn ich einmal Direktorin war.

«Nun, Ms. Banks, erzählen Sie mir doch einmal, wie Sie sich die Entwicklung der Holman Gallery vorstellen», sagte ich.

«Die Holman Gallery befindet sich eindeutig auf der Überholspur. Der von Ihnen erwähnte Vertrag mit Shamus Montgomery wird für Diskussionsstoff sorgen. Kunst, die in den Medien diskutiert wird, verkauft sich gut. Langfristig gesehen tut man damit aber einer Galerie nicht immer einen Gefallen.»

«Bitte fahren Sie fort.» Ich war mir sicher, dass sie mir gleich Höllenstrafen für die Unterstützung von Pornographie androhen würde.

«Ich kann der Holman Gallery Künstler vermitteln, deren Werke auch ein Publikum ansprechen, das sich nicht für sexualisierte Kunst interessiert. Sie sagten, dass die Galerie ihr Programm ausweiten und an die Highschools herantreten wird? Dann werden Sie Ausstellungsbereiche benötigen, durch die Sie die Eltern dieser jungen Leute führen können. Kunst muss nicht immer gewaltsam oder provozierend sein.»

«Nach meiner Überzeugung muss Kunst immer provozieren. Wenn sie nichts hervorruft, hat der Künstler schlechte Arbeit geleistet. Kunst soll den Betrachter zum Weinen oder zum Träumen bringen. Wenn sie das nicht schafft, ist sie reine Platzverschwendung.» Ich lehnte mich zurück und gab ihr Zeit, diesen Brocken zu verdauen.

«Anscheinend haben Sie ganz bestimmte Pläne mit der Galerie.»

«Ich habe eine Vision für die Zukunft der Holman Gallery entwickelt und versprochen, diese zu verwirklichen.» Ich stand auf und reichte der Dame die Hand. «Ms. Banks, Jane hat einen Rückflug für Sie reserviert. Ich wünsche Ihnen eine angenehme Heimreise nach Chicago.»

Die Frau brach hastig auf, und ich trat ans Fenster. Ich hörte, dass Jane eintrat und die Tür hinter sich schloss. Als ich mich umdrehte, saß sie auf dem Stuhl, den die großartige Ms. Banks gerade geräumt hatte. «Sie hält mich für so eine Art Pornokönigin.»

Jane zuckte die Schultern. «Sie ist halt eine von den sogenannten *Leuten*. Weißt du, als ich klein war, hat meine Mutter immer über den ganzen Hof gebrüllt: ‹Jane Cornelia Tilwell, du siehst ja schon wieder aus wie eine Wilde! Was sollen denn die *Leute* denken?›»

«Ich hab mich immer gefragt, wer das eigentlich ist, die *Leute*. Cornelia heißt du?»

«Bist du still!» Mit einem Blick auf ihre Füße fuhr Jane seufzend fort: «Gestern hab ich mir neue Schuhe gekauft, während du bei Montgomery warst und *nicht* flachgelegt worden bist.»

Meinen Diamantanhänger befingernd, warf ich ihr einen kurzen Blick zu, bevor ich ihn auf den Parkplatz draußen heftete. «Er hat mich geküsst.»

«Wirklich?»

Ich lachte. «Jawohl.»

«Und?»

«Und ich bin dahingeschmolzen. Ich hab mich auch schon früher zu einigen Männern hingezogen gefühlt, aber irgendwie ist das hier anders als sonst. Ich kann es nicht einmal erklären. Gott sei Dank sehe ich ihn heute Abend nicht.»

Jane schnaubte. «Du willst dieses Date mit dem Langweiler des Monats tatsächlich nicht absagen?»

«Ich bin eine Frau, die zu ihrem Wort steht, und Jerry ist kein Langweiler.»

«O doch, er ist sogar ein solcher Langweiler, dass nicht mal die echten Langweiler sich mit ihm blicken lassen würden.» Jane grinste, und hätte ich sie nicht so wütend angefunkelt, wäre sie laut herausgeplatzt.

«Woher willst du das überhaupt wissen?»

«Weil das die Sorte Mann ist, mit der du ausgehst. Langweiler, Spießer mit Aktiendepots und ohne den geringsten Sexappeal.»

«Du gehst auch nur mit Männern aus, die wenigstens einen Bachelor-Abschluss haben.»

«Ja, aber die Männer, mit denen ich ausgehe, müssen außerdem fickbar sein.»

«Fickbar?»

«Jawohl, fickbar. Es würde mir im Traum nicht einfallen, mit einem Mann auszugehen, mit dem ich nicht im Prinzip auch ficken würde.»

«Ich steh nicht auf Gelegenheitsnummern.»

Jane grinste. «Nichts gegen gute Gelegenheiten, wenn man sie auf die richtige Weise nutzt.»

Ich dachte einen Moment lang an die Frage, die Shame mir am Vorabend gestellt hatte, und seufzte. Wenn ich ständig über ihn nachdachte, würde ich heute wie gelähmt sein, und so schob ich diese Erinnerung beiseite und nahm mir ein Problem vor, das sich hoffentlich leichter bewältigen ließ.

«Würdest du mir bitte Sarah schicken?»

«Stellst du die Gegensprechanlage ein, damit ich mithören kann?» Jane hob fragend die Augenbrauen.

«Nein.»

Sie seufzte. «Ich will mich endlich mal wieder so richtig amüsieren. Vielleicht kommt ja dieser attraktive Typ vom Paketdienst vorbei.» Sie schlenderte aus meinem Büro und winkte mir dabei über die Schulter zu.

Das Gespräch mit Sarah war mir nicht gerade angenehm, aber ich hielt es für richtig, sie darauf aufmerksam zu machen, dass sie ausgenutzt wurde. Seit unserem Gespräch im Pausenraum hatte ich darüber nachgedacht, wie ich mit ihr umgehen sollte. Als Sarah eintrat, machte sie die Tür leise hinter sich zu und wählte den mittleren Besucherstuhl.

«Sarah, mir ist bewusst, dass Sie mich als ein Hindernis betrachten.»

«Eher als eine vorübergehende Umleitungsstrecke.»

Dieses arrogante kleine Biest.

Lächelnd lehnte ich mich tief in meinen Sessel zurück. «Im August werde ich Direktorin dieser Galerie. Danach wird Ihre Zukunft ganz von Ihnen selbst und Ihren Leistungen abhängen. Was Milton Ihnen gesagt oder versprochen hat, spielt dann keine Rolle mehr.»

«Noch sind Sie nicht Direktorin.»

«Milton Storey nutzt Sie aus, Sarah. Das wissen Sie selbst ebenso gut wie ich. Er tut alles, um Sie immer wieder in eine Lage zu manövrieren, in der Sie meine Bemühungen torpedieren, die Wünsche des Vorstands zu erfüllen.»

«Er hat Macht und Einfluss.»

«Natürlich. Ein Mann mit seinem finanziellen Hintergrund ist in Boston zwangsläufig einflussreich. Aber Sie übersehen, dass Sie ihm nicht das Geringste bedeuten. Der Mann hat sein Geld erheiratet und wird seine Frau niemals Ihretwegen sitzenlassen. Wenn er sich im August aus dem Beruf zurückzieht, hat er keine Möglichkeit mehr, Ihre Karriere bei Holman zu fördern.»

Ich beobachtete, wie sie eine zitternde Hand in den Schoß sinken ließ. «Sie wissen doch gar nicht, wovon Sie reden.»

«Sie sind nicht die erste Frau, die er auf diese Weise ausgenutzt hat.»

«Ich bin nicht dumm, auch wenn Sie oder Ms. Tilwell das zu denken scheinen. Ich mache meine Arbeit sehr kompetent.»

«Wenn ich anderer Meinung wäre, wären Sie gar nicht hier. Glauben Sie denn wirklich, Sie hätten Ihre Stelle Miltons Protektion zu verdanken? Ich bin vom Vorstand ermächtigt, Mitarbeiter ohne Miltons Zustimmung einzustellen oder zu entlassen.»

«Ich kann auf mich selbst aufpassen und will und brauche Ihren Rat nicht.»

«Ehrgeiz ist ein zweischneidiges Schwert.» Ich legte die Hände mit gespreizten Fingern flach auf meine Schreibunterlage und holte tief Luft. «Und Frauen, die sich die Karriereleiter hinaufschlafen, sind für ihre ehrlichen, hartarbeitenden Kolleginnen ein Stein des Anstoßes.»

Sie stand unvermittelt auf. «War's das?»

«Ja.»

Sie stampfte hinaus und schlug die Tür krachend hinter sich zu; noch so jemand, der es darauf anlegte, diese kümmerliche Glastür zu zerschlagen. Jane sprang sofort auf und schoss Sarah in den Eingangsbereich nach, wohin diese verschwunden war. Mit Sicherheit würde ich später einiges zu hören bekommen.

Eine zweite feindselige Begegnung so kurz nach der ersten war nicht gerade das, was ich mir erhofft hatte, bestätigte aber nur meinen Eindruck, dass ich Sarah nach Miltons Abschied würde ersetzen müssen. Eine solche Quertreiberin in meinem Team war einfach zu riskant. Ich betrachtete sie zwar in gewisser Weise als Herausforderung, doch in den Plänen, die ich nach dem August für die Holman Gallery hatte, gab es keinen Raum für Herausforderungen.

Ich rieb mir übers Gesicht und dachte an das Gespräch, das ich aufgeschoben hatte, seit mir bei einem Blick auf meinen Kalender klargeworden war, dass ich Shamus heute absagen musste. Ich erwartete zwar keine Einwände, rechnete aber damit, dass er zum Ausgleich irgendetwas anderes von mir verlangen würde. Auf welchen Deal würde ich mich da wohl einlassen müssen?

Ich griff nach dem Hörer, wählte Shames Nummer und legte mir zurecht, wie ich ihm beibringen wollte, dass ich heute Abend verabredet war und nicht nackt für ihn herumsitzen konnte. Er nahm beim dritten Läuten ab.

«Hallo, störe ich gerade?»

«Du störst mich niemals.»

Ich schnitt eine Grimasse, weil seine Stimme so nett und sexy klang. Wenn er nicht wie erwartet reagierte, wäre das wirklich beschissen. «Ich habe heute Abend ein Date.

Es steht schon länger fest, schon bevor überhaupt die Rede davon war, für dich Modell zu sitzen.»

«Ich verstehe.» Seine Stimme klang nun wesentlich kühler, was mich ärgerte. Dachte der Typ etwa, ich hätte vor seinem Auftauchen überhaupt kein Privatleben gehabt?

«So kurzfristig abzusagen wäre unhöflich.»

«Und wenn ich der Mann wäre, der das Date mit dir hat, wäre ich stinksauer.»

«Du bist der Mann, mit dem ich auch einen Termin habe.»

«Richtig, der Mann, bei dem du einen Termin hast.» Er seufzte. «Na gut, okay. Aber zum Ausgleich musst du gleich morgen früh zu mir kommen.»

«Normalerweise putze ich samstags meine Wohnung.» Okay, das war eine Lüge. Eine faustdicke Lüge. Normalerweise schlief ich samstags aus und gammelte den Rest des Tages leicht bekleidet in der Wohnung herum.

«Du musst entweder dein Date oder das Staubwischen opfern, Mercy, eins von beiden.»

«Na schön. Um wie viel Uhr?» Ich presste die Lippen zusammen und blickte finster drein.

«Wie wär's mit acht Uhr?»

«Okay.» Samstagmorgens um acht schlief jeder vernünftige Mensch aus.

Ich legte verstimmt auf und schaute noch einmal auf meinen Kalender. Der Eintrag hatte sich leider nicht in Luft aufgelöst. Der Abend versprach keineswegs aufregend zu werden, und ich war genervt. Ich musste mir auch ehrlich eingestehen, dass die Aussicht auf den Abend mich schon vor Shamus Montgomerys Auftauchen völlig kaltgelassen hatte. Meine Bürotür wurde geöffnet, und ich blickte auf. Verdammt, dieses Quietschen ging mir auf den Geist. Milton kam herein und setzte sich.

«Sarah wird zu Lisa Millhouse fahren und die letzten Details der Ausstellung mit ihr besprechen.»

Ich hob fragend die Augenbrauen und lächelte. «Klingt interessant.»

Er fuhr leicht zusammen, vermutlich überrascht, dass ich nicht explodiert war. «Haben Sie alle Unterlagen griffbereit?»

Ich zog Lisas Ordner aus dem Stapel, der auf meinem Schreibtisch darauf wartete, abgearbeitet zu werden, und warf ihn über den Tisch. «Da sollte alles drin sein.»

Er schnappte sich den Ordner und eilte damit aus dem Büro. Ich sah zu, wie er ihn Sarah überreichte. Bestimmt würde ich gleich ein schlechtes Gewissen bekommen. Nein. Nichts dergleichen. Ich winkte Jane herein, mit geschürzten Lippen. Nein, noch immer nichts. Nicht die leiseste Andeutung eines Schuldgefühls. Jane schloss die Tür, und ich sah sie achselzuckend an.

«Ich werde in der Hölle schmoren», verkündete ich.

«Was hast du angestellt?», fragte Jane leise.

«Milton hat Sarah gerade Lisas Ausstellung übergeben, und ich habe überhaupt nicht widersprochen.» Lisa würde Sarah in Stücke reißen.

Jane klappte vor Verblüffung der Mund auf, und dann musste sie kichern. «O Mann, wie unglaublich gemein.»

Sarah Johnson tauchte wieder auf und ging verbissen zu ihrem Schreibtisch. Sie war nicht einmal zwei Stunden weg gewesen. Das dürfte Lisas Rekord gewesen sein. Sarahs normalerweise perfekte Frisur war ein bisschen zerzaust, und auf ihrem weißen Leinenkostüm prangten mehrere leuchtend rote Kleckse. Ich warf Jane, die an ihrem Schreibtisch saß, einen Blick zu, und drehte mich dann im

Sessel mit dem Rücken zum Großraumbüro. Es brauchten ja nicht alle zu sehen, dass ich mich halb totlachte. Als ich mich wieder unter Kontrolle hatte, drehte ich den Sessel zurück und blickte erneut zu Sarahs Schreibtisch hinüber. Milton stand inzwischen da und hörte sich die Geschichte an, die ich mit Sicherheit umwerfend komisch gefunden hätte. Fast beneidete ich ihn darum. Er dagegen verzog wütend das Gesicht.

Er warf einen Blick auf mich und stürmte heran. Bei solchen Gelegenheiten wünschte ich mir immer, nicht in so einem Glaskasten von Büro zu sitzen. Er riss die Tür auf und warf sie krachend hinter sich zu. «Lisa Millhouse hat mit Farbmunition auf Sarah geschossen.»

«Ja, mir war schon aufgefallen, dass Lisa inzwischen einen neuen Farbton verwendet. Von meinen ersten sechs Besuchen bei Lisa kam ich mit blauen Klecksen zurück. Beim siebten Versuch hatte ich es geschafft, ein farblich passendes Kleid zu finden, auf dem man die Flecken nicht sah. Das fand sie so amüsant, dass sie mich einließ.» Ich legte den Kopf schief und begegnete seinem Blick. «Ich hatte Ihnen gesagt, Milton, dass Lisa Millhouse keine Fremden duldet. Sie haben meinen Rat in den Wind geschlagen und eine unserer etablierten Künstlerinnen mit einer unerfahrenen Einkäuferin belästigt. Sie können sicher sein, dass ich den Vorstand davon in Kenntnis setzen werde.»

«Heute Vormittag haben Sie nichts dergleichen erwähnt.»

«Ich habe es offen gestanden satt, mich ständig zu wiederholen.» Ich lehnte mich im Sessel zurück. «Ich habe Ihnen mehrmals mitgeteilt, dass Sarah noch nicht weit genug ist, um allein an Künstler heranzutreten. Außerdem pfeifen Sie schon seit Wochen auf alles, was ich Ihnen über Lisa Millhouse sage. Sollte Ihre jüngste Eigenmächtigkeit unsere Beziehung zu dieser wichtigen Klientin beschädigt haben, wird der Vorstand mit Sicherheit davon erfahren.»

«Das verdammte Weibsbild ist einfach lächerlich!», schrie er und starrte mich dann so wütend an, als wäre das alles meine Schuld.

«Lisa Millhouse verlangt nicht viel. Sie erwartet, dass man ihre Abgeschiedenheit respektiert, und das ist ihr gutes Recht. Ich weiß, dass sie Sarah mehrmals verwarnt hat, bevor sie auf sie schoss, denn bei mir war es genauso. Lisa ist eine leidenschaftliche, hochtalentierte Künstlerin, deren Vertretung Holman zur Ehre gereicht.»

Mit einem wütenden Blick verzog Milton sich aus meinem Büro. Sarah saß an ihrem Schreibtisch und wurde von einer ihrer Freundinnen getröstet, während Jane es kaum noch auf ihrem Bürostuhl aushielt. Sobald Milton weg war, sprang sie auf und eilte zu mir. Sie machte die Tür hinter sich zu und lehnte sich gegen die Wand. «Ich platze gleich vor Lachen.»

«Ja klar. Das war früher einmal ein sehr hübsches Kostüm.»

Jane biss sich auf die Lippen. «Also, ich berste vor Neugierde. Es ist zwar noch ein bisschen früh, aber wollen wir nicht zusammen zu Mittag essen?»

Ich holte meine Handtasche aus dem Schreibtisch und stand auf. «Einverstanden, los, gehn wir uns den Magen verderben.»

«Der Kellner hat einen süßen Arsch.»

Ich blickte von der Karte hoch und sah erst auf den fraglichen Arsch und dann zu Jane. «Ja, das stimmt.»

Jane war vor mir mit Wählen fertig, klappte die Karte

zu und beobachtete den Kellner weiter. Der trat kurz darauf an unseren Tisch und nahm die Bestellungen entgegen. Als das erledigt war, warf ich Jane einen auffordernden Blick zu. Ich wusste, dass sie etwas auf dem Herzen hatte, und fragte mich, was es sein mochte.

«Schieß los.»

Jane wurde rot und massakrierte die Papierhülle ihres Strohhalms zwischen den Fingern. «Kann ich als Freundin mit dir reden? Können wir einmal kurz vergessen, dass ich die Assistentin bin und du meine Chefin?»

«Ja, natürlich. Gibt es irgendein Problem?»

«Nein.» Jane schüttelte hastig den Kopf und warf das zerknüllte Papierchen vor sich auf den Tisch. Sie betrachtete es einen Moment lang. «Wenn du im August befördert wirst, möchte ich dir auf deiner jetzigen Stelle folgen. Ich finde, dass ich mehr als alle anderen Mitarbeiterinnen und Mitarbeiter in der Galerie verdient habe, deine Nachfolgerin zu werden.»

Ich schwieg eine ganze Weile. Ich hatte gehofft, dass sie sich scheuen würde, das Thema anzusprechen – gemein, ich weiß. Aber ich war mir nicht sicher, wie weit ich meine Vorstellungen beim Vorstand durchsetzen konnte, und der Gedanke, sie zu enttäuschen, war mir unerträglich. «Ich bin ganz deiner Meinung und habe die Absicht, dem Vorstand im August ebendies vorzuschlagen.»

Jane stieß den Atem aus. «Warum hast du mir das nicht gesagt?»

«Weil ich nicht wollte, dass du enttäuscht bist, falls der Vorstand sich querlegt.» Ich blickte auf und sah ihr in die Augen. Sie schüttelte lächelnd den Kopf. «Doch, ehrlich.»

«Ich weiß.» Jane seufzte. «Das ist wirklich süß von dir, Mercy.»

Ich verdrehte die Augen und rührte mit dem Strohhalm

im Glas. «Tja, aus ist es mit der Überraschung.» Ich lächelte und sah mich in dem Lokal um. «Weißt du, diese Farbgeschosse tun ganz schön weh, wenn sie einen treffen. Ich kann kaum glauben, dass Sarah erst nach dem dritten Schuss weggelaufen ist.»

Jane lachte. «Ich hab sie sagen hören, wenn du Lisa Millhouse für dich gewinnen konntest, dann wäre sie ebenfalls dazu in der Lage.»

«Ja, wenn Lisa Frauen leiden könnte, dann vielleicht schon», antwortete ich trocken und lehnte mich im Stuhl zurück. «Milton denkt mit dem Schwanz. Nur bei der Kunst folgt er leider einer anderen Devise.»

«Deswegen wird er ja auch ersetzt.» Jane zuckte die Schultern. «So etwas hatten wir schon längst erwartet. Der Vorstand will sehen, dass Geld hereinkommt, und Mr. Storey lässt sich nicht davon abbringen, eine sehr traditionsverhaftete Galerie zu führen. Auf dem heutigen Markt verkauft sich das einfach nicht. Es ist nun einmal so, dass Geld sexy ist. Und die Leute kaufen mit ihrem teuren Geld gerne etwas, das ebenfalls sexy ist.»

«Sarah Johnson hat sehr viel Potenzial. Es wäre wirklich ein Jammer, wenn das durch Miltons Intrigen verlorenginge.»

«Du hast es mit ihr versucht.»

Ich runzelte die Stirn. «Nicht wirklich ernsthaft. Ich habe sie praktisch vom ersten Tag an abgelehnt, weil mir nicht entgangen war, dass Milton ein Auge auf sie geworfen hatte. Ohne ihre hervorragende Ausbildung hätte ich sie schon gefeuert. Allerdings hatte ich mir offen gestanden auch überlegt, dass ich es mit Milton leichter haben würde, wenn ich sie behielte.»

Jane zögerte einen Moment lang und nickte dann. «Okay, aber ist ihre Arroganz nicht unerträglich?»

«Na ja, mit fünfundzwanzig war ich auch ganz schön arrogant.»

«Ja.» Jane lehnte sich lächelnd auf ihrem Stuhl zurück. «Ich auch.»

Der Typ mit dem süßen Arsch kam mit unserem Essen und schenkte uns nach. Wir sahen ihm beide hinterher, bevor wir uns unseren Tellern zuwandten. Dann aßen wir fast schweigend, vermutlich jede in ihre Gedanken vertieft. Doch plötzlich stockte Jane und räusperte sich. Ich hatte kaum Zeit, mich umzublicken, da zog sich Shamus Montgomery auch schon einen Stuhl heran und setzte sich zu uns.

«Shame.» Ich legte meine Gabel weg und kämpfte gegen den Drang an, näher an ihn heranzurücken. Er roch einfach himmlisch.

Er sah zwischen uns hin und her. «Hallo. Ich wollte mir hier nur schnell etwas zu essen einpacken lassen.»

Jane lächelte ihn an. «Mercy hat mir erzählt, wie sehr sie die Arbeit mit Ihnen genießt.»

Ich warf ihr einen wütenden Blick zu. Ich hatte nichts dergleichen gesagt. «Eigentlich hatte Jane mir gerade gesagt, dass sie dir gern Modell sitzen würde.»

Jane wurde rot. Tatsächlich war sie in dieser Hinsicht ungewöhnlich schüchtern und zurückhaltend. Sie hatte sogar den Besuch ihres Fitnessstudios aufgegeben, weil es ihr unangenehm war, sich in Gegenwart anderer Menschen umzuziehen. Meine Bemerkung tat mir jetzt fast schon leid.

Shame sah ihr aufmerksam ins Gesicht, streckte die Hand aus und hob ihr Kinn ein bisschen hoch. «Sie haben ein ausdrucksvolles Gesicht, Jane.»

Als er sie losließ, atmete sie tief durch und ließ beide Hände in den Schoß fallen. «Vielen Dank.»

Er wandte sich an mich: «Du solltest nicht auf ihr herumhacken, Mercy.»

Ich lachte, und Jane, die merkte, dass er sie nicht als Modell rekrutieren würde, stieß erleichtert die Luft aus. «Ich zahle es ihr nur mit gleicher Münze heim», erklärte ich.

Shame stand auf und blickte zur Kasse. «Also, bis morgen, Mercy.»

Jane wartete ab, bis er das Lokal verlassen hatte, bevor sie etwas sagte. «Jawohl, morgen bekommt er wirklich alles zu sehen, was du zu zeigen hast, Mercy.»

Ich griff nach meiner Gabel und stach wild auf ein Stück Hähnchenfleisch ein. «Das ist mir egal, denn irgendwie komme ich mir fast unwirklich vor, wenn ich da in seinem Sessel sitze.»

«Das klingt ein bisschen, als würdest du dich beklagen.»

Nun, das nicht unbedingt, aber ich war schon etwas gekränkt, dass er es nicht ernsthafter auf mich abgesehen hatte. Wollte ich in Shamus' Bett landen? Die Antwort lautete natürlich ja. Und ich wollte es nicht nur, ich rechnete auch fest damit, dass es so kommen würde. Die Lust auf Sex mit ihm war ständig da, und ich musste nur an Shame denken, da durchlief es mich schon heiß und kalt. Plötzlich merkte ich, dass ich Janes Frage nicht beantwortet hatte, zuckte die Schultern und konzentrierte mich wieder auf mein Essen.

Ich schlug Jerry die Tür vor der Nase zu und kniff entnervt die Augen zusammen. Der Typ hatte doch tatsächlich geglaubt, ich würde ihn hereinbitten. Das Essen im Restaurant war edel und sehr langweilig gewesen. Wie er auf den Gedanken verfallen konnte, dass ein solcher Abend ihm gleich beim ersten Mal den Weg in mein Bett ebnen könnte, entzog sich meinem Vorstellungsvermögen.

Als ich mich umdrehte und die Tür verriegelte, versuchte ich mir in Erinnerung zu rufen, wann ich denn zum letzten Mal gleich am ersten Abend mit einem Mann ins Bett gegangen war. Wahrscheinlich irgendwann in meiner Collegezeit, als ich sowieso ständig an Sex gedacht hatte. Sex war immer ein wichtiger Bestandteil meines Lebens gewesen. Jedenfalls vor jenem Übergriff.

Das rief mir meine Hausaufgaben für die Therapeutin in Erinnerung. Verstimmt schaute ich auf die Uhr und stellte seufzend fest, dass sie nicht einmal neun zeigte. Wenn das nicht bewies, wie öde der Abend verlaufen war, was dann?

Ich ging zum Anrufbeantworter, der wieder einmal blinkte. Es wäre verführerisch gewesen, das Blinken einfach zu ignorieren, aber auch feige. Ich kann es nicht ausstehen, wenn ich feige bin. Also drückte ich wütend auf die Play-Taste und sah das Gerät erbittert an.

«Hi, ich hoffe nur, der Abend war nicht völlig verschnarcht.» Jane seufzte. «Du weißt ja, dass ich nicht gern auf AB spreche. Also, ruf mich an, wenn du morgen von Montgomery zurückkommst, und dann möchte ich wirklich endlich was Saftiges von dir hören.»

Ich lachte, drückte auf «Löschen» und erwartete die nächste Nachricht. Diesmal hatte wieder einer aufgelegt, und ich löschte auch das. Meine Telefonnummer zu wechseln war wirklich verdammt lästig. Es kotzte mich an, und diesmal würde ich auch noch die Handynummer wechseln müssen.

Im Schlafzimmer setzte ich mich an meinen Schreibtisch und öffnete mein E-Mail-Programm. Vielleicht würde es mir ja leichter fallen, der Therapeutin meine Hausauf-

gabe zu mailen, als mit ihr in der Stunde darüber zu sprechen. Ich hämmerte eilig meine Gedanken herunter und
klickte auf «Senden». Da das ziemlich feige war, saß ich
hinterher noch ein paar Minuten da und überlegte, wie
Lesley wohl darauf reagieren würde. Meine nächste Sitzung stand jedoch erst Dienstag an, und so hatte ich vorläufig Ruhe.

Ich stand auf und trat in meinen Wandschrank, um
mir bequemere Kleidung herauszusuchen. Ich hatte gerade ein T-Shirt hervorgezogen, da läutete das Telefon. Ich
schnappte mir noch eine Trainingshose, ging ins Schlafzimmer und griff nach dem Apparat auf meinem Nachttisch.

«Hallo.»

«Hi.»

Ich runzelte die Stirn und setzte mich aufs Bett. «Lisa.»

«Sind Sie sauer, weil ich mit Farbe geschossen habe?»

Ich lachte leise. «Nein. Das hatte ich irgendwie erwartet.»

Sie seufzte in den Hörer, und dann hörte ich, dass ihr
der Atem stockte. «Das klingt jetzt ziemlich verrückt.»

«Ich habe mich daran gewöhnt, das Unerwartete von
Ihnen zu erwarten.»

«Sie müssen zu mir rauskommen.»

Ich runzelte die Stirn. Sie hatte mich noch nie von sich
aus zu sich nach Hause eingeladen. Normalerweise musste
ich mehrmals um einen Termin nachsuchen, was ich als
eine irgendwie anregende Aufgabe betrachtete.

«Ist alles in Ordnung mit Ihnen?»

«Nein.»

«Ich komme, so schnell ich kann.» Ich umklammerte
den Hörer fester. «Kann ich irgendetwas mitbringen?»

«Nein», flüsterte sie.

Die Fahrt zu ihrem Farmhaus kam mir unendlich lang vor. Als ich in ihre Zufahrt einbog, lag mir die Angst wie Blei im Magen. In dem sechzig Jahre alten Haus brannte jede einzelne Lampe. Ich stellte die Automatik auf «Parken» und stieg eilig aus. Die Haustür stand weit offen, und als ich eintreten wollte, sah ich, dass Lisa mit einem Gewehr im Schoß auf der Couch saß.

Irgendwie wusste ich, dass es nicht mit Farbmunition geladen war.

«Lisa.»

Sie fuhr zusammen und legte das Gewehr aus der Hand. «Mercy.»

Ich trat ein. Um ein wenig Zeit zu haben, mich innerlich zu sammeln, machte ich die Tür sorgfältig hinter mir zu und legte den Riegel vor. «Was ist los?»

Sie griff nach einer Wodkaflasche, die mir bis dahin noch gar nicht aufgefallen war, und nahm einen ordentlichen Schluck. «Dieses verdammte Arschloch, mein Ex-Mann.»

Ich ging zur Couch, ergriff die Waffe – ungeschickt, aber vorsichtig – und deponierte sie auf einem Schreibtisch an der gegenüberliegenden Wand. «Ich höre ziemlich oft von solchen Ex-Männern. Zum Glück habe ich selbst keinen.»

«Er hat mich angerufen», flüsterte sie, als könnte ein Teil ihrer selbst es noch immer nicht wirklich glauben.

«Der Drecksack.»

«Genau!» Sie drückte die Flasche an die Brust.

«Wie lange trinken Sie schon?»

«Seit zwei Minuten.»

«Dann sind Sie also noch klar im Kopf?»

«Ach, Mercy.» Sie seufzte. «Mein Kopf ist ein einziges Chaos. Da toben Reue und Wut, dass ich ihm so viel von mir und meinem Leben gegeben habe. Und die Verzweiflung macht mich wahnsinnig – die Verzweiflung, die ich in mir trage, seit er mich zum ersten Mal geschlagen hat.»

«Ihre Ehe ist seit vielen Jahren vorbei.»

«Meine Ehe ist seit jenem Tag vorbei. Seit jenem Tag, heute.»

«Wie bitte?» Ich sah sie stirnrunzelnd an. «Sind Sie sicher, dass Sie nicht betrunken sind?»

Sie hielt die Wodkaflasche hoch, die beinahe noch voll war, und tat einen tiefen Zug. «Heute ist der zehnte Todestag meiner Selbstachtung und meiner Ehe.»

«Ich verstehe nicht.»

«Heute vor zehn Jahren hat mein Mann mich zum ersten Mal geschlagen. Und ich habe es ihm zum ersten Mal durchgehen lassen.»

Ich griff nach der Flasche. Der Wodka brannte scharf auf meiner Zunge. «Okay, heute jährt sich ein echter Scheißtag.»

«Ich hatte immer gesagt, dass eine Frau, die bei einem Mann bleibt, der sie schlägt, einfach jämmerlich ist. Ich hatte mir fest vorgenommen, niemals so eine Frau zu sein.»

«Sie haben ihn geliebt.» Ich trank noch einen Schluck, bevor sie mir die Flasche aus der Hand nahm. Da ich das Gefühl hatte, dass sie den Alkohol brauchte, protestierte ich nicht.

«Ja, das stimmt. Ich habe ihn geliebt und geglaubt, ihn ändern zu können. Ich glaubte allen Ernstes, ich müsste ihm nur klarmachen, wie sehr ich ihn liebte, um alles in Ordnung zu bringen.»

«Und warum liegt das Gewehr hier?»

«Ich dachte, er würde vielleicht kommen.»

«Warum hat er angerufen?»

«Ich habe die Annahme seiner letzten beiden Unterhaltsschecks verweigert.» Sie schürzte die Lippen. «Ich ertrage es nicht mehr, Geld von ihm anzunehmen, und da die Eröffnung meiner Ausstellung bevorsteht, habe ich es wohl auch nicht mehr nötig.»

«In wenigen Wochen werden Sie ein gutes Stück reicher sein.»

«Ja. Ich habe schon jetzt einige Angebote bekommen.» Sie zuckte lachend die Schultern. «Ich habe den Leuten gesagt, dass sie sich mit Ihnen in Verbindung setzen sollen.»

«Und einige haben sich auch schon bei mir gemeldet. Er wollte also wissen, warum Sie seine Schecks ablehnen?»

«Genau.» Sie runzelte seufzend die Stirn. «Und ich hab es ihm dummerweise gesagt.»

«Sie wollten ein bisschen angeben.»

«Ach, Scheiße.» Lisa stellte die Flasche hin und stand auf. «Zum Teufel, ja, ich wollte angeben. Der Drecksack hat mich jahrelang an der Kandare gehalten. Ich konnte nicht arbeiten und hatte darum kein Geld, um ihn zu verlassen.»

«Sie konnten nicht arbeiten?»

«Er hat mir jeden Job kaputt gemacht, den ich ergattern konnte. Nicht einmal Freundinnen konnte ich haben. Dann stand ich eines Tages in seinem Haus im Bad, einen Schwangerschaftstest in der Hand.»

«Sie hatten ein Kind?»

«Nein.» Sie schüttelte den Kopf. «Nur den Schreck. Nach dem ersten Ehejahr war mir klar, dass ich keine Kinder mit ihm wollte. Ich zweigte heimlich was vom Haushaltsgeld ab, um mir die Pille leisten zu können. Davon wusste er nichts.»

«Er wollte Kinder?»

117

«Er wollte mich auf jede nur denkbare Weise an sich fesseln.» Sie zeigte zur Küche. «Dort stehen Gläser.»

Ich folgte ihr in die Küche und setzte mich ihr gegenüber, während sie mir einen großzügigen Drink einschenkte. «Ich habe schon ziemlich lange keine harten Sachen mehr getrunken.»

Lisa lachte leise. «Ja, Sie wirken eher wie eine Weintrinkerin.»

Ich umfing das Glas mit beiden Händen. «Er hat also angerufen.»

«Ja, er hat angerufen. Heute.»

«Warum heute?»

«Bei der Scheidung habe ich vor Gericht nur einen einzigen Tag angegeben, an dem er mich geschlagen hat.»

«Und dieser Tag war heute vor so und so vielen Jahren.»

«Genau.»

«Warum?»

«Weil das der Tag war, an dem er unsere Ehe zerstört hat. Nur dass ich anschließend noch fünf Jahre brauchte, um es zu begreifen. Ich stand vor dieser Richterin und machte mich klein, nannte mich eine vollendete Idiotin. Nicht einmal Unterhalt wollte ich von ihm, aber die Richterin hatte etwas begriffen, wovon ich selbst noch gar keine Ahnung hatte.»

«Was denn?»

«Greg hatte mir das Leben zur Hölle gemacht. Die Richterin begriff, dass auch die Scheidung nicht alle meine Wunden heilen würde. Nachdem ich dieses Haus gekauft hatte, habe ich mich ein halbes Jahr lang nicht von hier weggerührt. Kein einziges Mal. Die Lebensmittel wurden geliefert, und ich ließ eine Alarmanlage installieren.» Sie leerte ihr Glas und griff nach der Flasche. «Wussten Sie, dass bei mir schon ein Alarmsignal ertönt, wenn nur ein Wagen in die Zufahrt einbiegt?»

«Waren Sie einmal bei einem Psychotherapeuten?»

Lisa lehnte sich im Stuhl zurück. «Ich habe eine Therapeutin ins Haus kommen lassen. Bei unserer letzten Sitzung sagte sie, das sei reine Zeitverschwendung. Wenn ich irgendwann so weit sei, dass ich die Zeit mit diesem Drecksack wirklich hinter mir zurücklassen wolle, solle ich sie anrufen.»

«Sie war der Meinung, dass Sie ihn immer noch lieben?»

«Ja. Sie hat ja keine Ahnung, dass ich jeden Morgen, wenn ich unter der Dusche stehe, seine Ermordung plane.»

Ich kam ihr zuvor, als sie wieder nach der Flasche greifen wollte, und stellte den Wodka weg. «Ich glaube, Sie haben genug.»

«Normalerweise brauche ich die ganze Flasche.»

«Na ja, dann tun wir mal so, als hätten wir sie gemeinsam geleert.» Ich nahm ihr Glas und stand auf. «Haben Sie heute schon was gegessen?»

«Ja, sicher. Irgendwann bestimmt.» Sie zuckte die Schultern, noch immer den Blick auf die Flasche geheftet.

Ich kehrte zum Tisch zurück und räumte die Flasche ebenfalls weg. «Ihr Ex hat Sie in eine boshafte, aggressive Einsiedlerin verwandelt. Lassen Sie nicht zu, dass er Sie auch noch zur Alkoholikerin macht.»

«Ich bin nicht boshaft.»

«Sie haben eine meiner Kunsteinkäuferinnen mit Farbe beschossen. Verdammt, Sie haben mich selbst mit Farbe beschossen.»

«Ich habe Sie beide mehrmals vorgewarnt.» Sie verschränkte die Arme vor der Brust und sah wütend auf die Tischplatte. «Ich habe gefrühstückt, Toast und Kaffee.»

So hatte ich mir das ungefähr gedacht. Ich ging in

die Speisekammer und holte einen Laib Brot. «Ich mache Ihnen ein Sandwich.»

«Sie waren heute Abend nicht bei Shame.»

«Nein.» Ich kam aus der Speisekammer und ging zum Kühlschrank. «Ich hatte schon ein Date.»

«Ach, stimmt ja, mit dem Langweiler des Monats.»

«Genau. Euch beiden, Ihnen und Jane, ist es künftig strengstens untersagt, miteinander zu reden.»

Lisa lachte leise und strich sich mit der Hand übers Gesicht. «Jane ist eine tolle Frau, und Sie können von Glück sagen, sie in Ihrem Team zu haben.»

«Ich weiß.» Ich holte Käse und Aufschnitt aus dem Kühlschrank und trug alles zum Tisch.

«Sie sind vergewaltigt worden.»

Ich blieb stehen und räusperte mich. «Ja.»

«Haben Sie sich gewehrt?»

«Nicht so, wie ich es davor immer von mir erwartet hätte. Vor jener Nacht hätte ich behauptet, ein Mann könne mich nur über meine Leiche vergewaltigen. Aber ich stand so unter Schock, dass ich nicht einmal denken konnte, von mich wehren ganz zu Schweigen.»

«Sie haben ihn gekannt?»

«Ja.»

«Der Drecksack.»

«Genau.» Ich nickte. «Wie lange haben Sie das schon geahnt?»

«Seit unserem ersten Gespräch damals, als ich aufgehört hatte, Sie mit Farbe zu beschießen.» Lisa zuckte aufseufzend die Schultern. «Sollte ich jemals beschließen, Greg zu ermorden, rufe ich Sie vorher an, und dann nennen Sie mir den Namen dieses Scheißkerls. Wenn ich sowieso ins Kittchen muss, will ich vorher noch so viele von diesen Arschlöchern umlegen wie möglich.»

«Woher wissen Sie denn, dass er nicht hinter Gittern ist?» Ich stellte den Teller mit dem Sandwich vor sie und machte mir auch ein Brot.

Sie zuckte die Schultern. «Das hab ich mir einfach gedacht. Solche Dreckskerle kommen irgendwie immer ungeschoren davon.»

«Tja, da haben Sie sich nicht geirrt.» Ich setzte mich ihr gegenüber hin und biss in mein Sandwich. Ich hoffte, dass das Essen meinen Magen beruhigen würde. «Also, der Abend war grässlich.»

«Das hatte ich mir gedacht.» Sie stand auf, ging zur Speisekammer und kam mit einer großen Tüte Chips zurück. «Sie waren früh zurück.»

«Woher wussten Sie denn, dass ich nicht bei Shame war?»

«Ich hab bei ihm angerufen und nach Ihnen gefragt. Er sagte, sie wären verabredet und hätten die heutige Sitzung abgesagt.»

«Er klang verärgert, oder?»

«Shamus Montgomery teilt nicht gerne.» Sie riss die Tüte auf, schüttete ein paar Chips auf ihren Teller und legte die offene Tüte dann zwischen uns auf den Tisch. «Also, ja, er klang genervt.»

«Meine Beziehung zu diesem Mann ist rein professioneller Natur.» Ich log wirklich wie gedruckt. Die Röte stieg mir ins Gesicht, als ich aufblickte und merkte, dass Lisa mich ansah. «Das meine ich ernst.»

«Ja, sicher.»

«Schauen Sie, er mag ja talentiert und attraktiv sein, aber das heißt noch lange nicht, dass ich mich ihm vor die Füße werfe. Ich habe schließlich auch meine Würde.»

«Man vergibt sich nichts, wenn man zugibt, dass man einen Mann will.»

Ich biss wieder in mein Sandwich. «Gerade Sie sagen das!»

«Na ja, schon gut.» Sie zuckte die Schultern. «Also, jetzt mal von einer gestörten Frau zur anderen … falls Sie mit Shame Montgomery ins Bett gingen, wäre das mit Sicherheit nicht die schlechteste Wahl.»

«Sie haben mit ihm geschlafen?»

«Ja, aber das ist schon viele Jahre her. Wir waren beide ziemlich überhebliche, blasierte Jungkünstler und haben im Bett ein bisschen experimentiert.»

«Im Bett experimentiert?»

«Okay, wir hatten so etwa ein halbes Jahr lang wilden, aufregenden Sex.»

«Und jetzt sind Sie einfach nur Freunde?»

«Ja, seit etwa zehn Jahren. Wir sind beide zu alt für Sex-spielchen. Aber damals hat es Spaß gemacht.» Sie lächelte und kicherte dann los. «Einen Mordsspaß, wirklich.»

«Ich will nicht, dass Sie mir vom Sex mit Shame erzählen.»

«Diese tollen Erinnerungen behalte ich auch viel lieber für mich.» Sie lächelte breit. «Aber er sieht wirklich enorm gut aus.»

«Allerdings.»

«Und nur so nebenbei … er hat keine.»

«Keine was?»

«Shame hat keine Scham.»

Ich drehte mich auf die Seite und versetzte meinem Kopf-kissen einen Knuff. Lisas Gästezimmer war hübsch einge-richtet. Zu meiner Überraschung, denn ich hatte mit einer Liege in einer Abstellkammer gerechnet. Ich hörte, wie Lisa sich noch im Nachbarzimmer zu schaffen machte. Mir war klar, dass sie nicht so bald einschlafen würde.

Dass ihre Ehe hart gewesen war, hatte ich mir immer gedacht, aber körperliche Gewalt war mir niemals in den Sinn gekommen. Das erklärte jedenfalls, warum sie ihr zurückgezogenes Einsiedlerdasein so aggressiv verteidigte.

6

Als ich Shames Galerie betrat, war er gerade mit einem neuen Ausstellungsobjekt beschäftigt. Ich schloss hinter mir ab und trat zu ihm. Dabei klimperte ich mit dem Schlüssel, den er im Schloss hatte stecken lassen. Er sah umwerfend aus und weckte in mir den Wunsch, ihn zu vernaschen. Hungrig war ich jedenfalls, denn ich hatte verschlafen. Weil ich angenommen hatte, dass es Lisa so am liebsten wäre, hatte ich mich aus ihrer Wohnung geschlichen, während sie noch schlief.

Er lächelte mich an, machte dann da weiter, wo ich ihn unterbrochen hatte, und rückte die glatte Rosenholzskulptur einer Frau mit Kind auf ihrem Podest zurecht. «Die Skulptur ist schon verkauft. Aber ich konnte der Versuchung nicht widerstehen, sie in den paar Wochen, da sie sich noch in meinem Besitz befindet, auszustellen.»

«Sie ist wunderschön.» Ich trat dicht heran und fuhr mit der Hand den schmeichelglatten Formen nach. Die weibliche Figur, die in ihren Armen einen Säugling barg, trat faszinierend schön aus dem Holz hervor. «Eine Auftragsarbeit?»

«Ja. Ein Freund aus Collegezeiten hat mir ein Foto seiner Frau und seines Kindes geschickt und mich gefragt, ob ich damit etwas anfangen könnte. In ein paar Wochen schicke ich ihm die Skulptur. Im Moment ist er auf Geschäftsreise.»

«Eine Überraschung?»

«Ja. Ich hoffe, sie ist mir gelungen.»

«Die Frau deines Freundes wird sich bestimmt freuen.»
Ich berührte das Gesicht des Kindes mit den Fingerspitzen.
«Ein Mädchen?»

«Ja. Die Mutter heißt Lily und die Kleine Abigail.»

«Die Skulptur ist großartig und wahrscheinlich ein Vermögen wert.»

Shame lachte leise. «Ja, ich hab Greg eingeschärft, ihr nicht zu verraten, von wem sie ist.»

«Stört es dich, dass du so gefragt bist?»

«Manchmal. Dass ich Erfolg habe, bedaure ich nicht. Das wäre ja auch merkwürdig. Ich kann meine Großeltern und meine Eltern so unterstützen, wie ich es mir immer gewünscht habe, außerdem liebe ich meine Arbeit.»

«Und von schönen Frauen umschmeichelt zu werden ist auch nicht zu verachten.»

Er warf mir einen Blick zu und zuckte die Schultern. «Ja, da hast du vermutlich recht.»

Ich runzelte die Stirn und schaute weg. *War ich etwa eifersüchtig? Ich kannte diesen Mann doch kaum.*

«Können wir jetzt nach oben gehen?»

«Ja.» Ich reichte ihm den Schlüssel. Seine Finger streiften meine Hand, als er ihn entgegennahm. Ich beobachtete, wie der Schlüssel in der Tasche seiner Leinenhose verschwand.

Er wirkte so unbeschwert. Ich verspürte den Drang, ihm den Gürtel zu öffnen, denn ich wollte ihn nackt sehen. Splitternackt. Ich stieg vor ihm die Treppe hoch. Der rote Sessel stand immer noch da. Ich fragte mich, was er wohl diesmal mit mir vorhatte. Als ich mich dem Sessel näherte, wandte ich ihm den Rücken zu.

«Und?»

«Lass uns was frühstücken.»

Ich beobachtete, wie er auf die Treppe zum zweiten

Stock zuging, und hob erstaunt die Augenbrauen. «Willst du mich nach oben einladen, Shame?»

Er drehte sich um und schaute mich an. «Sieht ganz so aus.»

Ich legte die Handtasche auf dem Sessel ab und stieg hinter ihm die Treppe hoch. Seine Wohnung im Obergeschoss war ein einziger großer Raum, der nur durch die Art der Möblierung unterteilt war. Auf der einen Seite befand sich ein offener Kamin, auf der anderen stand ein sehr großer Fernseher. Auch die Küche war ein Teil dieses Raums und bestand aus einer Kochinsel.

«Und wie war dein gestriges Date?»

Ich spitzte die Lippen, um nicht mit der Wahrheit herauszuplatzen. «Nett.»

Shame lachte und nahm Eier aus dem Kühlschrank. «French Toast?»

«Ja, gern.» Ich setzte mich auf einen Hocker. «Kann ich dir irgendwie helfen?»

«Nein.» Er schüttelte den Kopf.

«Warum lachst du?»

«*Nett* ist so ziemlich das Letzte, was ich von einer Frau hören möchte, wenn sie über ein Date mit mir spricht.»

«Es war ein ganz reizender Abend.»

«Herrgott nochmal, Mercy, sei still, bevor der Kosmos aufreißt und den armen Mann in Abwesenheit vernichtet.» Er sah mich an. «Bitte sag mir wenigstens, dass du dich bei ihm nicht für den netten Abend bedankt hast.»

Ich zuckte zusammen und wand mich. «Hab ich aber.»

«Mit dir gehe ich niemals aus.»

Ich lachte und musterte ihn mit schiefgelegtem Kopf. «Wie kommst du eigentlich auf den Gedanken, ich könnte mit dir ausgehen wollen?»

Grinsend nahm er ein Weißbrot aus dem Schrank und

schlug die Eier in eine Schüssel. «Reich mir mal den Zimt. Er steht im Gewürzregal da drüben.»

Ich holte den Zimt. «Ich hab ihn bei einem Speed-Dating kennen gelernt.»

«Du scheinst mir nicht der Typ Frau zu sein, der zu solchen Mitteln greifen muss, um einen Mann auf sich aufmerksam zu machen.»

Ich reichte ihm das Gewürz und setzte mich wieder an die Theke. «Jedenfalls ist der Abend ereignislos verlaufen.»

«Lisa Millhouse hat hier angerufen und nach dir gefragt.»

«Ja.» Ich nickte. Als ich aufblickte, stellte ich fest, dass er mich anstarrte. «Du weißt bestimmt, dass sie ziemlich von der Rolle war.»

«Ja. Ich hab ihr angeboten, zu ihr zu kommen und ihr Gesellschaft zu leisten, aber ich hatte den Eindruck, dass mein Schwanz dort unerwünscht ist.»

«Ihr Haus ist eine schwanzfreie Zone.» Ich beobachtete, wie er den Kühlschrank öffnete und zwei Wasserflaschen herausnahm. Eine davon reichte er mir. «Ich war über Nacht bei ihr.»

«Eigentlich scheint ihr beide nicht viel gemeinsam zu haben.»

«Der Schein kann trügen.» Ich schaute zu, wie er die in Ei gewendeten Brotscheiben in die Pfanne legte. «Sie ist eine starke, nachdenkliche Persönlichkeit. Ich finde sie anregend.»

«Du hättest sie vor ihrer Heirat mit Greg Carson kennenlernen sollen.» Er schüttelte den Kopf. «Sie war ausgelassen und unbeschwert. Hatte für jeden ein Lächeln übrig und war sofort mit jedem vertraut.»

«Wie gut hast du ihren Ex gekannt?»

«Immerhin so gut, dass ich ihm am liebsten eins in die Fresse gehauen hätte.» Er sah zu mir her. «Eine Schande für die Männerwelt und die ganze Menschheit.»

«Nach allem, was ich so über ihn gehört habe, kann ich dir da nur zustimmen.» Ich spielte verlegen mit der Wasserflasche. «Lisa und du, ihr wart ein Paar?»

«Ja, auf dem College. Ich fand sie unwiderstehlich.»

Sein wehmütiger Tonfall brachte mich zum Lächeln. «Und warum ist nichts daraus geworden?»

«Unsere Gemeinsamkeiten beschränkten sich auf Sex und unser Interesse für Kunst. Es dauerte nicht lange, da wurde uns klar, dass mehr nicht drin war. Trotzdem war das eine meiner besten Beziehungen. Durch sie habe ich viel über Frauen gelernt.»

«Sie findet, du siehst toll aus.»

«Das Kompliment kann ich nur zurückgeben.» Er ging zum Schrank und nahm ein paar Teller heraus. «Ich staune ja, dass sie mit dir über unsere Vergangenheit gesprochen hat.»

«Das hat sich so ergeben.» Ich runzelte die Stirn.

«Einfach so? Ein Gespräch über meine sexuelle Beziehung mit Lisa Millhouse?» Er zog die Augenbrauen hoch. «Mercy, verheimlichst du mir etwas?»

«Frauen unterhalten sich über alles Mögliche. Das hat nicht unbedingt immer Sinn und Verstand.»

Nachdem ich vier Scheiben French Toast vertilgt hatte, musste ich mich wohl oder übel schließlich doch wieder in den Sessel setzen. Ich wandte mich Shame zu. «Wo willst du mich haben?»

«Von den möglichen Antworten auf diese Frage wird einem ganz schwindlig.» Er zeigte auf den Sessel. «Zieh dich aus.»

Ich knöpfte mein Kleid vorne auf und ließ es von den Schultern gleiten. Ich trug es zum Wandschirm, warf es darüber und schlüpfte aus den Schuhen. Dann drehte ich mich um und schob die Finger unter mein Baumwollhöschen.

«Lass den Slip an.» Als ich zum Sessel ging, musste ich mich zusammenreißen, um nicht die Arme vor der Brust zu verschränken. Warum war ich immer noch so nervös? Der Mann hatte alles gesehen, was es an mir zu sehen gab. Außerdem hatte er mich intim berührt, wenn auch nur flüchtig.

Ich setzte mich und blickte auf den Alabasterblock. Dessen Form hatte sich in der Zwischenzeit verändert, der Sockel war fast quadratisch und scharf umrissen. Auch der Teil, der mich darstellen sollte, hatte Gestalt angenommen.

«Zieh die Beine an, genau wie beim letzten Mal.» Während ich gehorchte, ging er vor mir in die Hocke. «Gut, und jetzt leg wie beim letzten Mal die Arme um die Beine.»

«Warum eigentlich?»

«Deine Sittsamkeit ist ansprechend und aufrichtig.» Er streifte mir das Haar von den Schultern und hob mein Kinn ein wenig an. «Genau so. Sag Bescheid, wenn du eine Pause brauchst.»

«Ist gut.»

Ich beobachtete, wie er die Schutzbrille aufsetzte und sich ans Werk machte. Er konzentrierte sich, und nach einer Weile nahm er mich gar nicht mehr als Person wahr. Ich hatte mein Leben lang mit Kunst zu tun gehabt, und die meisten meiner Bekannten waren Künstler. Trotzdem war es für mich eine einzigartige Erfahrung, ihm bei der Arbeit zuzusehen. Es war überhaupt das erste Mal, dass ich einem Künstler zusah.

Plötzlich hielt er inne und sah mich an. «Zieh den Slip aus.»

Ich errötete und nahm die Arme von den Beinen. Ohne ihn aus den Augen zu lassen, stand ich auf. «Warum?»

Er rückte die Schutzbrille zurecht und beobachtete, wie ich seiner Anweisung nachkam. Ich funkelte ihn an, denn er hatte meine Frage nicht beantwortet. Dann nahm ich wieder Platz und zog die Beine an. Der Unterschied war deutlich zu spüren: Auf einmal kam ich mir verletzlich vor. Als ich zu ihm hinsah, nickte er. Bis zum Hals hinunter errötend, schlang ich die Arme um die Beine, wie er es wollte.

«Erzähl mir von deiner ersten sexuellen Erfahrung.»

Ich zuckte überrascht zusammen, zwang mich, seinen Blick zu erwidern, und sagte mit trockenem Mund: «Das möchte ich lieber nicht.»

Er lachte leise in sich hinein. «Erzähl's mir trotzdem.»

Ich wich seinem Blick aus. «Ich war sechzehn.»

«Vermutlich keine schöne Erfahrung.» Er sah mich nicht an. «Erzähl mir von deinem ersten richtigen Lover.»

Meine Gedanken schweiften zu meiner Studienzeit zurück. «Es war auf dem College. Als wir zum ersten Mal miteinander ins Bett gingen, waren wir schon eine Weile befreundet. Und dann blieben wir bis zu seinem Abschluss ein Paar.»

«Hat es dir mit ihm Spaß gemacht?»

«Ja.» Das hatte es. Ich dachte gern an Brian. «Er wusste, wo und wie er mich anfassen musste, und er machte es gut und gerne. Davor war es mir egal, was die Männer beim Sex empfanden, aber seine Lust lag mir am Herzen. Er hat mich viel darüber gelehrt, was ein Mann im Bett braucht.»

«Bist du im Moment mit einem Mann zusammen, Mercy?»

«Nein.» Seine Frage überraschte mich nicht. Allerdings irritierte es mich, dass ich so bereitwillig darauf antwortete.

«Warum nicht?»

Ich blitzte ihn wütend an. «Das geht dich nichts an.»

Shame stutzte, dann nickte er und machte sich wieder an die Arbeit. «Sag mal, gehst du ebenso gern mit einer Frau ins Bett wie mit einem Mann?»

«Ich habe noch nie mit einer Frau geschlafen.» Allerdings hatte ich schon ein-, zweimal daran gedacht. Ich glaubte nicht, dass ich jemals mit einer Frau schlafen würde, aber irgendetwas reizte mich an diesem Tabu.

«Aber du würdest gern.»

Ich schlug errötend die Augen nieder. «Das habe ich nicht gesagt.»

Als ich ihn wieder ansah, war er ganz auf eine bestimmte Stelle konzentriert, die er mit dem Meißel bearbeitete. «Warst du schon mal mit einem Mann im Bett?», fragte ich.

«Nein.» Er hob ein Tuch vom Boden auf und wischte damit den Staub und die Splitter weg. «Ich habe einen Freund, der alles fickt, was lange genug stillhält, ich aber ziehe Frauen vor.»

«Alles?»

Er zuckte die Schultern. «Ich habe noch nicht erlebt, dass er mal eine Gelegenheit ausgelassen hätte.»

«Ich kenne ein paar Heteros, die sich in Gegenwart eines bisexuellen Freundes unwohl fühlen würden.»

«Derek ist nicht bisexuell. Er ist trisexuell.»

«Trisexuell?»

Shame lachte. «Er probiert alles mal aus. Dass er sich zu Männern hingezogen fühlt, stört mich nicht. Er weiß genau, dass er bei mir nicht landen kann.» Mit gerunzelter

Stirn musterte er die Stelle, die er bearbeitet hatte, und betrachtete dann meine Hände. «Du hast schöne Hände.»

«Danke.» Die Hände hatte ich von meiner Großmutter geerbt. Das war mir vor ein paar Jahren aufgefallen, als ich mir einen tollen Diamantring zum Geburtstag geschenkt hatte. Der war immer noch eines meiner liebsten Schmuckstücke.

«Worauf stehst du beim Sex?»

Ich atmete tief durch. «Warum stellst du mir so persönliche Fragen?»

«Du sitzt nackt in meinem Lieblingssessel.»

Ja, ich war nackt. Ich fragte mich, warum er den Sessel überhaupt verwendete. Ganz nackt auf seinem Lieblingsplatz zu sitzen kam mir seltsam intim vor. Genau so intim wie der Augenblick, als er seine Finger in meine Möse gesteckt hatte. Von der Erinnerung überwältigt, presste ich kurz die Schenkel zusammen.

Eigentlich konnte ich seine Frage ruhig beantworten. «Ich mag es, jemandem nahe zu sein. Berühren und berührt zu werden. Die ersten Momente, da man den Körper eines anderen erkundet, haben einen besonderen Reiz.»

«Aber dein Bett ist leer.»

Abermals schlug ich die Augen nieder. Jede mögliche Erwiderung hätte preisgegeben, was mir in New York widerfahren war. Über so etwas redete man nicht leichtfertig. Ich setzte mich etwas gerader hin und schwieg. Ich hatte nicht die Absicht, mich von ihm dazu beschwatzen zu lassen, ihm von meiner Vergangenheit zu erzählen.

«Wie ich gehört habe, versuchst du diesen Winter, Samuel Castlemen zu gewinnen?», fragte Shame.

Ich seufzte, erleichtert über den Themenwechsel. «Ja. Ich würde die *Phases of a Woman* gern nach Boston holen. Erst hat er mir einen Korb gegeben, aber als er dann hörte, dass auch du in der Galerie ausstellen wirst, hat er dann doch mit einer positiven Mail reagiert. Ich bin dir zu Dank verpflichtet.» Ich holte tief Luft und versuchte, meinen Magen zu beruhigen.

«Er ist begabt. Um diese Kraft, die er auf die Leinwand bannt, kann man ihn schon beneiden.» Er nahm die Schutzbrille ab und legte sie weg. «Du brauchst eine Pause; du hältst die Pose schon seit anderthalb Stunden.»

Ich ließ die Arme sinken, erstaunt, wie viel Zeit verstrichen war. «Willst du wirklich unterbrechen?»

«Für mich ist der Moment günstig.» Shame blieb einen halben Meter vor mir stehen und betrachtete mich. «Aber willst du aufhören?»

«Aufhören womit?», fragte ich. Ich war gern bereit, aus seinem Spiel auszusteigen, war mir aber nicht sicher, ob er das meinte.

«Dich zu verstecken.»

«Du hast mehr von mir gesehen und *berührt* als jeder andere Mann, mit dem ich mich in letzter Zeit getroffen habe. Ich wüsste nicht, was es da noch zu verstecken gäbe.»

Er sah auf meine Brüste hinunter. Ein Lächeln spielte um seine Lippen, bevor er meinen Blick erwiderte. «Die Männer, mit denen du dich getroffen hast, sind wirklich zu bedauern.» Er kam einen Schritt näher. «Warum hatten diese Männer denn so ein Pech?»

Sie waren allesamt Langweiler gewesen, mit denen ich nur deshalb ausgegangen war, weil ich von vornherein gewusst hatte, dass wir nicht miteinander im Bett landen würden. Das konnte ich Shame natürlich nicht sagen. Ich zog wieder die Beine an und schlang die Arme darum. «Du wirst ziemlich intim, Shamus.»

«Und wenn ich dir sagen würde, dass ich so intim wie

möglich mit dir werden möchte?» Er trat hinter den Sessel, streifte mit den Fingern über meinen Rücken und verweilte kurz bei meinem Haar. «Wie fändest du das?»

«Kommt darauf an.» Ich errötete ein wenig, als ich an das Gefühl dachte, als er die Hand auf meine Möse gelegt und mir einen Finger zwischen die Schamlippen geschoben hatte.

«Worauf?»

«Willst du mehr von mir als nur einen Gelegenheits-fick?»

«Mein Verlangen ist ziemlich unersättlich. Also könnte man sagen, dass es wohl nicht bei einem Gelegenheitsfick bleiben würde.»

«Okay … also, willst du mehr, als mich regelmäßig zu ficken?» Ich musste kurz lächeln, als er wieder vor mich trat. «Sicher, die körperliche Anziehung zwischen uns ist unleugbar da, aber ich bin zu alt für solche Spielchen.»

Unser Gespräch machte ihn offenbar genauso an wie mich. Ich presste die Schenkel zusammen, um das Prickeln der Erregung zu unterdrücken. Mein Blick fiel auf sein Ge-sicht, dann senkte ich ihn zu seiner ausgebeulten Hose. Ich wollte wirklich wissen, wie groß sein Schwanz war. Ich hatte so das Gefühl, dass er mich nicht enttäuschen würde.

«Ich kenne dich nicht gut genug, um viel von dir zu ver-langen. Ich will dich, und was gestern war, hat mir einfach nicht gereicht.»

«Ja. Ist mir nicht entgangen.» Ich sah wieder auf seinen Hosenschlitz und befeuchtete mir die Lippen.

Der Kerl ließ mich am ausgestreckten Arm verhungern. Ich wollte, dass er die Initiative ergriff, ahnte aber, dass er das nicht tun würde. Außerdem glaubte ich nicht, dass ich den Mut aufbringen würde, ihn meinerseits darum zu bitten. Was war ich doch für eine emanzipierte Frau! Ich brachte es nicht mal fertig, einem Mann zu sagen, dass ich Sex mit ihm haben wollte. Aber es ging um mehr als Sex. Ich wollte mehr und war mir nicht sicher, ob ich ihm das vermitteln könnte.

«Es ist ziemlich unfair, dass bei dir die Erregung nicht eindeutiger zu sehen ist.»

Unwillkürlich ballte ich die Hände, dann entspannte ich sie willentlich. Ich wusste genau, dass ich triefnass war. Ich müsste nur die zusammengepressten Beine öffnen. Dann würde er mein feuchtes Pelzchen sehen. Meine Nippel drückten spürbar gegen meine Oberschenkel, während ich überlegte, was ich tun sollte. Ganz langsam stellte ich die Beine auf den Boden und machte sie weit auf. Als ich seinen Blick erwiderte, atmete ich scharf ein. Meine Nippel waren inzwischen so prall, dass es fast wehtat.

Sein Blick war durchdringend, intensiv. Ich spürte die Spannung, die zwischen uns lag. Ich spreizte die Beine noch weiter und biss mir auf die Lippen, als er die Augen unwillkürlich auf meine Möse senkte. Meine Schenkel waren nass, meine Erregung offenkundig. Ich wollte, dass er mich aus dem Sessel hochzog, mich auf den Boden warf und mich besinnungslos durchvögelte. Allerdings war ich noch nicht so weit, ihn darum zu bitten.

Ich beobachtete, wie er sich die Unterlippe leckte. Meine Schenkel spannten sich daraufhin an. Ich bräuchte ihn nur zu bitten. Dann würde er seine Zunge in mich hineinstecken und mich lecken. Ich wusste es, und ich wollte es.

«Damit könntest du einen Mann zum Wahnsinn treiben.» Er wich einen Schritt von mir und seinem Lieblingssessel zurück. «Mit Gummizelle, Zwangsjacke und allem Drum und Dran.»

Ich beugte mich vor und pflanzte die Füße flach auf den Boden. «Du willst mich.»

«Natürlich.»

Ich streichelte über meine Schenkel und reckte mich ein wenig. «Aber?»

«Aber ich will Frauen nicht ausnutzen.»

«Glaubst du, du würdest mich ausnutzen?»

«Du bist nicht aus freien Stücken hier. Du sitzt deshalb nackt in meinem Studio, weil ich dich ausmanövriert habe. Ja, ich würde dich ausnutzen.» Er schluckte mühsam und schloss einen Moment lang die Augen. «So einer bin ich nicht.»

«Ich verstehe.»

Er reichte mir die Hand, und ich ergriff sie, ohne nachzudenken. Als ich vor ihm stand, räusperte ich mich. «Shame?»

«Ja, Mercy?»

«Ich glaube, ich sollte mich jetzt anziehen.» Ich ging an ihm vorbei, widerstand dem Drang, ihn zu streifen, und trat hinter den Umkleideschirm.

Mit zitternden Händen zog ich das Kleid vom Wandschirm herunter und schlüpfte hinein. Als ich das Oberteil zugebunden hatte, trat ich aus dem Sichtschutz heraus und zog die Schuhe an. Shamus saß im roten Sessel und schaute mir zu. «Warum hast du mich neulich geküsst?», fragte ich.

Er antwortete nicht gleich. Nach einer kleinen Ewigkeit sah er mich an. «Ich konnte nicht anders. Bei dir kann ich mich anscheinend nur sehr schwer beherrschen. Ich hatte auch nicht den Eindruck, dass es dir unangenehm gewesen wäre. Bin ich dir zu nahe getreten?»

«Nein.» Ich nahm die Handtasche und kramte nach dem Schlüsselbund. «Ich war nur überrascht.»

«Du bist eine gutaussehende Frau, Mercy. Es sollte dich eigentlich nicht überraschen, dass Männer dich attraktiv finden.»

Ich spürte, wie ich errötete. Warum errötete ich gerade jetzt, während ich eben noch die Beine vor diesem Mann gespreizt hatte? «Ich hatte geglaubt, du würdest dich nicht mit weißen Frauen treffen.»

Lachend lehnte er sich zurück. «Ich stehe auf Frauen, egal welche Hautfarbe sie haben. Meine Mutter ist selbst nur eine Halbschwarze.»

«Du verhältst dich nicht immer so, als fändest du mich anziehend.»

«Normalerweise schlafe ich nicht mit Modellen.»

«Das hast du schon mal gesagt.» Sein Frust und seine Verwirrung waren ihm deutlich anzusehen. Das überraschte mich. Bislang hatte ich nicht den Eindruck gehabt, dass er sich gern in die Karten schauen ließ.

«Bei der Arbeit habe ich keine sexuellen Gefühle für dich. Sonst könnte ich gar nicht arbeiten.»

«Du hast mir Fragen zu meinem Sexleben gestellt.»

«Damit wollte ich dich verunsichern.»

Sein Eingeständnis schlug ein wie eine Bombe. Das Schweigen dehnte sich. «Warum das?»

«Ich wollte einfangen, was ich in dir sehe, wenn sonst niemand hinschaut», murmelte er.

«Und was ist das?»

«Du fühlst dich unwohl in deiner Haut.»

Vor Verärgerung schoss mir das Blut in die Wangen. «Das stimmt nicht.»

«Mercy, willst du mir nicht sagen, warum du New York verlassen hast?»

Mir krampfte sich der Magen zusammen. Bei der Vorstellung, ihm mein hässliches Erlebnis zu schildern, verspürte ich körperliche Übelkeit. Diesem hochtalentierten Mann, der mich geküsst hatte, weil er der Versuchung nicht widerstehen konnte, durfte ich einen solchen Albtraum nicht aufbürden. Ich straffte die Schultern und sah zur Treppe, die mein Fluchtweg war.

«Das hab ich dir schon gesagt.»

«Das war eine Halbwahrheit.» Er streckte den Arm aus und berührte mich. Seine Finger fühlten sich warm und weich an, als sie über meine Wange streichelten und flüchtig meine Lippen streiften. «Ich sehe deine Angst.»

Ich wich zurück, wütend über seine Zudringlichkeit. Tief in meinem Innern wusste ich, dass mein Zorn irrational war, doch ich kam nicht dagegen an. «Ich gehe jetzt.»

«Wir sehen uns am Montag.»

Ich nickte. Als ich schon auf der Treppe war, rief er mir nach. Ich drehte mich zu ihm um. «Ja, Shame?»

«Warum hast du meinen Kuss erwidert?»

Ich sah ihn an. «Ich konnte nicht anders.»

Zu Hause zog ich mich im Wohnzimmer aus und ging nackt ins Bad. Nackt zu sein finde ich seit jeher befreiend und erleichternd. Es kommt mir dann so vor, als würde mein ganzer Körper sich entspannen und ich könnte endlich frei atmen. Ich dachte an Shamus. Mir war bewusst, dass ich sehr speziell auf ihn reagierte. In Shames Gegenwart nackt zu sein war eine ganz neue Erfahrung für mich. Meine ehemaligen Lover verblassten gegenüber dem realen, greifbaren Shamus Montgomery zu bleichen Schemen.

Ich sah in den Spiegel und begutachtete meine Brüste, Cup C und noch immer straff und fest. Für eine Frau meiner Größe war mein Bauch ganz okay, nicht gerade flach, aber definitiv nicht wabbelig. Ich hatte volle Hüften, ansehnliche Schenkel und einen Hintern, den ich nicht zu verstecken brauchte. Na ja, oder doch? Ich betrachtete ihn im Spiegel und seufzte.

Nach einer raschen Dusche machte ich mir einen Snack

und setzte mich vor den Fernseher. Nach drei Stunden Herumzappen konnte ich nur eines mit Sicherheit sagen, nämlich dass ich keine Menschen mehr sehen konnte. Ich ging ins Schlafzimmer und packte meinen Lieblingsvibrator aus. Er war schlank, hatte eine rotierende Spitze und eine Art Latexfinger, der den Kitzler stimulierte, wenn ich mir das Ding reinsteckte.

Gegen einen echten Mann, der warm zwischen meine Schenkel eindrang, kam er nicht an, aber als Ersatz war er durchaus brauchbar. Ich zog das T-Shirt und die Shorts aus, die ich seit dem Duschen trug, und schlüpfte ins Bett. Dann schaltete ich den Vibrator ein und schob ihn behutsam zwischen die Schamlippen. Schon vom Summen wurde ich feucht, und als ich ihn gegen den Kitzler drückte, wallte echte Erregung in mir auf.

Ich schob den Dildo in die Möse und schaltete den Klitorisstimulator ein. Mein Körper reagierte augenblicklich auf die schnelle Liebkosung des mechanischen Geräts. Eine Hitzewelle schwemmte durch mich hindurch, als ich an Shame und seine Hände dachte. Es wäre so schön gewesen, wenn er mich auf die gleiche Weise berührt und gestreichelt hätte wie die Alabasterskulptur, an der er arbeitete. Mit der freien Hand liebkoste ich eine Brust, zwickte den Nippel und zog daran, bis es wehtat.

Der Orgasmus war so heftig, dass ich kaum mehr Luft bekam. Das Lustgefühl war fast schon zu intensiv. Ich zog den Vibrator aus der Möse und warf ihn neben mich aufs Bett. Meine Klitoris pochte angenehm zwischen den Schamlippen.

Ich hatte, soweit ich mich erinnern konnte, schon immer masturbiert. Wie ich so an die Decke starrte, dachte ich an den Unterschied zwischen der Lust, die ich mir selbst verschaffte, und der, die mir ein Mann bereitete.

Zwei Jahre ohne Mann waren eine lange Zeit. Ich hatte mit voller Absicht niemanden in mein Bett gelassen, und dafür gab es zwei Gründe. Ganz erhitzt vor Verärgerung, stand ich auf und nahm den Vibrator mit ins Bad.

Ich wusch ihn, breitete ein Handtuch auf dem Fensterbrett aus und legte den Vibrator zum Trocknen darauf. Jetzt war es zu spät, die Erinnerungen zurückzudrängen. Sie waren an die Oberfläche gekommen und so lebendig, dass ich Jeff beinahe zu riechen meinte. Mit der Hand strich ich über meine Kinnlade und dachte wieder an das Entsetzen und den Schmerz von damals. Er hatte mich nur ein einziges Mal geschlagen. Ich war benommen und abgrundtief verletzt gewesen, denn ich hatte Jeff vertraut.

Ich ließ die Hand sinken, ging ins Schlafzimmer zurück und versuchte, ihn zu vergessen. Es gelang mir nicht. Frustriert und mit wachsendem Zorn ging ich in die Küche und nahm eine Flasche Crown Royal aus dem Kühlschrank. Ich mochte den Whisky kalt. Ich schenkte mir ein halbes Glas ein und lehnte mich an die Theke.

Wie immer vermochte der Alkohol nicht, mich zu trösten. Ich leerte das Glas und wartete auf das Einsetzen der betäubenden Wirkung. Der Alkohol verscheuchte zwar nicht die Erinnerungen, machte sie aber erträglicher. Ich hätte gern gewusst, wie er wohl bei Lisa wirkte. Half er ihr zu verdrängen, oder bewirkte er, dass sie sich stark genug fühlte, dem Mann, der sie geschlagen hatte, die Stirn zu bieten?

Jeff hatte mein Vertrauen missbraucht, obwohl ich ihn angefleht hatte, mich zu verschonen. Er hatte mich verletzt und vergewaltigt und dabei die ganze Zeit so getan, als wäre es genau das, was ich wollte. Ich schämte mich dieser Nacht so sehr, dass ich keine Worte dafür fand. Ich schämte mich, weil ich ihm vertraut hatte, und empfand seinen Vertrauensbruch als tiefe Kränkung. Ich hatte meinen Job im Museum aufgegeben, als ich feststellte, dass ich jedes Mal, wenn ich das Gebäude betrat, am liebsten vor Scham im Boden versunken wäre. Ich wollte Jeff niemals wiedersehen.

Bei der Erinnerung an jene grauenhafte Nacht musste ich unweigerlich auch an den Menschen denken, der mich gefunden hatte, nämlich Martin, den nettesten und rücksichtsvollsten Mann, den ich je kennengelernt habe. Am nächsten Morgen hatte er mich als ein Bündel Elend an derselben Stelle im Büro gefunden, an der Jeff King mich gebrochen und emotional und körperlich traumatisiert zurückgelassen hatte. Martin hatte mich vom Boden aufgehoben, in sein Büro getragen und dort auf die Couch gelegt. Dann hatte er mich dazu überredet, zur Notaufnahme zu gehen.

Ich erinnerte mich an die beiden Polizisten, die ins Krankenhaus gekommen waren, um die Beweisaufnahme durchzuführen. In das Gesicht des männlichen Polizisten hatten sich die Spuren zu vieler Tragödien eingegraben, doch die Frau hatte verzweifelt versucht, mir bei der Bewältigung des Verbrechens zu helfen. Beide hatten enttäuscht reagiert, als ich auf eine Anzeige verzichtete und den Namen des Schuldigen nicht preisgab. Schließlich hatte Martin sie gebeten, zu gehen und meine Entscheidung zu respektieren. Die Frau hatte an der Tür gezögert. Als sie sich zum Gehen wandte, war ihr Gesicht tränenüberströmt gewesen.

Offenbar konnte sie die Entscheidung, die ich in der Nacht getroffen hatte, nicht nachvollziehen. Sie hatte um mich geweint. Ich hatte nicht geweint, und daran musste ich auch dann noch denken, als ich Monate später nach Boston umgezogen war. Doch dass ich Jeffs Vergewaltigung überstanden hatte, hatte mir bis jetzt immer gereicht.

Meine Gedanken schweiften zu Shamus Montgomery und seiner wundervollen Arbeit. Die Leidenschaft für Leben und Kunst waren ein grundlegender Bestandteil seiner Persönlichkeit, und ich schreckte davor zurück, ihn mit all dem zu konfrontieren, was mich ausmachte. Ich wollte ihn nicht mit meinen Erinnerungen an Jeff belasten. Ungewollt trat mir Lisa Millhouse' letzte Arbeit vor Augen. Ich sah die Frau vor mir, die, von einer unbekannten, bösen Macht bedroht, der ganzen Welt ihre Weiblichkeit offenbarte.

Erschüttert ging ich zum Telefon und nahm den Hörer ab. Lisas Nummer kannte ich auswendig. Kaum war sie am Apparat, fragte ich: «Bin ich das?»

Nach kurzem Schweigen antwortete Lisa: «Wir sind es beide, Mercy.»

«Du weißt schon seit Monaten Bescheid, nicht wahr?», fragte ich leise.

«Als ich dein Gesicht sah, hatte ich das Gefühl, in einen Spiegel zu blicken.» Sie seufzte, dann fuhr sie fort: «Hast du nachts Angst vor dem Einschlafen?»

«Nur in Nächten wie dieser.» Ich wanderte durch die Wohnung und setzte mich aufs Sofa. «Und du?»

«Es kommt und geht. Ist es Shamus?»

«Ich verstehe nicht, was du meinst.»

«Doch», erwiderte Lisa. «Du fühlst dich zu ihm hingezogen.»

«Ja.»

«Du begehrst ihn.» Sie klang belustigt.

«Ja.»

«So sehr, dass es fast wehtut und du dich fragst, ob es krank ist, so zu empfinden.»

Ich schloss die Augen. «Herrgott, Lisa.» Sie lachte, und ich hörte, dass sie mit irgendetwas hantierte. «Was machst du gerade?»

«Ich mach mir ein Sandwich. Du hast mich geweckt, und jetzt hab ich Hunger.»

Es tat mir leid, dass ich sie geweckt hatte, doch ich wollte das Gespräch noch nicht beenden. «Es ist ein bisschen früh zum Schlafen.»

Lisa schnaubte. «Ich bin froh, wenn ich überhaupt irgendwann schlafen kann. Macht Shame dich nervös?»

«Ich habe keine Angst vor ihm.»

«Ja, das weiß ich.»

«Ich schleppe zu viel mit mir herum, um mit einem Mann wie ihm eine Beziehung einzugehen.»

«Er ist ein Mann. Ja, er ist ein leidenschaftlicher und sensibler Künstler, aber auch ein starker, liebevoller Mann. Shamus ist ein rücksichtsvoller und ausdauernder Liebhaber. Wenn er sich für dich interessiert, was mich übrigens sehr wundert, da er sich so was bei seinen Modellen normalerweise nicht gestattet, heißt das, dass er in dir etwas Besonderes sieht.»

«Ich bin zu kaputt, um mich mit einem Mann wie ihm einzulassen. Er hat was Besseres verdient.»

«Das ist Blödsinn. Durch deine Erfahrung bist du nicht weniger wert als vorher.»

Ich seufzte. «Er überwältigt mich einfach.»

«Er ist ein guter Mann, Mercy. Du kannst ihm vertrauen.»

«Das tu ich doch.»

«Und es macht dir Angst.»

Ich stöhnte. «Ich hab gar nicht gewusst, dass du hellsehen kannst.»

«Eins meiner verborgenen Talente.» Lisa stockte, dann brummte sie: «Wir haben gestern Abend nicht richtig über die Frau gesprochen, die hier bei mir eingedrungen ist. Ich verstehe ja, weshalb du mich nicht vorwarnen konntest, aber eins sag ich dir, wenn sie nochmal die Unverfroren-heit besitzt, sich hierherzuwagen, wird ihr das übel bekom-men.»

«Bis August muss ich Milton die eine oder andere Pro-vokation durchgehen lassen», erwiderte ich schließlich. «Ich weiß, das klingt ziemlich feige, aber Milton Storey hat irgendetwas vor, und ich fürchte, dass diese Einmi-schung in deine Ausstellung nur eine Kleinigkeit ist im Ver-gleich zu dem, was er eigentlich plant.»

«Ich könnte ihn umbringen und für dich in Bronze gießen. Er würde einen scheußlichen, aber interessanten Gartenzwerg abgeben.»

Ich lachte laut auf. «Danke, das werd ich mir merken.»

«Ich hab mir Gedanken über das Highschool-Kunst-projekt gemacht. Ich finde, das ist eine tolle Idee, du kannst auf mich zählen.»

«Oh, danke. Jane ist ganz stolz darauf. Ich bin froh, dass der Vorstand einverstanden war. Hast du ihr schon gesagt, dass du mitmachst?»

«Nein, ich arbeite immer noch auf Sarahs Sturz hin. Ich werde Jane anrufen.» Sie stockte und seufzte. «Danke für gestern Nacht.»

«Hin und wieder brauchen wir alle einmal jemanden, der uns beisteht.»

Nach dem Telefongespräch verbrachte ich ein paar Stun-den vor dem Fernseher und ging dann ins Bett. Wie ich so dalag, musste ich wieder an Martin denken. Nach der Ver-gewaltigung war er mir ein guter Freund gewesen. Es hatte mich nicht überrascht, dass ich zwei Monate danach bei ihm körperlichen Trost gesucht hatte. Der Sex war nicht gerade umwerfend gewesen, hatte mir aber gutgetan. Als ich mich entschloss, aus New York wegzugehen, hatte

Martin nicht versucht, mich zurückzuhalten oder umzustimmen.

Er hatte sich große Mühe gegeben, den Übergang möglichst schmerzlos zu gestalten. Er hatte mir geholfen, meine Wohnung und die Möbel, die ich nicht mitnehmen konnte, zu verkaufen. Ich schätzte ihn als Freund, hatte aber immer noch Gewissensbisse, weil ich ihm wehgetan hatte. Erst nach meinem Weggang aus New York war mir klargeworden, wie sehr Martin mich liebte und wie tief ihn meine Entscheidung verletzt hatte. Da war es schon zu spät gewesen, meinen Entschluss rückgängig zu machen, doch obwohl unsere Freundschaft jetzt anders war als früher, zählte ich ihn nach wie vor zu meinen besten Freunden.

Auf dem Küchentisch lag noch immer die Hochzeitseinladung. Er hatte eine Frau gefunden, ohne die er nicht leben konnte, und wollte sie heiraten. Ich freute mich für ihn, doch irgendetwas in mir reagierte auch sehr niedergeschlagen auf diese Nachricht. In Zukunft würde ich nicht mehr bei ihm Zuflucht suchen können. Deswegen kam ich mir egoistisch und gemein vor.

Martin war der zweite Grund, weshalb ich mein Bett seit zwei Jahren mit niemandem geteilt hatte. Ich hatte ihn ausgenutzt, und das wollte ich einem Mann nie wieder antun.

7

Den ganzen Tag hatte ich über meine Wünsche und Bedürfnisse nachgegrübelt, doch als ich gegen 17.30 Uhr in Shames Galerie ankam, war ich noch immer unsicher. Ihn anzurufen und mich bei ihm einzuladen war ein so dreister und mutiger Schritt, wie ich ihn schon lange nicht mehr getan hatte. Da ich ihm praktisch keine Gelegenheit gegeben hatte, etwas gegen meinen angekündigten Besuch einzuwenden, war ich mir des Empfangs keineswegs sicher.

Ich betrat die Galerie und sah mich um. Shame saß mit einer Kundin an seinem Schreibtisch. Er schaute zu mir hinüber und nickte. Ich hakte das «Privat»-Schild aus, hängte es hinter mir wieder ein und ging hinauf. Oben im Atelier trat ich vor die Skulptur. Meine Gestalt war schon als Umriss angelegt, und ich erkannte mein Gesicht, die Unterschenkel und die Füße. Die Arme waren bisher nur angedeutet.

Ich streckte die Hand aus und berührte das Gesicht der Skulptur. Es blieb noch viel zu tun, aber schon jetzt war es faszinierend, mich allmählich aus dem Alabaster heraustreten zu sehen. Einige Minuten später kam Shame herauf. Er schloss die Tür ab und steckte den Schlüsselbund ein.

«Du brauchst die Galerie nicht extra meinetwegen früher zu schließen.»

«Ich hatte eigens wegen dieser Kundin geöffnet. An den Wochenenden ist hier normalerweise geschlossen.»

Er lehnte sich schweigend und wachsam an die Tür,

verharrte dort einen Moment lang und kam dann auf mich zu. Sobald er bei mir war, streckte er die Hände nach mir aus. Er umfing behutsam mein Gesicht, zog mich an sich und küsste mich. Ich ließ die Handtasche ohne einen Moment des Zögerns fallen und schlang die Arme um ihn.

Ganz erhitzt presste ich mich an seinen glühenden Körper, atemlos vor Erstaunen und von etwas, das mich mit einer so schmelzenden Wärme erfüllte, dass ich keinen Namen dafür wusste. Begehren, Lust und Schmerz brodelten wild in mir, als er mich hochhob und meine Beine um seine Taille legte. Ich war höllisch scharf auf diesen Mann und scherte mich keinen Deut um die Folgen. Ich grub die Finger in seine Schultern, als er mich gegen die Wand presste.

Er küsste mich, und wo seine Lippen mich berührten, brannte ich von einer schmerzlichen Leidenschaft. Er streifte den Träger meines Kleides herunter und fuhr mit den Zähnen über meine Haut. Von seinem heißen Körper hart gegen die Wand gepresst, entrang sich mir ein schaudernder Atemzug nach dem anderen. Mit einem schmerzlichen Seufzer drückte ich den Rücken durch und drängte mich mit dem Becken gegen ihn. Noch nie im Leben hatte ich mich so nach Erfüllung gesehnt.

«Shame.»

«Ich weiß, Mercy.»

Er zog mir das Kleid von der rechten Brust. Den Nippel mit dem Mund umfangend, hielt er mich fest umschlungen. Sein Saugen erzeugte Ströme von Glut. Es kam mir vor, als reichte meine Haut nicht mehr, um mich zusammenzuhalten. Ich wusste, was er hören musste, und holte tief Luft.

«Shame. Du musst mich ficken. Jetzt sofort.»

«Mein Gott, Mercy, weißt du, worum du mich da bittest?»

«Das war keine Bitte.» Sein Kopf ruckte hoch, und unsere Blicke verfingen sich. «Du musst mich ficken, jetzt sofort.»

Er setzte mich ab, und ich stellte mich wieder auf meine eigenen Beine. Ohne ein weiteres Wort schob er seine Hand in meine und zog mich zur Treppe zum zweiten Stock. Ich musste mich zügeln, um mir nicht schon auf dem Weg nach oben die Kleider vom Leib zu reißen.

Shamus bugsierte mich rasch durch seinen Wohnbereich und die letzte Treppe hinauf, die zu seiner Schlafgalerie führte. Von oben hatte ich den größten Teil der unteren Wohnebene im Auge. Das Bett, an dessen Fußende ich stand, war sehr niedrig. Ich sah Shame an und erkannte in seinen Augen das Spiegelbild der Leidenschaft, die in mir selber brannte. Dies hier war der entscheidende Schritt, nach dem es kein Zurück mehr gab.

Ich zerrte mir das Kleid über den Kopf und warf es auf den Boden. Einen BH trug ich nicht. Meine Nippel waren so hart, dass sie schmerzten. Ich rieb mit den Handflächen darüber, während er sich das Hemd aus der Hose zerrte und es hastig aufknöpfte. Ich streifte meinen Slip herunter, schob ihn zur Seite und krabbelte aufs Bett. So auf allen vieren drehte ich mich nach ihm um und sah zu, wie er sich auszog. Er sah wunderbar aus und war im Vergleich zu mir aufreizend dunkel. Der Kontrast zwischen seiner Haut und meiner turnte mich so an, dass ich einen Moment lang die Augen schließen musste. Als ich sie wieder aufschlug, hatte er seine Hose und ein Paar Boxershorts ausgezogen. Einen Moment lang ließ ich die Augen überrascht und belustigt auf den Boxershorts ruhen.

«Du stehst wohl auf den Tasmanischen Teufel?»

Auflachend warf er einen kurzen Blick auf das Cartoon-Muster der Unterwäsche. «Ja, das stimmt.»

Ich fasste wieder ihn selbst ins Auge und betrachtete seinen mächtigen Steifen. Bestimmt fast fünfundzwanzig Zentimeter lang – und so dick, dass ich ihn nur mit Mühe mit der Hand umfassen konnte. Ich leckte mir über die Lippen, sah ihm ins Gesicht und rieb die Beine aneinander, während ich mich auf den Rücken legte. «Komm zu mir, Shame.»

Er trat zum Nachttisch und holte eine Schachtel Kondome heraus. Ich nickte zustimmend und streckte die Hand nach ihm aus. Shamus kam zu mir und umfing mich mit den Armen. Was für ein herrliches Gefühl! Sein heißer Körper ließ meine Haut vor Erregung brennen. Sobald er nah genug war, presste er seine Lippen auf meine.

Der Kuss war heiß und leidenschaftlich, erfüllt von demselben sehnsüchtigen Verlangen, das ich selbst empfand. Ich hatte gar nicht gewusst, dass er mich so heftig begehrte. Das Wissen, dass er mich wollte, stieg mir berauschend zu Kopfe. Meinen Mund freigebend, wanderte er mit den Lippen zu meinen Brüsten hinunter. Er küsste meine Nippel und lutschte daran, bis sie so steif waren, dass es wehtat. Gleichzeitig wanderten seine Hände über meine Hüften und meinen Arsch, und er zog mich so dicht an sich heran, dass sein Schwanz in seiner ganzen Länge gegen meinen Bauch drückte.

«Sag mir, wie du es willst, Mercy.» Er presste einen Kuss auf meinen Bauch, bevor er noch tiefer nach unten rutschte. Behutsam spreizte er meine Beine. «Sag's mir.»

Ich drängte mich gegen seinen Mund, während er mich mit den Lippen liebkoste und meine Schamlippen mit der Zunge öffnete. Immer wieder stieß er mit der Zungenspitze gegen meine pochende Klitoris, bis ich mich vor ihm wand und schlängelte. «Steck mir deinen Schwanz rein, Shame.»

«Ganz fest?»

«Ja.» Ich sah zu, wie er das schwarze Latex aus der Folienverpackung befreite und über seinen Ständer streifte. «Egal wie, aber tu's.»

Er öffnete meine Beine behutsam und kniete sich dazwischen. Es war so geil, seine dunklen Hände über die helle Haut meiner Oberschenkel streichen zu sehen. Er stieß mit der Eichel gegen meinen Eingang und glitt hinein. Den Rücken durchgedrückt und die Beine weit geöffnet, erschauerte ich bei seinem Eindringen. *Endlich ausgefüllt*, dachte ich einen flüchtigen Moment lang, als ich seinem ersten Beckenstoß entgegenkam.

«Ja», flüsterte ich, und bei jedem erneuten Eindringen verlangte mein Körper nach mehr.

Ich umschlang ihn und gab mich ihm vollkommen hin. So lange schon hatte ich mich keinem Mann mehr auf diese Weise anvertraut, dass ich Mühe hatte, einen Rest von Verstand zu bewahren. Sein heißer Schwanz in mir drin und sein Mund, der über meinen glitt, mehr brauchte ich nicht. Er erfüllte mich mit einer so tiefen und meinen ganzen Körper durchdringenden Lust, dass ich nicht mehr wusste, wo er anfing und ich aufhörte.

Irgendwann bewegte er sich langsamer und hob den Kopf. Unsere Blicke begegneten sich und hielten einander fest. Ich war überwältigt von der Leidenschaft, die er in Worten nicht ausdrücken konnte, und von seinem völlig unverhüllten Begehren. Wir passten so perfekt zusammen, dass es in dieser brutalen Ehrlichkeit beinahe wehtat. Er war ganz tief in mir drin und streichelte mit der Hand meine Flanke und dann meinen Oberschenkel.

«Ich möchte auf dir drauf sein.»

Er lachte leise, zog sich aber zurück und kam meiner Bitte nach. Ich setzte mich rittlings auf ihn und ließ mich mit einem Seufzer der Erleichterung auf seinen Ständer gleiten. Ein Schauder lief mir den Rücken hinunter, als ich begann, mich auf ihm zu bewegen. Seine Hände glitten über meine Schenkel zu meinen Hüften, die er packte, um mich den Rhythmus zu lehren, den er brauchte. Seine steten Beckenstöße hoben mich immer wieder hoch und zwangen meine Möse, jeden prachtvollen Zentimeter seines Steifen in sich aufzunehmen.

O Gott, ich liebte seinen großen Schwanz. Ich legte den Kopf nach hinten und bewegte mich in seinem Rhythmus. Da war der Kitzel des Ungehörigen, weil ich mit einem Mann fickte, den ich kaum kannte, aber darunter lag ein Gefühl des Verbundenseins und des inbrünstigen Begehrens. Dieser Mann kannte mich und meinen Körper auf eine Weise, die mir völlig unerklärlich war. Er strich mit dem Daumen meine Schamlippen entlang, während ich mich auf ihm wiegte, und streichelte meine Klitoris.

Als mein Orgasmus sich näherte und meine Möse sich vor Lust zusammenzog, zischte er: «Perfekt.»

Er setzte sich auf, als ich kam, schlang die Arme um mich und wiegte mich sanft, während die Lust mich durchbrandete. Ich legte ihm die Arme um den Hals und küsste ihn leidenschaftlich. Unsere Zungen umschlangen und erforschten sich, während ich mich weiter auf seinem Schwanz bewegte.

«Du hast eine phantastische Möse.»

Ich lachte und küsste ihn zärtlich auf den Mund. «Hätte ich gewusst, was für einen riesigen Schwanz du hast, wären wir schon früher im Bett gelandet.»

Er strich mir mit den Händen über den Rücken, umfing meinen Arsch und rieb sich an mir. «Wir sind noch nicht fertig.»

«Natürlich, ich weiß», flüsterte ich an seinem Mund und küsste seine wunderbar weichen Lippen. Seine Zunge schnellte vor und suchte Einlass.

Während er mich umdrehte und auf den Rücken legte, verlor ich mich ganz in seinem Kuss. Dann gab er meinen Mund frei und begann, sich zu bewegen, mit gemessenen, sicheren Stößen. Innerlich erzitterte ich bei jedem Stoß und jedem Zurückgleiten. Kurz zusammenzuckend, versuchte er, seinen Orgasmus zurückzuhalten. Dann wurden seine Stöße kürzer, und er presste sich gegen mich.

«Nicht.» Ich berührte sein Gesicht. «Lass es dir kommen, Shamus. Halt es nicht zurück.»

Ich nahm sein Gesicht in beide Hände, sodass er mich ansah, als er zum letzten Mal in mich hineinstieß. Sein ganzer Körper erbebte von der Gewalt seines Orgasmus. Ich sah, wie er die Augen schloss, und dann ließ er sich auf mich sinken. Schweißnass lagen wir da, eng umschlungen und noch immer bebend. Schließlich wurden wir ruhiger, und er zog sich aus mir zurück und legte sich auf den Rücken.

«Zum ersten Mal habe ich dich in New York gesehen. Das war im Museum, und du hast dich mit Edward Morrison unterhalten. Wusstest du eigentlich, dass du mit den Händen redest?»

Ich lachte leise. «Manchmal mache ich das sogar beim Telefonieren.»

«Ich hatte einen Termin und darum keine Zeit, dich anzusprechen. Als ich später Edward nach dir fragte, sagte er, du würdest aus New York wegziehen, wohin, wisse er auch nicht. Vor einem halben Jahr wollte ich dann bei einer Auktion ein Werk zurückkaufen, das ich zu Beginn meiner Laufbahn als Künstler verkauft hatte. Damals hast du mitgeboten. Dein Anblick hat mich so durcheinandergebracht, dass ich die Auktion an dich verloren habe.»

Bei diesem Geständnis wurde ich rot. «Ich war fest entschlossen, das Objekt zu ersteigern. Aber ich habe dich damals nicht gesehen.»

«Ich hatte jemanden mit dem Bieten beauftragt und befand mich selbst in einem Nebenzimmer. Aber dann habe ich meinen Beauftragten vollkommen vergessen.» Er küsste mich sanft auf die Schulter. «Am besten arbeite ich jetzt noch etwas an der Skulptur weiter.»

Ich nickte. «Ich würde vorher noch ganz gerne duschen.»

«Klingt gut.»

Ich stieg aus dem Bett und sah mich noch einmal kurz nach ihm um, bevor ich ins Bad ging. Er war alles, was ich mir nur je hatte wünschen und erhoffen können. Als Liebhaber hätte er nicht aufmerksamer und einfühlsamer sein können.

Seine Duschkabine war so groß wie in manchen Wohnungen das ganze Badezimmer und hatte drei Duschköpfe. Als ich das Wasser aufgedreht und die richtige Temperatur eingestellt hatte, kam er dazu. Er zog mich in seine Arme und küsste mich sanft. Ich wollte ihm sagen, dass er gar nicht so sanft zu sein brauchte, dass ich nicht zerbrechlich war. Aber es gefiel mir, wie sein Hände leicht und zärtlich über meine Haut glitten.

Ich atmete überrascht auf, als ich die Verpackung eines Kondoms spürte, die über meinen Rücken scharrte. Er riss die Folie auf und warf sie nach hinten weg. Ich nahm ihm das Gummi aus der Hand und rollte es in aller Ruhe langsam über seinem Schwanz aus, obwohl ihm der Atem bei jeder Berührung meiner Finger stockte. Ich umfing seine Eier und massierte sie sanft, während sein Schwanz zwischen uns ruckte und zuckte.

Irgendwann hatte er genug, griff nach meinen Händen und zog mich an sich. Als er den Mund auf meinen legte und mit den Händen meinen Körper erforschte, durchschauerte es mich vor Lust. So schmerzlich hatte ich noch niemals einen Mann begehrt. Shamus hob mich hoch, stieß sich in mich hinein und presste mich dabei mit dem Rücken gegen die kühle Kachelwand der Dusche. Ich drängte mich gegen ihn und stöhnte.

Gleich darauf wurde ich am ganzen Körper von Schauern durchlaufen, die gar nicht mehr enden wollten. «O Gott.»

«Hmm.» Aufseufzend begrub er das Gesicht an meinem Hals. Er umfing meine Arschbacken von unten und hielt mich so in meiner Position an der Wand fest. «Also gut, er hat mich gemacht, aber hier bin jetzt ich selbst am Werk.»

Ich lachte und schloss die Augen. «Er hat dich phantastisch hinbekommen.» Ich schlang die Beine fester um seine Taille und holte tief Luft, als er zum zweiten Mal in mich hineinstieß.

Er legte den Kopf auf meine Schulter und stieß einen inbrünstigen, rauen Laut aus. «Du wirst tagelang wund sein.»

Hatte ich das nicht schon gewusst? Sein Schwanz war so wunderbar groß. «Ich werde morgen nicht einmal sitzen können, ohne daran zu denken, dass du in mir drin warst.»

Er stöhnte und stieß sich wieder tief in mich hinein. «Gut.»

Sein nächster Stoß war so heftig, und es durchlief mich so gnadenlos heiß, dass sich mehrere leise Schreie meinen Lippen entrissen. Die entblößten Zähne scharf an meine Schulter gepresst, hielt er mich weiter auf Fickhöhe fest und rammte sich immer wieder schnell und hart in mich hinein. Ich fuhr voll darauf ab und stöhnte jedes Mal auf, wenn er sich tief in mich hineinbohrte.

«Kommst du? Lass es dir kommen! Für mich.»

Ich schloss die Augen und biss mir auf die Lippen. Beim

steten und unnachgiebigen Eindringen seines Steifen war
mir, als würde ich immer wieder sterben. Er war so heiß
und verschmolz vollkommen mit meinem Körper.

Ich stöhnte leise auf, als mein ganzer Körper vom Orgasmus rot anlief. «O Gott.»

«So ist es gut, Baby.» Er presste mich an sich. «Gib
dich mir ganz.»

In ein Handtuch gehüllt, stieg ich die Treppe hinunter, das
Haar hochgesteckt, wie er mir aufgetragen hatte, als er die
Dusche verließ. Er stand auf der anderen Seite der Skulptur
und betrachtete sie aufmerksam. Dabei wirkte er genau
so professionell reserviert wie bei unserer ersten Sitzung.
Er warf einen Blick auf mich und sah dann wieder auf
die Skulptur, während ich mich in den Sessel setzte und
die Beine wie vorher anzog. Ich war auf angenehme Weise
wund. Unter meiner Haut kribbelten Muskeln, die ich
lange nicht mehr benutzt hatte.

Ich blickte zu ihm auf und merkte, dass er mich unverwandt ansah. «Sitze ich falsch?»

Er schüttelte den Kopf und seufzte. «Nein. Ich dachte,
wenn ich mit dir schlafe, geht mir bei der Arbeit an der
Skulptur der Drive verloren, aber so ist es keineswegs.»

Er machte sich an die Arbeit, und ich überließ mich
meinen Gedanken. Nach dem Duschen hatte ich mir überlegt, dass ich ihm von New York erzählen und ihm eingestehen sollte, warum ich von dort weggezogen war. Nach
der Veränderung in unserer Beziehung kam es mir irgendwie verkehrt vor, ihm so etwas zu verschweigen.

Ich sah ihn an und stellte fest, dass er die Stirn runzelte.
«Was ist los?»

«Du siehst so aus, als wärest du nicht glücklich über
das, was vorgefallen ist, Mercy.»

«Nein, aber ich muss dir etwas erzählen, was ich lieber für mich behalten würde. Ich möchte eigentlich nicht darüber reden, aber ich glaube, bei allem, was sich jetzt zwischen uns entwickelt, würde ich mich sonst unwohl fühlen.» Ich holte tief Luft und heftete die Augen auf den Fußboden. Warum war das nur so schwer?

«Es geht um New York», sagte er leise.

Ich sah ihm mit einem Ruck in die Augen und seufzte. «Ja, es geht um New York.» Ich holte tief Luft. «Du bist der zweite Mann, mit dem ich seit meiner Vergewaltigung schlafe.»

«Vergewaltigung.» Das Wort kam hart und heftig aus seinem Mund und klang so schmerzlich, dass ich zusammenzuckte.

Ich wusste, dass es kein abscheulicheres Wort gab als ebendieses: Vergewaltigung. Ich nickte und beobachtete, wie ein Sturm verschiedenster Emotionen über sein Gesicht fegte. Schließlich blieben nur noch Zorn und Trauer zurück.

Er räusperte sich und sah auf den Alabasterblock, die Hände ganz still. «Danke für dein Vertrauen.»

«Ich vertraue dir wirklich.» Fast wider Willen quoll es aus mir heraus: «Er heißt Jeff King. Er war mein Kollege im Museum. Wir waren Freunde. Na ja, das dachte ich zumindest. Das Museum war schon geschlossen, und wir waren noch gemeinsam dort geblieben, um einiges an Arbeit zu erledigen. Nicht zum ersten Mal. Wir waren damals mit der gemeinsamen Organisation einer Ausstellung beschäftigt. Ich wollte ein bisschen vorarbeiten, weil ich ein langes Wochenende geplant hatte.»

Ich konnte ihm nicht erzählen, wie es passiert war. Nur Lesley hatte alle Einzelheiten erfahren, und sie hatte Stunden gebraucht, um alles aus mir herauszubekommen. Mürrisch sah ich Shame an. «Martin hat mich gefunden und mich gerettet, in mehrfacher Hinsicht. Ich fühlte mich so einsam und gebrochen. Er hat mir geholfen, die Scherben zu kitten.»

«Er hat sich in dich verliebt.»

Ich nickte. «Ja, aber das wurde mir erst später bewusst. Ich hatte Sex immer sehr lustvoll erlebt, zumindest vor meiner Vergewaltigung. Danach hatte ich beim Sex gemischte Gefühle. Auch wenn ich wusste, dass es bei diesem Desaster nicht wirklich um Sex und schon gar nicht um Lust gegangen war, fühlte ich mich in der Nähe von Männern, die scharf auf mich waren, äußerst unwohl. Martin war kein sexueller Draufgänger; ehrlich gesagt ist die Initiative für unsere sexuellen Begegnungen immer von mir ausgegangen. Eines Nachts wurde mir klar, dass ich ihn ausnutzte. Ich fühlte mich wie ein Monster und traf die Entscheidung, New York und Martin zu verlassen. Ich hatte seine Freundschaft nicht verdient.»

Shame schwieg kurz und räusperte sich dann. «Ich muss eine Weile über alles nachdenken.»

Ich nickte und nahm meine Position wieder ein, damit er arbeiten konnte. Shame war ein eher introvertierter Mensch, und so hatte ich damit gerechnet, dass er Zeit brauchen würde, um meinen Bericht zu verdauen.

Ich blieb mehrere Stunden sitzen, während er arbeitete, und stand nur auf und reckte und streckte mich, wenn er es vorschlug. Es war beinahe Mitternacht, als er sein Werkzeug aus der Hand legte und die Augen über meine Beine und Hände wandern ließ. Dann sah er auf die Wanduhr und runzelte die Stirn.

«Du hättest mir sagen sollen, dass es schon so spät ist.»

«Du warst so wunderbar vertieft.» Ich streckte die Beine lang aus und ließ mich tief in den Sessel sinken.

157

Er trat zu mir, die Hände noch weiß vom Alabasterstaub, und kniete sich vor dem Sessel nieder. Als seine Finger sanft in meine Kniekehlen fuhren, bewegte ich die Beine. Der Staub auf seinen Händen war rau und erzeugte eine köstliche Empfindung.

«Ich bin erstaunt, wie tief du mir vertraust. Hätte ich gewusst, was du da vor mir verbirgst, hätte ich dich vielleicht lieber nicht dazu genötigt, mir Modell zu sitzen.» Er räusperte sich. «Deine Ausstrahlung und deine Persönlichkeit waren eine Herausforderung für mich. Ich wollte dich ohne Hüllen sehen, bar aller Verkleidungen der Höflichkeit und des Anstands, um zu erkennen, wer du wirklich bist.»

«Und jetzt?»

«Jetzt staune ich, dass du mir so sehr vertraust.»

Sanft zog er mich nach vorn, bis ich fast auf der Sesselkante saß, und legte sich mein eines Bein über die Schulter. Dann senkte er den Kopf und ließ die Zunge zwischen meine Mösenlippen gleiten.

Ich ließ mich nach hinten sinken und verkrallte die Finger in der Armlehne. Ich war sofort unglaublich scharf und konnte kaum mehr denken. Seine Zunge wusch warm und feucht über meine Klitoris und tauchte dann in mich ein. Das Rein und Raus seiner Zunge und seine Lippen, die mich gleichzeitig streichelten, versetzten mich in den siebten Himmel. Ich hob das Becken, ließ mich aber wieder tief in den Sessel gleiten, als Shame mir zwei Finger in die Möse schob.

Ich schloss stöhnend die Augen und zwang mich, mich zu entspannen, als seine Lippen sich sanft um meine Klitoris schlossen. Mit der Zungenspitze neckte und liebkoste er mich.

Als er den Kopf hob und aufstand, schrie ich auf.

Shame zog mich vom Sessel hoch und führte mich zur

Treppe. Erhitzt und schwach vor Lust, folgte ich ihm. Wieder stand ich am Fußende seines Bettes und sah zu, wie er sich auszog. Er streifte sich ein Kondom über, während ich aufs Bett krabbelte und mich auf den Rücken legte. Dann streichelte ich meine Schenkel und stellte mir dabei vor, wie es sein würde, wenn er in mir drin wäre.

«Komm her», verlangte ich leise, zog die Beine an und stellte die Füße flach auf die Matratze. «Jetzt. Ich bin nicht in der Stimmung für Spielchen.»

«Ich auch nicht.» Er kniete sich mit einem Bein aufs Bett und sah mich aufmerksam an. «Geh auf alle viere.»

Lächelnd richtete ich mich auf und folgte seiner Aufforderung. Seine Hände glitten über meinen Rücken, als er sich hinter mich kniete und mich sanft auf die Schulter küsste. Ich schloss die Augen und grub die Hände in die Bettdecken, während er mich behutsam in die richtige Stellung rückte. Sein Schwanz streifte mich zwischen den Schenkeln, und ich wurde noch feuchter. Ich machte die Beine breiter, drückte den Rücken durch und stöhnte auf, als seine Eichel gegen meinen Möseneingang stupste.

«Nicht nur necken.»

«O nein.» Warm und seidig drang er in mich ein und hielt sein Versprechen. Sein Schwanz wurde noch größer und füllte mich so gründlich aus, dass es mir jeden Gedanken verschlug. Ich lutschte an meiner Unterlippe und schloss die Augen, während er sich stetig und unaufhaltsam immer tiefer in mich hineinschob.

«Tu ich dir weh?» Seine Hände glitten meinen Rücken hinunter und packten mich bei den Hüften.

«Nein.» Ich stieß mich meinerseits gegen ihn. «Mehr.» Sein Atem ging schneller, und er sog die Luft durch die Zähne. «Mach das nochmal.»

Ich tat wie gewünscht, und er begann seinerseits, sich

zu bewegen. Jedes Mal, wenn ich ihn in mich hineinzog, musste ich unwillkürlich denken, dass genau hier, tief in mir drin, der richtige Platz für ihn war. Wir waren so wunderbar vereint und ineinander verschmolzen, wie ich es noch nie erlebt hatte. So fühlte es sich an, wenn zwei Teile eines Ganzen zusammenfanden. Ich krallte die Finger in die Bettdecke und stöhnte mit zusammengebissenen Zähnen. So etwas hatte ich nie zuvor mit einem Mann empfunden, und ich wusste, dass ich alles in meiner Macht Stehende tun würde, damit er so lange wie möglich in meinem Leben blieb.

Shame zog sich plötzlich aus mir zurück und streichelte mich von hinten. «Leg dich auf den Rücken, ich möchte dein Gesicht sehen, wenn du kommst.»

Ich drehte mich, noch immer auf den Knien, um und begegnete seinem Blick. Mit der Hand strich ich seine schweißnasse Brust bis zum Bauch hinunter, beugte mich zu ihm und lächelte, als auch er sich mir näherte. Ich stöhnte sanft an seinen Lippen und legte ihm die Arme um den Hals. Der Kuss wurde intensiver, und er schob mir die Zunge tief in den Mund.

Er hob mich hoch, schlang meine Beine um seine Taille und legte mich auf den Rücken. Dann beendete er seinen Kuss und schob seinen Schwanz in mich hinein. Ich stieß mich ihm entgegen und erschauerte, als er die Hände unter mich schob und meine Arschbacken umfing. Meine Brustwarzen wurden an seiner Brust steif, und ich umklammerte ihn mit aller Kraft.

Shame hob den Kopf, bewegte sich langsamer und beobachtete aufmerksam mein Gesicht. Sein mächtiger, beinahe schmerzhaft tief in mich eindringender Schwanz wirkte plötzlich noch größer, und ich war einen Moment lang vollkommen überwältigt. Er schob die Hand zwischen uns und bearbeitete meine Klitoris mit den Fingern. Im Verein mit seinen steten Stößen trieb dieser kräftige Reiz mich rasch dem Orgasmus entgegen. Ich schrie vor Lust, und als er seinerseits kam, vergrub er das Gesicht an meinem Hals. Sein ganzer Körper ruckte und zuckte.

Mehrere Minuten vergingen, bevor er langsam seinen Schwanz aus mir herauszog. Meine Möse krampfte sich zusammen, weil sie plötzlich so leer war, und ich holte tief Atem. «Das war unglaublich.»

Er lachte leise. «Da hast du recht.»

«Das müssen wir irgendwann nochmal so machen», seufzte ich.

«Und zwar bald.» Er drehte mir den Kopf zu und sah mich an. «Du bist wunderschön.»

«Danke.» Ich drehte mich auf die Seite und stützte den Kopf in die Hände. «Als du mich zum ersten Mal gesehen hast – was hast du da gedacht?»

«Dass du aussiehst wie eine Göttin. Eine sehr kühle, gesammelte Göttin. Außerdem sagte ich mir, dass ich mir ganz schön was einfallen lassen müsste, um dich in mein Atelier zu luchsen.»

«Und in dein Bett?»

«Ich bin ein ziemlich anmaßender Typ. Dich dazu zu überreden, mir Modell zu stehen, erschien mir eine größere Herausforderung, als dich einfach nur zu verführen.» Er lachte, als ich die Stirn runzelte. «Also, ich bin wirklich ganz schön arrogant.»

«Ja, allerdings.» Und außerdem gefiel mir das. Bisher hatte Arroganz nicht auf meiner Liste attraktiver Eigenschaften gestanden, aber an Shamus Montgomery war einfach alles anziehend. Ich setzte mich widerstrebend auf. «Ich muss jetzt eigentlich heim. Morgen muss ich früh aufstehen.»

Er setzte sich ebenfalls hin und strich mir mit den Fingern durchs schweißnasse Haar. «Bleib bei mir. Ich möchte mit dir zusammen aufwachen.»

«Okay.» So einfach war das also?

Wir schwiegen einen Moment lang, und dann fragte er: «Duschen?»

«Ja.»

Ich kramte in meiner Handtasche und holte eine Bürste heraus. Mit einem Blick nach hinten zum Bett lehnte ich mich gegen die Spiegelkommode. Ich musste Shame nur ansehen, und schon bekam ich wieder Lust. Er wälzte sich auf die Seite und begegnete meinem Blick. Offensichtlich wirkte ich geradezu ausgehungert, denn er lächelte leise und setzte sich auf.

Ich bürstete mir das Haar und beobachtete, wie er aufstand.

«Willst du Sex mit mir haben, Mercy?»

«Ich glaube schon. Was hältst du davon?»

Er trat zu mir, und sein Blick wanderte von meinen Schultern zu meinen Brüsten. «Du bringst mich in so eine Stimmung, Mercy.»

«Was für eine Stimmung denn?»

«Besitzergreifend. Vielleicht ein bisschen grob.» Er strich mir mit dem Finger sanft über Kinn und Wange. «Fühlst du dich so einem Spiel gewachsen?»

«Ich vertraue dir», murmelte ich. «Ich würde dich niemals mit ihm in einen Topf werfen.»

«Dann ist es gut. Dreh dich um.»

Ich drehte mich um und hatte nun den Spiegel vor mir. Ich beobachtete, wie seine Hände über meine Schultern und Arme glitten. Dann ließ er die Finger über meinen Rippenbogen nach oben wandern und umfing meine Brüste mit den Händen, während er mich fest an sich drückte. Lange, feingliedrige Finger zupften an meinen Nippeln und zwirbelten sie sanft.

Mit durchgedrücktem Rücken drängte ich mich hinten gegen seinen rasch anschwellenden Steifen und vorn gegen seine Hände. «Shame.»

Er begegnete meinem Blick im Spiegel und biss mich spielerisch von der Seite in den Halsansatz. «Überlass dich mir ganz.»

«Ja.» Tief einatmend ließ ich den Kopf nach hinten gegen seine Schulter sinken.

«Schau hin», flüsterte er und presste sich an meinen Rücken, während seine Hand nach unten glitt und sich auf meine Möse legte.

Seine Finger tauchten zwischen meine Schamlippen und streiften über meine schmerzlich pulsierende Klitoris. «Shame.»

«Schau hin, Mercy.»

Ich zwang mich, die Augen zu öffnen, und beobachtete ihn im Spiegel. Mich mit den Händen streichelnd, rieb er sich mit dem Becken an mir, und sein Schwanz drückte gegen meinen Arsch, bevor er zwischen meine Schenkel glitt. Ich stützte mich auf die Ablage und beugte mich vor. Shame murmelte zustimmend und rieb meine Klitoris. Von Lustpfeilen durchschossen, erschauerte ich und schloss die Augen.

«Lass die Augen offen.»

«Es ist zu viel.» Ich biss mir auf die Unterlippe und stöhnte, als er meine Klitoris freigab. «Shame ...»

«Ich geb dir, was du brauchst.» Er küsste mich zärtlich auf den Hals und zog mich ein Stück von der Ablage weg, damit ich mich weiter vorbeugen konnte.

«Ins Bett ...»

Er lachte leise. «Später.»

Ich wurde rot und schluckte. «Okay.»

Ich betrachtete sein Gesicht im Spiegel und erkannte wildentschlossene Lust. Seine Erregung war unübersehbar. Bei jeder Bewegung streifte sein harter Steifer meine Oberschenkel. Er öffnete meine Beine noch weiter, und ich wimmerte auf, als er eine Hand zwischen meine Schenkel führte, um mit meiner Möse zu spielen. Zwei Finger glitten in mich hinein, und ich stieß immer wieder mit dem Arsch nach hinten, doch plötzlich zog er die Hand zurück.

Er griff nach einer Schachtel mit Kondomen, die in einem Korb auf der Ablage stand. Ich sah zu, wie er ein Kondom aus seinem Tütchen zog und die Verpackung wegwarf. Stillzuhalten, während er sich den Gummi überstreifte, verlangte mehr Disziplin, als ich jemals für möglich gehalten hätte. Während er mich in die gewünschte Position schob, hielt ich noch immer den Blick auf sein Gesicht geheftet, völlig von seinem Anblick fasziniert.

Um diesen Mann drehte sich plötzlich meine ganze Welt, und als er seinen Schwanz in mich hineinschob, konnte ich mir nicht mehr vorstellen, jemals ohne ihn sein zu müssen. Heiße, intensive Lust durchflutete mich bei seinen tiefen Stößen. Ich stemmte die Hände auf die Ablage und ließ ihn nicht aus den Augen. Ihm dabei zuzusehen, wie er sich immer wieder in mich hineinrammte, war genau so erregend wie das Ficken selbst.

Er hob die Augen und sah in den Spiegel. Plötzlich zog er sich aus mir zurück und drehte mich um. Ich schlang ihm die Arme um den Hals, und er hob mich hoch und setzte mich auf die Ablage.

Shame packte mich bei den Hüften und stieß erneut in mich hinein. Ich umklammerte seine Taille mit den Beinen.

Die Blicke ineinandergeheftet, stießen wir im gleichen Rhythmus. Sein glatter, heißer Schwanz, der mich immer wieder bis an meine Grenze ausdehnte, erfüllte mich mit einem süßen Schmerz, der mir bei jedem Stoß den Atem raubte. Ich ließ mich in seine Arme sinken, als er die Hand zwischen uns schob, zwei Finger in meine Spalte gleiten ließ und mit meiner Klitoris spielte.

«Fick mich.» Mit ruckhaften, heftigen Bewegungen stieß ich mich lustgeil gegen seine Finger und seinen Schwanz. Dann kam ich, von wilden Empfindungswogen überflutet, und Tränen strömten mir übers Gesicht.

«O ja.» Er vergrub sein Gesicht an meinem Hals und hob mich hoch. «Mach weiter.»

Er trug mich zum Bett und setzte sich mit mir auf dem Schoss hin. Ich hielt ihn umschlungen, während seine Hände meinen Rücken hinunterglitten und meine Arschbacken umfingen. Ich ritt ihn, genau wie er es wollte. Shame stöhnte leise gegen meinen Hals und ich erschauerte, von Gefühlen überwältigt. Ich drückte ihn aufs Bett hinunter und bewegte mich schneller.

«Mercy.» Lust und ungestilltes Verlangen waren eins in seiner Stimme, als er meinen Namen sagte.

«Magst du das?»

«Ja.» Er packte meine Hüften und beschleunigte meinen Rhythmus. «Das ist wahnsinnig gut, Baby.»

Ich wollte, dass er kam. Shame stieß noch immer von unten hoch, so heftig, dass wir immer wieder vollkommen von der Matratze abhoben. Er schob zwei Finger in die feuchten Tiefen meiner Möse und bearbeitete meine Klitoris.

«Shame.» Ich erbebte unter seinen Fingern und setzte mich auf seine Oberschenkel. «Das ist zu viel.»

In einer einzigen Bewegung, bei der es mir vor Überraschung den Atem verschlug, wälzte er mich auf den Rücken und rammte sich in mich hinein.

«Ja.» Ich grub ihm die Nägel in den Rücken und bettelte um mehr. «Fick mich.»

«Du bist genau richtig für mich», keuchte er gegen meinen Hals, stieß tief in mich hinein und kam.

8

Ich hatte mich auf eine sexuelle Beziehung mit einem Mann eingelassen, den ich kaum kannte, und verspürte nicht einmal einen Ansatz von Gewissensbissen oder Reue. Als ich von lustvollen Erinnerungen erfüllt am nächsten Tag die Galerie betrat, konnte ich nicht einmal Bedauern heucheln. Ich war so verdammt zufrieden mit mir, dass ich ein geradezu unwiderstehliches Verlangen empfand, jedem im Büro zu erzählen, dass Shamus Montgomery mir die Seele aus dem Leib gefickt hatte. Jane schoss von ihrem Schreibtisch hoch, sobald ich auf der Treppe auftauchte, und folgte mir in mein Büro.

Sie machte die Tür zu und lehnte sich dagegen. «Mercy, er hat dich flachgelegt.»

Ich lachte, weil sie so schockiert aussah, und setzte mich in meinen Bürosessel. «Ich hatte ein äußerst ergiebiges Wochenende.»

«Eine Frau, die so zufrieden aus der Wäsche schaut, hab ich bisher nur ein einziges Mal gesehen, nämlich als ich meiner Mutter zwei Pfund Godiva-Schokolade zum Muttertag geschenkt hab.»

Das lenkte mich einen Moment lang ab, und ich sah sie stirnrunzelnd an. «Deiner Mutter hast du zwei Pfund Godiva zum Muttertag geschenkt? Und mir nur fünf Riegel zum Boss's Day, zum Chef-Feiertag?»

Jane zuckte die Schultern. «Sie hat mich auf die Welt befördert. Und du unterschreibst nur meine Gehaltsschecks.»

Ich nickte lachend. «Gut, dass du deine Prioritäten

kennst.» Ich schlug meinen Kalender auf und sah mir die Termine des Tages an. Stirnrunzelnd blickte ich auf den Nachmittagstermin. «Jane, was ist das um fünfzehn Uhr?»

«Zwei Vertreter des Metropolitan Museum of Art in New York kommen zu einer Besprechung mit dir und Mr. Storey.»

«Wozu denn das?», fragte ich.

Jane verkrampfte sich, vermutlich von meinem harten Tonfall erschreckt. Aber ich hatte mich nicht mehr im Griff.

Sie räusperte sich. «Sie begleiten eine Ausstellung nach Boston. Wir hatten das vor einem Monat besprochen, Mercy.»

«Ja, und da sollte nur Edward kommen.»

«Er hat beschlossen, noch einen Kollegen mitzubringen. Ich habe es gerade eben in deinen Kalender eingetragen. Ich dachte, das wäre mehr oder weniger belanglos. Dr. Morrison sagte, er freue sich darauf, dich wiederzusehen, und es wäre dir bestimmt lieb, dass er auch Mr. King mitbringt. Er sagte, ihr wäret damals alle nicht nur Kollegen, sondern auch gute Freunde gewesen.» Sie brach ab, und ich sah sie an. Sie blickte aufmerksam zurück. «Du bist blass geworden, Mercy. Was ist los?»

Ich schloss die Augen und drehte den Sessel mit dem Rücken zum Großraumbüro, weil ich nicht wollte, dass man dort sah, dass etwas mit mir nicht stimmte. Ich zitterte. Ich hatte mich innerlich so schnell verspannt, dass ich jetzt einen Krampf in der Seite bekam. Tränen der Empörung sprangen mir in die Augen. Es machte mich wild, dass ich mich nicht besser im Griff hatte. Janes Schweigen war auch nicht hilfreich. Ich konnte ihr unmöglich erklären, was ich in diesem Moment durchmachte.

«Mercy, was habe ich getan?», fragte Jane leise.

Wie konnte ich ihr klarmachen, was für eine falsche Schlange sie zu uns hereingelassen hatte? Das war unmöglich. Ich schüttelte den Kopf. «Nichts. Es ist einfach nur so, dass ich Jeff King nicht mag.»

«Es ist schon zu spät, um Dr. Morrison zu bitten, ohne ihn zu kommen.»

«Ich weiß.» Ich versuchte, die Tränen wegzublinzeln. «Wenn ich in Miltons Büro umziehe, lasse ich hier wie dort endlich Jalousien anbringen, verdammt nochmal.»

«Das scheint mir eine ausgezeichnete Idee», flüsterte Jane.

«Das kann einfach nicht wahr sein», sagte ich schließlich.

«Es tut mir schrecklich leid.» Jane ging um mich herum, um mich wieder von vorn zu sehen. Ich sah ihr an, dass mir alles, was ich empfand, ins Gesicht geschrieben stand.

«Wir werden an der Besprechung teilnehmen, aber du wirst mich unter keinen Umständen mit Jeff King allein lassen.» Ich würde nicht kneifen, denn ich war kein Feigling. Doch ich würde ihm auch keine Gelegenheit geben, mir noch einmal etwas so Schreckliches anzutun.

«Ich verstehe.»

Ich sah sie an, hielt ihren Blick fest und merkte, dass sie es wirklich verstand. «Ich wäre jetzt gerne eine Weile allein. Könntest du bitte Frau Dr. Price anrufen und sie bitten, mir wenn möglich heute Vormittag einen Termin zu geben?»

Ich saß am Schreibtisch und versuchte, meine Gedanken irgendwie zu ordnen. Seit der Terminabsprache mit Edward hatte ich nicht weiter über diese Begegnung nachgedacht. Edward Morrison war für mich ein lieber alter

Freund, und ich hatte mit einem netten, nicht weiter strukturierten Gespräch gerechnet. Ich hatte ihn dazu überredet, die Ausstellung, die ich für die Met organisiert hatte, ausnahmsweise für kurze Zeit nach Boston zu verleihen. Mir war gar nicht der Gedanke gekommen, dass Jeff dies ausnutzen könnte, um Edward zu begleiten. Das war ein idiotischer Fehler, und ich kam mir strohdumm vor.

Kaum hatte Lesleys Praxishelferin die Tür hinter mir geschlossen, setzte ich mich in den Sessel und hielt die Handtasche schützend vor der Brust umklammert. Es war, als wäre es gestern passiert. Als hätte ich New York niemals verlassen. Ich holte tief Luft und schloss die Augen. Einfach indem er nur nach Boston kam, hatte Jeff King meine Welt schon erobert. Ich hasste ihn dafür. Ich hasste ihn natürlich aus vielen Gründe, aber im Moment hasste ich ihn, weil er es sich herausnahm, nach Boston zu kommen.

«Normalerweise würde ich Sie so sitzen lassen, bis Sie irgendwann zum Sprechen bereit sind.»

Ich öffnete die Augen und sah sie an. Lesley wirkte besorgt, was mich überraschte. Lesley Price hatte ihren Gesichtsausdruck bisher immer vollkommen unter Kontrolle gehabt. Selbst damals, als die Einzelheiten der Vergewaltigung in einem wilden Ausbruch aus mir herausbarsten, hatte sie still im Sessel gesessen und kaum irgendwelche Emotionen gezeigt.

«Jeff King wird in zweieinhalb Stunden bei mir in der Galerie und im Büro sein.» Es ging mir gegen den Strich, das auch nur auszusprechen. Mehr aber noch verabscheute ich den hörbar verängstigten Klang meiner Stimme. «Ich dachte, ich hätte diese Angstschübe hinter mir, aber als ich kurzfristig erfuhr, dass er überraschend zu einer seit längerem geplanten Besprechung hinzukommen wird, hat sich alles in mir verkrampft. Ich war am Boden zerstört.»

«Es ist nichts Ungewöhnliches, dass eine Frau ihren Peiniger noch Jahre nach der Vergewaltigung fürchtet. Sie haben jedes Recht darauf, sich eine Welt zu wünschen, in der er keine Rolle mehr spielt. Doch da Sie sich damals gegen eine Strafanzeige entschieden haben, lässt sich dieser Wunsch nur schwer verwirklichen. Ruft er Sie noch immer an?» Sie presste die Lippen zu einem Strich zusammen, als hätte sie eigentlich gerne noch mehr gesagt.

«Ja.» Ich nickte. «Jemand ruft mich an und legt dann auf. Ich weiß nicht, ob das wirklich er ist. Aber der Scheißkerl hat mich jedenfalls auf dem Handy erreicht, ist das nicht nett? Er hat mich gebeten, mich mit ihm zu treffen. Ich habe abgelehnt und aufgelegt.»

«Sie sagten, Sie fühlten sich am Boden zerstört», rief Lesley mir sanft in Erinnerung.

«Ja, so wie damals an jenem Abend im Büro. Als ich genau auf der Stelle liegen blieb, wo er mich liegen gelassen hatte, und mich nicht mehr wegrühren konnte. Ich war außerstande, aufzustehen oder Hilfe herbeizurufen.»

Ich drückte die Finger auf die Lippen, damit sie nicht zitterten. «Nichts ging mehr.»

«Aber Sie sind dann doch nicht liegen geblieben. Sie sind aufgestanden, Mercy. Sie sind aufgestanden und haben sich hier in Boston etwas aufgebaut, was Sie glücklich macht.»

«Ja, das stimmt.»

«Jeff King kann Ihnen das nicht wieder wegnehmen. Vielleicht wird er es versuchen. Möglicherweise betrachtet er Ihren Erfolg hier als Beleidigung. Sie waren stark genug, die Verletzung, die er Ihnen zugefügt hat, zu überwinden, das macht ihn möglicherweise wütend.»

«Mir egal, was er denkt.» Ich versuchte, mich zu entspannen, und stellte meine Handtasche behutsam neben dem Sessel auf den Boden. «Damit kann ich mich nicht auseinandersetzen.»

«Ob es Ihnen gefällt oder nicht, Mercy, dieser Mann hat sich unauslöschbar in Ihre Erinnerung eingebrannt. Möglicherweise wird es in Ihrem Leben keinen einzigen Tag mehr geben, an dem Sie nicht an ihn denken. Da ist es nicht gut, wenn Sie ihn und sein Verhalten ins Unbewusste verdrängen.»

«Es funktioniert aber, es tut mir gut.» Ich runzelte die Stirn. «Nein. Das ist gelogen. Es funktioniert überhaupt nicht.» Ich verschränkte die Arme vor der Brust und sah Lesley wütend an. «Jetzt bin ich fast ein Jahr lang in Therapie. Ich sollte mit so was fertigwerden.»

«Ich bin schon seit zweiundvierzig Jahren Christin und kann Ihnen trotzdem mit Gewissheit sagen, dass ich nicht auf das Ende der Welt vorbereitet bin.»

«Was wollen Sie damit sagen?», fragte ich finster.

«Dass man sich sein ganzes Leben lang auf etwas vorbereiten kann, Mercy, was einen dann, wenn es eintritt, trotzdem vollkommen umwirft, sodass man nur noch daliegt und nach Luft schnappt. Das Leben ist nicht vorhersagbar, und der Versuch, es zu kontrollieren, macht einen einfach nur verrückt.»

«Und ich soll jeden Tag nehmen, wie er kommt.» Das hatte sie mir ein- oder zweimal gesagt. Ein Ratschlag, den ich mir nie sehr zu Herzen genommen hatte. «Ich war gestern mit Shamus im Bett.»

«Gut.» Sie lehnte sich im Sessel zurück und sah zu, wie auch ich es mir wieder bequemer machte. «Hat es Momente der Angst oder der Reue gegeben?»

«Nein, nicht einmal ansatzweise. Ich fühle mich bei

ihm sicher und geborgen.» Ich entspannte mich ein wenig, erleichtert, dass sie den plötzlichen Themenwechsel akzeptiert hatte.

«Finden Sie, dass der Sex vielleicht ein wenig überstürzt kam?»

«Ich sollte vielleicht ja sagen, weil das die angemessene Antwort zu sein scheint.» Ich zuckte die Schultern, seufzte und kicherte dann los. «Es ist wie damals als Kind, wenn ich irgendwas Ungezogenes gemacht hatte, was ich so richtig toll fand, und meine Mutter mich dann hinterher dazu genötigt hat, mich zu entschuldigen. Also habe ich mich entschuldigt, aber es war mir nie ernst damit.»

«Hilft es Ihnen, an Shamus zu denken?»

«Ja.» Ich nickte.

«Aber es vertreibt Ihre Angst vor Jeff King nicht vollständig?»

«Nein. Ich weiß nicht, wie ich die Sitzung heute Nachmittag durchstehen soll. Am liebsten würde ich Jeff anschreien und ihm irgendwas antun, damit er sich genau so elend fühlt wie ich. Wie soll ich mich verhalten?»

Lesley stand auf, ging um ihren Schreibtisch herum und stellte sich unmittelbar vor mich. An den Schreibtisch gelehnt, stand sie da und schwieg einen Moment lang. Schließlich sagte sie: «Unter gar keinen Umständen dürfen Sie zustimmen, sich mit diesem Mann außerhalb der professionellen Sphäre zu treffen. Sagen Sie ihm klipp und klar, dass Sie jede Annäherung seinerseits als Belästigung empfinden, und schalten Sie die Polizei ein, falls er sie trotzdem nicht in Ruhe lässt. Auch wenn Sie ihn nicht wegen Vergewaltigung angezeigt haben, gibt es ein Anti-Stalking-Gesetz zu Ihrem Schutz. Treten Sie energisch, klar und eindeutig auf und geben Sie ihm keine Gelegenheit, Sie zu verletzen.

Natürlich habe ich hier leicht reden, aber nach meiner Einschätzung ist Jeff King ein Mann, der sich an Macht berauscht. Er möchte, dass Sie Angst vor ihm haben, und er geilt sich an der Überzeugung auf, dass er Sie in New York endgültig fertiggemacht hat. Wenn ihm klar wird, dass Sie sich wieder erholt haben und kein ewiges Opfer geblieben sind, wird er möglicherweise versuchen, Ihnen ernstlich gefährlich zu werden. Unterschätzen Sie ihn nicht und stellen Sie sich ihm nur in einer Situation, in der Sie rasch Hilfe bekommen können.»

Ich nickte und sagte seufzend: «Tritt energisch auf, lass dir nichts von ihm gefallen und ruf die Polizei, falls das nicht reicht.»

Lesley lachte. «Ja, das fasst es zusammen.»

«Und wenn das nicht geht? Damals bei der Vergewaltigung konnte ich mich nicht dazu überwinden, die Polizei zu rufen.»

«O doch, das schaffen Sie. Er hat Ihnen nichts zu sagen und kann nicht kontrollieren, was Sie tun. Jeff King ist ein Nichts. Er ist ein Mann ohne Selbstwertgefühl, der Frauen fertigmachen muss, um sich mächtig zu fühlen.»

Jane saß an ihrem Schreibtisch, als ich durch die Tür trat. Ein einziger Blick auf mein Büro zeigte mir, warum sie so niedergeschlagen dreinschaute. Die beiden Besucher waren vorzeitig eingetroffen. Ich ging zu Jane, um zu sehen, ob sie irgendwelche Nachrichten für mich notiert hatte.

«Es tut mir wahnsinnig leid, Mercy.»

Das schlechte Gewissen stand ihr unübersehbar ins Gesicht geschrieben, und ich kam mir plötzlich gemein vor. Ich hatte sie nicht so aus der Fassung bringen wollen. Ihre Freundschaft war mir wichtiger, als ich mir eingestehen wollte. «Mach dir keine Sorgen, Jane. Hast du Ihnen Kaffee angeboten?»

«Ja, aber sie haben beide abgelehnt. Ich habe den Konferenzraum in ein paar Minuten fertig. Wenn du willst, können wir die Besprechung vorverlegen.»

Ich sah auf die Uhr und hob erstaunt die Augenbrauen. «Ich hatte gar nicht bemerkt, dass ich so lange weg war. Gib mir Bescheid, wenn Milton so weit ist und du den Konferenzraum hergerichtet hast. Sag mal, welche Räumlichkeiten hatten wir ihnen noch mal für die Ausstellung angeboten?»

«Den ersten Stock im Hauptbau.»

An meiner Bürotür kam Edward mir mit ausgestreckter Hand und einem Lächeln echter Zuneigung entgegen. Er hatte mir gefehlt. Er war einer der großartigsten Männer, denen ich je begegnet bin. Seine Frau und seine Kinder liebte er so, als wären sie für ihn das einzig Wichtige auf der Welt. Das mochte ich an ihm: seine geradezu rührende Loyalität und Hingabe. Ich erwiderte seine Umarmung und warf dabei einen kurzen Blick auf Jeff, der ebenfalls aufgestanden war.

«Jeff.»

«Mercy.» Ich hasste es, meinen Namen aus seinem Mund zu hören, und hätte ihm am liebsten die Fresse eingeschlagen, damit er ihn nie wieder sagen konnte.

Ich ging zum Schreibtisch und setzte mich. Nachdem ich meine Handtasche in die Schublade gelegt hatte, wandte ich mich Edward zu. «Meine Assistentin richtet gerade unseren Besprechungsraum her. Wir können anfangen, sobald Mr. Storey abkömmlich ist.»

Edward lächelte. «Siehst du, Jeff, ich hatte dir doch gesagt, dass Mercy den Laden hier im Griff hat.»

Ich blickte auf Jeff und merkte, dass er mich anstarrte.

Sein Gesicht zeigte eine Mischung aus Verwirrung und Zorn. «Jeff hat mich immer unterschätzt.» Ich blickte zu Jane hinüber und sah, dass sie mir zunickte. «Wir können uns jetzt in den Konferenzsaal begeben. Edward, du wirst feststellen, dass unsere Räumlichkeiten wie für die Impressionistenausstellung geschaffen sind. Aber trotzdem staune ich natürlich, dass du bereit bist, diese kostbaren Werke auf die Reise zu schicken.»

«Ich kann doch nicht all diese Schätze immer nur für mich behalten», erwiderte Edward lächelnd. «Das wäre nicht fair.»

«Ich habe einige Dias von Ausstellungen, die wir schon im Hauptbau der Galerie beherbergt haben. So kannst du dir ein Bild von dem machen, was hier möglich ist.» Ich ging ihnen in den Konferenzsaal voraus, ließ sie aber ihre Plätze wählen, bevor ich mich ein Stück von Jane entfernt hinsetzte.

Jane wirkte professionell, gleichzeitig aber schrecklich verkrampft und angespannt. Es tat mir leid, dass sie meine Angst so deutlich mitbekommen hatte. Milton stürmte herein und durchbrach das Schweigen mit seinem Geplauder, und dann begann ich mit der Diashow. Ich habe nicht die geringste Erinnerung, was ich sagte oder ob es eine gelungene Vorführung war. Jedes Mal, wenn mein Blick auf Jeff fiel, verkrampfte ich mich innerlich. Als ich mich schließlich setzen konnte und Jane die Lichter wieder anschaltete, war ich so erschöpft, als hätte ich einen Marathon gelaufen.

Sobald die Präsentation vorbei war, verließ ich den Konferenzsaal und überließ es Milton und Jane, die Details zu klären. Ich hielt es einfach keinen Moment länger aus. Im Büro angekommen, schaltete ich das Radio ein, setzte mich hinter meinen Schreibtisch und starrte die Wand an.

So hatte ich etwa zwanzig Minuten gesessen, als meine Bürotür aufging. Aufblickend erwartete ich, Jane zu sehen, doch da hatte ich mich geirrt.

«Was willst du hier, Jeff?», fragte ich ungläubig.

«Ich hatte gedacht, wir könnten zusammen essen gehen.» Jeff lehnte lässig am Türrahmen, als könnte er kein Wässerlein trüben.

Mir blieb vor Empörung der Mund so weit offen stehen, dass ich mir vorkam wie die reinste Comicfigur. Ich klappte die Kinnlade hoch und hörte meine Zähne laut zusammenklacken. Meine Finger krallten sich in die Armlehnen meines Bürosessels. «Bist du eigentlich völlig übergeschnappt?»

«Wir waren einmal Freunde.»

«Das hab ich auch einmal gedacht, und dann hast du mich vergewaltigt. Du bist in meinem Leben zur Schreckgestalt geworden, und ich kann von Glück sagen, dass ich an dem, was du mir angetan hast, nicht völlig kaputtgegangen bin. Jetzt bedeutest du mir nichts mehr, gar nichts.»

Danach herrschte eine Weile eisiges Schweigen. Jeff war einer jener Menschen, die niemals die Verantwortung für ihr Tun übernehmen wollen, und zum Teil bereute ich es nun, dass ich ihn für seinen Übergriff nicht zur Rechenschaft gezogen hatte. Er machte die Tür hinter sich zu und marschierte in meinem Büro auf und ab, als suchte er nach den richtigen Worten. Ich konnte mir nicht vorstellen, dass er irgendetwas sagen könnte, was meine Abscheu vor ihm noch vergrößern würde, aber andererseits hatte ich schon immer Mühe gehabt, ihn einzuschätzen.

«Es war ein Fehler.»

«Ein Fehler?», fragte ich, von dieser Aussage völlig vor den Kopf geschlagen. «Vergewaltigung ist ein Verbrechen, kein Fehler. Raus aus meinem Büro.»

«Mercy, lass uns darüber reden.»

«Jedes Mal, wenn ich dich ansehe, habe ich meine eigene Stimme im Ohr, wie ich dich anflehe aufzuhören.» Ich holte tief Luft. «Aber du hast nicht aufgehört. Du hast mich vergewaltigt, und was auch immer du sagst, das lässt sich nicht mehr rückgängig machen.»

Er sah mich mit zusammengebissenen Zähnen an. «Ich bitte dich, mir zu verzeihen.»

«Raus.»

«Mercy.»

«Verschwinde und komm nie wieder zurück. Du bist in der Holman Gallery nicht willkommen, weder beruflich noch sonst irgendwie. Wenn diesen Winter die Impressionistenausstellung kommt, bleibst du in New York.»

«Das ist meine Ausstellung.»

«Mir egal.» Außerdem war es in Wirklichkeit *meine* Ausstellung. Er hatte sie nur deshalb übernommen, weil ich sie zurückgelassen hatte.

«Edward wird von mir erwarten, dass ich zur Übergabe mitkomme.»

«Wenn du ihn begleitest, Jeff, sage ich ihm, was du mir angetan hast. Dann verrate ich ihm den wahren Grund, aus dem ich das Museum und New York verlassen habe. Was meinst du wohl, wie du danach in seinen Augen dastehst?»

Er lief vor Wut rot an. «Das würde meine Karriere ruinieren.»

«Genau das hättest du auch verdient. Du hast versucht, mich seelisch zu ruinieren.» Ich stand auf, weil ich es nicht länger ertrug, in seiner Gegenwart zu sitzen. «Raus.» Ich blickte an ihm vorbei zu Jane, die unmittelbar vor meiner Bürotür stand. «Raus, oder ich veranlasse meine Assistentin, unseren Sicherheitsdienst zu rufen.»

Als er draußen war, flüchtete ich mich in die Toilette neben meinem Büro und machte die Tür hinter mir zu. Ich konnte immerhin dankbar sein, dass dieser Idiot von Architekt wenigstens die Toilettenwände mit seinem Glasfimmel verschont hatte. Ich setzte mich auf den heruntergeklappten Toilettendeckel, und als Jane die Tür öffnete und hereinspähte, sah ich sie wütend an. «Solange ich keine kleinen Kinder habe, hatte ich eigentlich erwartet, niemanden mit auf die Toilette nehmen zu müssen.»

Jane machte die Tür zu und lehnte sich dagegen. «Was hat Jeff King dir angetan, Mercy?»

«Das ist kein Thema, über das eine Chefin mit ihrer Mitarbeiterin spricht.»

«Okay, dann erzähl es mir als Freundin.»

Ich ließ den Blick zu ihrem Gesicht zurückwandern und sagte mir, dass sie es eigentlich nicht wissen wollte. «Tut mir leid, Jane. Du hast nicht die geringste Schuld an der Sache, und ich muss mich entschuldigen, weil ich dich derart verunsichert habe.»

«Hattest du ein Verhältnis mit ihm?»

«Nein.» Ich erhob mich mit finsterer Miene vom Toilettensitz. Eigentlich verrückt, dass ich hier mit Jane auf der Toilette war. Plötzlich musste ich über die absurde Situation lachen.

Jane sah mich stirnrunzelnd an und öffnete die Tür. In dem Wissen, dass sie nicht lockerlassen würde, folgte ich ihr nach draußen. Sie setzte sich auf einen Stuhl vor meinem Schreibtisch, während ich zur Fensterfront trat. Der Parkplatz war halb leer. «Wir sollten uns was überlegen, wie wir die Leute in ihrer Mittagspause in die Galerie locken.»

Jane schnaubte. «Dann müsstest du schon Häppchen für sie bereitstellen, damit sie was zu mampfen haben, während sie hier durchschlendern.»

Ich drehte mich um und sah Jane an. «Er hat mich zum Sex gezwungen.»

Sie sprach die Worte lautlos nach, und alle Farbe wich aus ihrem Antlitz. Der Zorn stand ihr ins Gesicht geschrieben, und in ihre Augen trat ein Ausdruck, der nur für Frauenaugen lesbar war. Sie stand auf und steckte die Hände in die Hosentaschen. Plötzlich sah sie sehr jung und verletzlich aus. Jane war nur zwei Jahre jünger als ich, aber der Altersunterschied kam mir wesentlich größer vor. Sie räusperte sich und schüttelte den Kopf.

«Schon gut, Jane. Kein Mensch weiß, wie er auf so ein Geständnis reagieren soll, und wenn man dann etwas sagt, ist es garantiert das Falsche, und man fühlt sich nur noch mieser. Ich komme schon zurecht.»

«Ich werde dem Sicherheitsdienst klarmachen, dass Jeff King hier in der Galerie unerwünscht ist.»

«Was willst du den Männern sagen?»

«Dass er mich begrapscht hat.» Jane lächelte, aber ihre Augen blieben dunkel vor Wut. «Mr. Wilkes hat was gegen Männer, die sich nicht benehmen können. Mr. King wird hier nicht mehr hereinkommen, ohne dass ich sofort unterrichtet werde.»

Darauf erwiderte ich nichts mehr, und sie verließ mein Büro.

Ich saß mürrisch vor Shames Galerie im Wagen, noch immer verwirrt, dass ich mich so rasch und selbstverständlich entschieden hatte, zu ihm zu fahren. Wie dumm von mir, ohne jedes emotionale Sicherheitsnetz derart ernsthaft mit einem Mann anzubandeln.

Tief in mir drin wusste ich, dass Shame mir niemals körperliche Gewalt antun würde. Es war, als hätte ich seit dem Übergriff einen sechsten Sinn für so was entwickelt.

Hin und wieder war ich Männern begegnet, denen ich einfach nicht traute und die mich vom ersten Moment an nervös und gereizt machten. Dieses Gefühl, so schnell wie möglich weglaufen zu wollen, hatte mich bei Shamus Montgomery, dem Bildhauer und Sexkünstler, jedoch niemals überkommen.

Ich stieg aus, noch immer wütend auf mich selbst, weil ich mich in einer Verfassung emotionaler und körperlicher Schwäche auf eine Beziehung eingelassen hatte. Dass ich Shame auf keinen Fall schwach und bedürftig sehen wollte, daran gab es keinen Zweifel. Ich brauchte eine Stütze, einen Mann, der stark war. Ich musste wissen, dass er mit all seiner Lebendigkeit und seiner Leidenschaft für mich da war. Dass er nur darauf wartete, mich mit seiner Kraft und natürlich seinem Schwanz auszufüllen.

Ich betrat die Galerie, zog den Schlüssel aus der Tür, schloss ab und eilte die Treppe hinauf. Überrumpelt von dem Anblick, der sich mir oben bot, blieb ich empört stehen. Sie war eine außergewöhnliche Frau, hochgewachsen und schlank wie ein Laufsteg-Model. Ihre dunkle Haut glänzte wie geölt, und einen Moment lang fragte ich mich, ob sie sich wohl selbst eingerieben hatte. Ich nahm die letzte Treppenstufe und holte tief Luft, um mich zu beruhigen. Ich musste mich nun einmal an die Tatsache gewöhnen, dass Shame mit nackten Frauen arbeitete. Der Alabasterblock war verhängt, und er arbeitete jetzt am Modell für einen Bronzeguss, das ich bisher erst ein einziges Mal gesehen hatte. Bei meinen anderen Besuchen war diese Arbeit immer zugedeckt gewesen.

Die Frau hatte mich nicht angesehen, doch ich wusste, dass mein Kommen ihr nicht entgangen war. Sie hatte sich verkrampft, ihre Stellung aber beibehalten. Einer solchen Stellung hätte ich selbst niemals zugestimmt. Sie kniete mit über den Kopf gelegten Armen und durchgedrücktem Rücken auf dem Podest. Das sah verteufelte unbequem aus. Ich ging zu der Treppe, die zu Shames Privatgeschoss führte, und hörte, wie sie scharf Luft holte.

Bevor ich die Treppe hochging, drehte ich mich noch einmal um und sah sie mit hochgezogener Augenbraue an.

Als ich eine Flasche Wein, einen Korkenzieher und ein Glas gefunden hatte, kam Shame schon die Treppe herauf. Ich schenkte mir ordentlich voll und nahm die Flasche mit zu der Sitzgruppe, die vor dem großen Fernseher stand. Ehrlich gesagt habe ich keine Ahnung, warum Männer so auf diese Ungetüme stehen. Aber ich fand den Flachbildfernseher dann doch faszinierend. Natürlich hatte ich in den Geschäften schon Ausstellungsmodelle gesehen, aber noch nie länger vor so einem Teil gesessen.

Er kam mir mit einem leeren Glas zur Couch nach, setzte sich neben mich und griff nach der Flasche. «Das hat mich gerade mein Modell gekostet.»

«Wie bitte?» Ich hob fragend die Augenbraue.

Er seufzte und trank einen ordentlichen Schluck. «Offensichtlich hatte sie persönliche Ziele, deren ich mir nicht bewusst war.»

«Ach, du armer Künstler. Welchen Versuchungen du doch ausgesetzt bist, wenn sich dir ständig junge, gertenschlanke Frauen an den Hals werfen.»

Shame sah mich einen Moment lang an und lachte dann los. «Also, ein Mann sollte sich über so was eigentlich nicht beklagen.»

«In der Tat.» Ich zeigte auf den Fernseher. «Stell das Ding an, und ich will die Fernbedienung haben.»

«Wenn ich dich recht verstehe, werde ich dich heute nicht nackt zu sehen kriegen.»

«Oh, nackt schon, wenn du willst, aber ich werde heute

Abend garantiert nicht im roten Sessel sitzen.» Ich nahm ihm die Fernbedienung aus der Hand, nachdem er den Fernseher eingeschaltet hatte, und betrachtete die Tasten. Dann zappte ich drauflos.

Das Beste am Zappen ist, dass man selber am Drücker sitzt. Es gibt eine feine Kunst des Zappens, von der die meisten Männer, die normalerweise nur bei nackten Frauen und Sportsendungen verweilen, nicht das Geringste verstehen. Für den, der selber zappt, ist der rasche Bilderwechsel auch keineswegs entnervend. Die Person, die am Drücker sitzt, genießt ihre Kontrolle.

«Wenn du nicht bald was findest, was du schauen willst, ruf ich bei meinem Kabelbetreiber an und zeige dich dort wegen Folterung Unschuldiger an.»

«Nur zu.» Ich trank noch einen Schluck Wein. «Wenn ihnen das nicht passt, sollen sie sich verpissen.»

«Ich hätte das nie erwartet, aber irgendwie bist du sexy, wenn du schlechte Laune hast.»

«Schlechte Laune ist eine maßlose Untertreibung.»

«Was für ein Glückspilz ich bin.» Er trank einen tüchtigen Schluck Wein und seufzte erleichtert auf, als ich bei einem Dokumentarfilm haltmachte.

«Ich hab mich oft gefragt, ob die Dinosaurier wirklich so aussahen, wie wir glauben. Ich meine, okay, wir können ihre Knochen einsammeln. Aber zum Teufel, wer sagt eigentlich, dass sie nicht zum Beispiel rosa waren?»

Er lachte. «Ich wette, es gibt Leute, die eine Menge Geld dafür kriegen, über so was nachzudenken.»

«Manchmal hätte ich am liebsten einen ganz, ganz stupiden Job. Vielleicht so wie die Wächter, die bei Alarmanlagen neben dem Alarmknopf sitzen. Ich meine, jetzt mal ehrlich, solche Dinger gehen doch normalerweise nach den Anfangstests überhaupt niemals los.»

«Ich glaube kaum, dass da irgendjemand sitzt.»

«Mach mir meine Phantasie vom stressfreien Leben nicht kaputt. Wenn du nichts dazu beizusteuern hast, halt einfach den Mund.» Ich blickte finster von meinem leeren Glas zur Weinflasche. Eigentlich hatte ich schon mehr als genug.

«Erzählst du mir, was los ist?»

«Ich hatte heute einen Termin mit Edward Morrison; eigentlich alles ganz normal, und der Termin stand schon ziemlich lange fest. Aber vor ein paar Wochen hat er angerufen und auch noch Jeff angemeldet, und Jane hat mir nicht Bescheid gesagt. Ich habe erst heute Morgen davon erfahren. Er kam, die Besprechung fand statt, und hinterher hat Jeff mich gebeten, mit ihm essen zu gehen. Ich habe abgelehnt.»

«Warum hast du mir nicht Bescheid gesagt?», fragte er leise, die Stimme überrascht und zornig.

«Was? Soll ich denn immer sofort zu dir rennen?», fragte ich und wurde dann rot, weil ich ihn so barsch angefahren hatte. «Es war weniger aufreibend, als ich erwartet hätte, dafür aber wesentlich quälender.» Ich räusperte mich.

Ich sah ihn an, als er mir Wein nachschenkte. Sein geradezu engelhaft schönes Gesicht war ein Bild des Zorns. Ihn dabei zu beobachten, wie er gegen seine Wut ankämpfte, war eine interessante Erfahrung. Vor Neid auf seine Selbstbeherrschung wandte ich mich achselzuckend ab.

«Es kotzt mich an, dass du mit diesem Drecksack im selben Raum sein musstest.»

«Ich bin selbst daran schuld. Hätte ich ihn damals angezeigt, wäre er selbst im Fall eines Freispruchs …» Ich stockte und seufzte. «Selbst wenn man ihn damals nicht wegen Vergewaltigung verurteilt hätte, hätte Edward ihn heute wenigstens nicht zu unserer Besprechung mitgebracht.»

«Hast du Edward damals erzählt, was passiert ist?»

«Nein. Er wusste, dass Jeff und ich nicht im Guten geschieden sind, aber das hielt er wohl für rein beruflich bedingt. Zwei Monate vor der Vergewaltigung war ich Jeff bei einer Beförderung vorgezogen worden. Dass Jeff das in die falsche Kehle bekommen hatte, war kein Geheimnis. Für ihn spielte es keine Rolle, dass ich mehr Erfahrung und eine bessere Ausbildung hatte.»

«Er hat es dir nachgetragen.»

«Anfangs wirkten seine Bemerkungen noch wie gutmütige Scherze. Aber als andere die Frotzeleien längst drangegeben hätten, hat er immer noch nachgelegt. Dennoch wäre mir niemals der Gedanke gekommen, dass er ... gewalttätig werden könnte.»

«Bis er dich vergewaltigt hat.»

«Ja.» Ich schluckte. Dieses abscheuliche Wort aus Shames Mund zu hören war eine Qual.

Shame sprach weiter. «Ich würde mir gerne einbilden, dass ich alles wiedergutmachen kann. Dass ich dich dazu bringen kann, diesen widerlichen Typ zu vergessen, aber ich weiß, dass das außerhalb meiner Möglichkeiten liegt. Ich hasse ihn dafür, dass er sich auf eine Weise an dir vergriffen hat, die sich nicht mehr aus deinem Gedächtnis tilgen lässt.»

Seine Stimme klang scharf, aber beherrscht. Ich spürte seinen hilflosen Zorn.

«Ich weiß.»

«Hast du Hunger?», fragte er.

«Nein.» Ich stellte mein Weinglas ab. «Gehst du mit mir ins Bett?»

«Bist du dir wirklich sicher, dass es das ist, was du jetzt möchtest?»

«Ich brauche es sogar dringend.»

Er stand auf und zog mich von der Couch hoch. Ich folgte ihm die Treppe hinauf und hielt mich dabei an den hinteren Taschen seiner Jeans fest. Er drehte sich zu mir um und zog mich, dicht vorm Bett stehend, an sich. Seine Augen waren dunkel und eindringlich auf mein Gesicht geheftet, als er mir die Bluse aus dem Rockbund zog und sie aufknöpfte. Ich ließ die glatte Seide von meinen Schultern gleiten und zu Boden fallen.

Er strich über meine BH-Träger, griff nach dem Häkchen in meinem Rücken und öffnete es geschickt. Ich ließ auch den BH zu Boden fallen. Meinen Hals mit sanften, zärtlichen Küssen bedeckend, öffnete er den Reißverschluss meines Rocks und schob ihn mir vorsichtig über die Hüften hinunter. Es war fast, als würde ich von unsichtbaren Händen entkleidet. Er war so zärtlich und behutsam, dass mir fast der Atem stockte.

Ich trat aus dem Stoffhaufen meines zu Boden gefallenen Rocks heraus und schob ihn mit dem Fuß zur Seite. «Shame.»

«Ja, Mercy?»

«Was machst du?», fragte ich leise, als er sich vor mich kniete und sanft auf den Bauch küsste.

«Ich zieh dich aus.»

Ich hielt mich an seinen Schultern fest, während er die Riemchen aufschnallte und mir die Sandalen von den Füßen streifte. Wie ein Hauch strichen seine zärtlichen Finger über meine Beine, glitten unter den Beinansatz meines Höschens, zupften vorsichtig daran und zogen es schließlich herunter. Ich holte tief Luft und stieg heraus. Einfach indem er mich auszog, hatte Shame mich wie ein kleines Kind betört. Mein ganzer Körper brannte vor Leidenschaft, mein Bauch hatte sich vor Spannung zusammengezogen, und meine Nippel waren so hart, dass jeder Moment, in denen er sie nicht berührte, fast zur Qual wurde.

Ich legte mich aufs Bett, während er sein Hemd auszog und die Jeans öffnete. Als er Hose und Boxershorts abgelegt hatte, konnte ich sehen, dass auch er nach meiner Entkleidung erregt war. Er hatte einen steil aufragenden, prächtigen Ständer. Meine Güte, wie ich diesen Schwanz liebte. Liebte ich eigentlich auch Shame? Ich wusste nicht, ob ich diese Schwelle schon überschritten hatte, aber plötzlich war ich überzeugt davon. Dieser Mann füllte mich in vielerlei Hinsicht aus.

Er setzte erst ein Knie aufs Bett und dann das andere. Seine Augen wanderten über mich und verharrten bei meiner glattrasierten Möse. Ich hatte mich schon seit Jahren nicht mehr für einen Mann rasiert. Dass dieser Gedanke mir überhaupt gekommen war, hatte mich vollkommen überrascht. Er strich mir mit den Fingern über die glatte Haut und ließ sie sanft in meine Spalte gleiten, bevor er den Kopf senkte und meinen warmen, feuchten Eingang mit dem Mund liebkoste.

Ich machte die Beine breit und streichelte seinen Kopf, während er mich mit dem Mund bearbeitete. Zum Teufel, ja, es ging nichts über einen Mann, der einen mächtigen Schwanz hatte und sich über meine Möse hermachte wie ein halb Verhungerter. Ich bewegte mich unter seinem Mund, und seine Zunge tauchte abwechselnd tief in mich ein und schnellte nach oben, um meinen Kitzler zu necken. Dann stieß er zwei kräftige Finger in mich hinein, und ich schrie lustvoll auf.

Er hob den Kopf, und ich begegnete seinem Blick. Seine Finger steckten tief in mir drin, und er beobachtete meine lustgeile Reaktion, von den Hüften, die ich nicht mehr stillhalten konnte, bis zu den Händen, die ich erst vor die Brust und dann vor den Mund geschlagen hatte. Da begann er mit den Fingern zu stoßen und rieb gleichzeitig mit dem Daumen über meine Klitoris. Leise aufstöhnend schloss ich die Augen.

«Nein, lass die Augen offen.»

Ich schlug die Lider wieder auf, obwohl es mir schwerfiel, und sah ihm in die Augen. Er konnte von mir haben, was er nur wollte, und das wussten wir beide. Wieder saugte ich an meiner Unterlippe und stieß mich gegen seine Hand. Mein Gott, er machte mich rasend – mit seinen Fingern erzeugte er eine erstaunlich heiße, süße, geradezu innig quälende Lust. Es war jener scharfe, durchdringende Schmerz, der sich einstellt, wenn man von einem Zuviel an Lust überwältigt wird, bis tief in einem drinnen alles brodelt und kocht.

«Nur keine Hemmungen», flüsterte er. «Sag mir, wie sehr es dir gefällt.»

«Mein Gott, Shame, du machst mich rasend.»

Lachend warf er einen Blick zum Nachttisch. «Bleib so liegen.»

Ich krümmte mich, als er die Finger aus mir herauszog und das Bett verließ, um ein Kondom zu holen. Liegen bleiben war unmöglich, und so krabbelte ich auf allen vieren dahin, wo er neben dem Bett stand. Ich nahm ihm das Kondom aus der Hand und drehte ihn so, dass ich an seinen Schwanz herankam. Der war so mächtig, dass ich Mühe hatte, auch nur die Eichel mit dem Mund zu umfangen. Ich strich ihm mit den Händen über den Schaft und leckte und lutschte alles, was ich in den Mund bekommen konnte, bis er mit einem Ruck vorstieß und mir seinen Schwanz dann behutsam entzog.

Als ich in sein Gesicht aufblickte, wusste ich, dass er gespürt hatte, was ich empfand. Ich riss die Verpackung auf und holte das Kondom heraus. Die Beine zusammenpressend, streifte ich ihm das Gummi über den Schwanz. Meine Möse zog sich immer wieder krampfartig zusammen. Sie wusste schon, was jetzt kam, und war mehr als bereit, jeden Zentimeter, den er zu bieten hatte, in sich aufzunehmen.

Mit weitgeöffneten Beinen legte ich mich auf den Rücken und streckte die Hand nach ihm aus. Er kniete sich aufs Bett und hob mich näher rutschend an den Hüften hoch, während er seinen Steifen einführte. Das stechend heiße Eindringen seines Ständers war genau das, was ich brauchte. Meine Möse dehnte sich um ihn aus, während ich seine Hüften mit den Beinen umklammerte.

Er legte sich mit einem Teil seines Gewichts auf mich und küsste mich sanft auf den Mund. «Hast du dich für mich rasiert?»

«Ja.»

«Gut.»

«Deine Meinung sollte mir eigentlich egal sein, aber so ist es nicht», gab ich zu, als er sich mit langsamen Stößen in mir bewegte. Bei seinem behutsamen Rein und Raus fühlte ich mich gleichzeitig hingehalten und siegreich. Es war eine verblüffende Gefühlsmischung, aber unglaublich befriedigend.

Ich drückte den Rücken durch und nahm den nächsten tiefen Stoß mit einem schaudernden Atemzug entgegen. «Ja.»

«Verträgst du noch mehr?», fragte er leise und schob die Hände unter meinen Arsch. Er kippte mein Becken und drang noch tiefer in mich ein.

«Fick mich.» Ich krallte mich in seinen Rücken und holte tief Luft. «Liebster, bitte.»

«Sag's mir.» Er verharrte reglos, und im Dämmerlicht des Zimmers sahen wir uns tief in die Augen.

Ich löste die Hände von seinem schweißnassen Rücken. «Ich will alles, was du geben kannst.»

Und so war es. Ich wollte ihn auf jede erdenkliche Weise, und einen Moment lang überlegte ich, wie es kam, dass er mir in so kurzer Zeit so viel bedeutete. Ich umschlang Shame und hielt ihn fest an mich gepresst, während er seinen Schwanz immer wieder in mich hineinstieß. Das Verschmelzen von Körpern miteinander hatte sich noch nie ursprünglicher und noch nie richtiger angefühlt. Klatschnass warf ich mich seinem Eindringen entgegen und schrie dabei vor Lust.

9

Ich hatte bei Shame übernachtet, was hieß, dass ich am Morgen wie eine Wilde durch die Stadt rasen musste, um vor der Arbeit noch zu duschen und mich zu Hause umzuziehen. Ich kam dann zwanzig Minuten zu spät, was bei mir selten vorkommt. Ich betrat die Galerie und stieg sofort die Treppe zu den Büros hinauf. Wie erwartet saß Jane hinter ihrem Schreibtisch. Sie lächelte mir angespannt zu, stand auf, griff sich mehrere Ordner und wollte mir in meinen Raum folgen.

Mein Terminkalender für diesen Tag war wieder einmal rappelvoll, und ich erwartete auch nicht, dass sich das vor Ablauf von Miltons Vertrag großartig ändern würde. Er warf bei jeder sich bietenden Gelegenheit Sand ins Getriebe, und wäre in seinem Vertrag nicht ein äußerst großzügiges Abfindungspaket vorgesehen gewesen, hätte der Vorstand ihn schon längst gefeuert. Milton war zwar ein ganz mieser Typ, aber er hatte seine hellen Momente. Daher musste ich bis zu seinem Abschied die Ergebnisse erzielen, die der Vorstand von mir erwartete, ohne mich dabei vollständig mit meinem Chef zu überwerfen. Milton hatte einen bedeutenden Freundeskreis, und da manche dieser Leute in der Galerie nur so mit Geld um sich warfen, durfte ich ihn mir nicht zum unversöhnlichen Feind machen.

«Was kommt als Erstes?», fragte ich Jane.

«Eine absolute Katastrophe.»

Ich warf Jane einen beunruhigten Blick zu. «Das klingt ja heftig. Und das schon vor Mittag? Was ist los?»

Jane biss sich auf die Lippen und setzte sich auf ihren Lieblingsstuhl. Sie schlug die Beine übereinander und sah mir direkt ins Gesicht. «Lisa Millhouse hat Sarah gestern Nachmittag wegen Hausfriedensbruchs festnehmen lassen.»

Ich stieß langsam die Luft aus und bemühte mich um eine ausdruckslose Miene. «Hat sie eine Kaution hinterlegt und ist jetzt wieder auf freiem Fuß?»

Jane sah aus dem Fenster und kaute auf irgendetwas herum, vermutlich auf der Innenseite ihrer Wangen. Sie räusperte sich. «Ja. Die Anklage wurde fallengelassen, aber eine einstweilige Verfügung verhängt.»

«Ach je. O Gott.» Ich sah zur Decke hinauf und ließ dann den Blick ins Großraumbüro wandern. Sarahs Schreibtisch war leergeräumt. Keiner saß dort. «Sie hat gekündigt?»

Jane seufzte. «Ja, sie hat einen richtigen Ausraster gehabt, und dann hat sie ihren Kram zusammengepackt.»

«Ausraster?», fragte ich leise.

«Ja, das ist schlimmer als ein Wutanfall, aber weniger schlimm als ein echter Nervenzusammenbruch.»

«Ich liebe es, wenn die Südstaatlerin bei dir rauskommt.»

Jane zuckte lachend die Schultern. Ich wusste, dass sie ihren Akzent über Jahre hinweg mühsam abgelegt hatte und ihre Herkunft inzwischen kaum mehr zu bemerken war. Das war eigentlich schade, aber ihr war gar nichts anderes übriggeblieben. Eine Frau hatte es in der Kunstwelt ohnehin schon schwer genug, da konnte sie das Etikett «Südstaatlerin» nicht auch noch gebrauchen. So ungerecht das auch sein mochte, manche Leute hatten nun einmal Vorurteile und hielten Südstaatler entweder für Dummköpfe oder zumindest für Banausen, die nichts von Kunst und Kultur verstanden.

«Wo ist Milton?»

«Er telefoniert gerade mit James Brooks und verlangt von ihm, dass die Galerie ihre Beziehungen zu Lisa Millhouse abbricht. Ich zitiere: ‹Dieses unzivilisierte Weibsbild ist die reinste Furie.›»

Aufseufzend warf ich einen Blick auf mein Handy. «Mehr kann an einem einzigen Tag eigentlich nicht schiefgehen.»

«Das Schlimmste kommt noch.»

Ich merkte, dass sie jetzt völlig ernst war, und sah sie aufmerksam an. «Okay.»

«Er ist noch immer da.»

Wer, brauchte ich gar nicht erst zu fragen. «Ich verstehe.»

«Er hat heute Vormittag um zehn einen Termin bei Mr. Storey. Von Mr. Storeys Sekretärin habe ich erfahren, dass Storey Mr. King eine Stelle anbieten möchte.»

«Als was denn?»

«Storey hat eine Vorstandssitzung einberufen. Er wird Jeff King als seinen Nachfolger vorschlagen.»

«Er weiß, dass diese Position mir versprochen ist», empörte ich mich.

«Storey hat dir beim Vorstand die Schuld für das Problem mit Lisa Millhouse und Sarah in die Schuhe geschoben. In seinem Bericht behauptet er, du hättest Sarah loswerden wollen und ihr deshalb diese Klientin zugeteilt und du hättest gemeinsam mit der Künstlerin intrigiert, um ein schlechtes Licht auf ihn zu werfen.»

«Sagen wir einmal, ich hätte Sarah wirklich von mir aus zu dieser Klientin geschickt, warum sollte das eigentlich ein schlechtes Licht auf Milton werfen?», fragte ich leise, obwohl ich innerlich kurz vorm Siedepunkt stand.

«Keine Ahnung.»

Jane war auf ihrem Stuhl zusammengesunken. Ich zwirbelte meine langen Haare zwischen den Fingern, um meine Hände irgendwie zu beschäftigen. Schließlich hörte ich damit auf und legte sie in den Schoß. «Ist Jeff schon da?»

«Ja, der Sicherheitsdienst hat ihn in den kleinen Konferenzsaal geführt.» Bei dieser Bemerkung grinste sie hämisch.

Ihre Genugtuung, dass sie Jeff eins ausgewischt hatte, amüsierte mich, aber mir fehlte die Kraft zum Lachen. Schon der Vortag war hart gewesen, aber da hatte ich mich wenigstens damit trösten können, dass Jeff bald wieder verschwinden würde. Doch nun hatte Milton den Eindringling erneut in meinen sicheren Hafen gelotst. Vermutlich hatte er bemerkt, wie angespannt ich während der Besprechung auf Jeff reagiert hatte. «Milton ist ein echter Vollidiot.»

«Stimmt.»

«Ich werde auf keinen Fall vor diesen beiden Dreckskerlen kneifen. Wann will James kommen?»

«Mr. Brooks hat mir eine E-Mail geschickt und mich gebeten, dafür zu sorgen, dass du an der Besprechung teilnimmst. Du hast noch ungefähr eine halbe Stunde, um dich vorzubereiten.»

Ich stand auf. «Okay, lass mich jetzt bitte eine Weile allein.»

Ich blickte mich nicht um, hörte aber, wie sie die Tür leise hinter sich zuzog. Jane war ein ganz einzigartiger Mensch, draufgängerisch, wenn man es am wenigsten von ihr erwartete, und gleich im nächsten Moment wieder so verdammt behutsam und rücksichtsvoll. Lange bevor ich auch nur gemerkt hatte, dass sie meine Freundin war, war ihre Freundschaft mir schon lieb und teuer gewesen.

Als ich am Morgen in Shames Armen aufgewacht war,

hatte ich mich sicher und geborgen gefühlt. Die Situation aber, in der ich mich jetzt plötzlich befand, hatte etwas Tragikomisches. Mein grässlicher Chef versuchte, den Mann, der mich vergewaltigt hatte, zu meinem Vorgesetzten zu machen. Doch ich konnte über diese Komödie nicht lachen; nirgendwo in mir regte sich auch nur das winzigste Fünkchen Humor. Die Tatsache, dass Jeff sich im selben Gebäude wie ich befand, hatte mich innerlich erstarren lassen.

Als meine Bürotür aufging, drehte ich mich erschreckt nach dem Geräusch um. Mir schoss durch den Kopf, dass ich die Angeln mal wieder ölen lassen sollte, doch da kam schon Shamus auf mich zu. «Hi!»

Er blickte sich im Raum um. «Mercy, du hast ja eine Glaswand.»

Ich zuckte lachend die Schultern. «Ja, leider. Es ist, als würde ich in einem Goldfischglas arbeiten.»

Shamus seufzte und blickte zum Großraumbüro hinüber – von dort sahen vierzehn Augenpaare zu ihm zurück. Er seufzte noch einmal. «Soviel zu meinen schmutzigen Phantasien, es mit dir in deinem Büro zu treiben.»

«Ich könnte alle entlassen und die Galerie schließen.» Er zog mich lachend in seine Arme. Ich ließ es zu und sagte seufzend an seinem Hals: «Woher wusstest du, dass ich dich genau jetzt brauche?»

«Das wusste ich gar nicht.» Er berührte sanft mein Gesicht und strich mir mit der Hand über den Hals. «Ich musste dich einfach sehen. Was ist los?»

«Der Konflikt mit meinem Chef hat sich schlagartig zugespitzt. In einer halben Stunde habe ich eine Konferenz mit Milton, dem Vorstand und Jeff King.»

«King ist hier?»

«Ja.» Ich blickte ihm ins Gesicht, bemerkte dort aber

nicht den Zorn, den ich erwartet hatte. Er wirkte vollkommen gelassen und hundertprozentig bereit, zum Mittelpunkt meiner Welt zu werden. Ich hatte keine Ahnung, womit ich jemanden wie ihn verdient hatte.

«Warum ist er hier?»

«Dieses Arschloch Milton wird ihn als neuen Direktor vorschlagen.»

«Warum denn das?»

«Um mir einen Strich durch die Rechnung zu machen.» Ich warf einen Blick auf Jane, die sich alle Mühe gab, nicht wie ihre Kolleginnen zu mir herüberzuglotzen. Ich lachte leise. «Milton ist ein Trottel, aber unglückseligerweise ist Jeff tatsächlich für den Posten qualifiziert.»

«Wird James Brooks Storeys Vorschlag zustimmen, nur um ihn loszuwerden?»

«Ich weiß es nicht.» Dieses Eingeständnis schmerzte, aber plötzlich kam mir die Position, die ich mir in der Galerie aufgebaut hatte, nicht mehr sicher vor. James Brooks wäre derzeit zu einigem bereit, um Milton loszuwerden, und ich wusste nicht, ob ich als Bauernopfer in Frage kam.

«Wenn ich dich hier und jetzt küsste, würde das draußen wohl nicht gut ankommen.»

Mein Blick haftete auf seinem Mund, doch ich nickte: «Ja, da hast du vermutlich Recht.»

«Wie schade.» Er trat von mir zurück und setzte sich auf einen der Stühle vor meinem Schreibtisch. «Ich möchte hier so lange warten, bis du aus der Besprechung zurückkommst.»

Mein erster Reflex war, abzulehnen, doch dann überlegte ich es mir noch einmal. Shamus Montgomery war ein prachtvoller Beweis, was ich für die Galerie tun und leisten konnte. In Wirklichkeit hatte ich allerdings noch einen ganz anderen Gedanken im Kopf: dass ich mich nach der

Besprechung in Shames Arme werfen und die ganze Bagage vergessen könnte.

Ich saß wieder in meinem Bürosessel, als die Tür sich erneut öffnete und James Brooks hereinkam. James war eine ausgesprochen eindrucksvolle Persönlichkeit. Bei unserer ersten Begegnung hatte ich mich ihm gegenüber wie ein Dreikäsehoch gefühlt. Und selbst wenn ich heute neben ihm stand, schnurrte mein Ego immer noch ziemlich zusammen. Ich wusste nicht, woran das eigentlich lag. Dieses Gefühl löste er übrigens nicht nur in mir aus, sondern bei so ziemlich allen Leuten, die ich kannte. Warum auch immer, so war es eben.

«James.» Ich merkte, wie flehend ich seinen Namen aussprach, und das brachte mich vollends aus dem Gleichgewicht.

«Mercy.» Er sah Shame an und reichte ihm die Hand. «Shamus, freut mich, Sie hier zu sehen. Ich war begeistert, dass Mercy Sie für uns gewinnen konnte.»

Shame stand auf und ergriff seine Hand. «Ich freue mich ebenfalls.» Shame blickte ins Großraumbüro hinaus. «Mercy sagte mir gerade, dass Storey jemanden gefunden hat, den er als seinen Nachfolger unterstützen würde.»

«Ja, ich bin gerade eben informiert worden.» James setzte sich ähnlich lässig hin wie Shame und sah mich an. «Nennen Sie mir einen guten Grund, warum Jeff King nicht hier anfangen sollte.»

«Er ist ein Mensch, den es besser gar nicht geben sollte.» Meine Worte klangen so hart und unbarmherzig, dass beide Männer zusammenzuckten. «Sollte der Vorstand Miltons Empfehlung folgen, werde ich kündigen und auf Vertragsbruch klagen. Bei meiner Vertragsunterzeichnung sind beide Seiten davon ausgegangen, dass ich im August Direktorin werde.»

James räusperte sich und warf einen kurzen Blick auf Shame, der zu Boden sah. «Ich verstehe. Wie immer drücken Sie sich klar und deutlich aus, Mercy.»

«Ich bemühe mich.»

Da sah er mich an und lachte zu meiner Verblüffung los. Dann fuhr er sich mit der Hand übers Gesicht und sagte: «Nun, dann mal los. Wenn ich diesen Trottel diese Woche schon zum zweiten Mal ertragen muss, dann wenigstens nicht allein. Wollen Sie mitkommen, Shame?»

Aufgeschreckt blickte ich von einem Mann zum anderen und räusperte mich. «Ich glaube, Mr. Montgomery würde lieber hier warten.»

James sah mich kurz an und schüttelte dann den Kopf. «Kommen Sie schon, Shamus. Genießen Sie es, wie Mr. Storey den Pfau spielt. Wäre ich ein Jäger, würde ich ihn schießen und ausgestopft an die Wand hängen.»

Ich ging hinter den beiden Männern her und starrte Jane so lange auffordernd an, bis sie aufsprang und mitkam. Wenn ich schon an diesem Testosteron-Schaukampf teilnehmen musste, wollte ich wenigstens Unterstützung. Im Konferenzsaal setzte ich mich ganz hinten an den Tisch, so weit wie möglich von allen Männern entfernt. Von Seiten des Vorstands war nur Brooks anwesend, doch da die Galerie ihm gehörte, genügte das.

«Ich hatte nicht erwartet, dass Ms. Rothell an der Besprechung teilnimmt», blaffte Milton.

Jane klappte ihr Notizbuch auf und zückte den Stift. «Soll ich das notieren?»

«Ja, bitte.» Ich nickte. «Ich wurde zur Teilnahme aufgefordert, Milton. Also, fangen Sie doch am besten an.»

Er räusperte sich. «Wie möglicherweise bekannt ist, habe ich die Absicht, mich im August aus dem Berufsleben zurückzuziehen.»

Jane schnaubte, und ich bemühte mich, sie tadelnd anzusehen. Dabei hatte ich selber Mühe, mir das Lachen zu verbeißen. Wir wandten uns wieder Milton zu, der seine Rede unterbrach und uns wütend anfunkelte. Ich räusperte mich und hob die Augenbrauen.

«Ich habe ein Personalgespräch mit Dr. Jeff King geführt und bin fest überzeugt, dass er der Galerie große Dienste leisten könnte. Er ist bestens qualifiziert und hat ein Auge für Schönheit.» Milton sah Brooks an. «Ich empfehle Ihnen Jeff als meinen Nachfolger und möchte ihn bis August in alles einführen, was er als neuer Direktor wissen muss.»

James warf nur einen kurzen Blick auf Jeff und konzentrierte sich dann ganz auf Milton. «Wie Sie genau wissen, lege ich die Holman Gallery nicht in die Hände eines Menschen, den ich nicht kenne oder dem ich nicht vertraue. Ich habe Mercy Rothell zu Ihrer Nachfolgerin bestimmt, und ab August wird sie Ihren Platz einnehmen.»

Jeff richtete sich auf. «Das verstehe ich. Dennoch interessiere ich mich weiter für eine Stelle in der Galerie. Wenn Ms. Rothell zur Direktorin aufsteigt, wird ihre derzeitige Position vakant.»

James warf mir einen Blick zu und schüttelte den Kopf. «Mercy wird ihren Stellvertreter oder ihre Stellvertreterin selbst auswählen. Das kann keiner besser entscheiden als sie.»

Zwei zu null für die Heimmannschaft. Ich stand auf und strich mir den Rock glatt. «Das war's dann wohl», sagte ich.

Ich stieß die Wohnungstür mit der Hüfte auf und stellte meine beiden Einkaufstüten auf den unverschämt teuren Garderobentisch, den ich mir beim Einzug gekauft hatte. Dann zog ich die Tür hinter mir zu und drehte den Schlüssel im Schloss. Ich brauchte unbedingt Ruhe und ein wenig Zeit für mich selbst. Nachdem ich Shamus eine Stunde Modell gesessen hatte, hatte er mich mit einem langen, intensiven Kuss nach Hause geschickt.

Es irritierte mich ein wenig, dass er mich bereits so gut verstand und wusste, dass ich jetzt erst einmal Raum für mich brauchte. Umgekehrt hatte ich nämlich das Gefühl, ihn so gut wie gar nicht zu kennen. Ich trug die Einkäufe in die Küche und räumte sie weg, was hieß, dass alles Leichtverderbliche in den Kühlschrank kam und der Rest erst einmal auf der Küchentheke liegen blieb.

Mit einem großzügig eingeschenkten Glas Wein kehrte ich ins Wohnzimmer zurück und hörte den Anrufbeantworter ab. Zweimal hatte jemand aufgelegt, dann kam die automatische Anrufstimme einer Telefonumfrage und zum Schluss ein Anruf, bei dem der Anrufer nur in das Gerät hineinschwieg. Ich blickte auf den Apparat und zuckte zusammen, als plötzlich Jeff Kings Stimme mein Wohnzimmer erfüllte.

«Du hast mir immer im Weg gestanden, Mercy. Erst im Museum, als du dich mit deiner blasierten Art an jeden rangemacht hast, der dich irgendwie weiterbringen konnte. Du hast dich in New York die Karriereleiter nach oben gefickt, und bei Holman's hältst du es genauso. Ich hab gemerkt, wie Brooks dich anstarrt. Ich weiß genau, wie du tickst und wie weit du notfalls gehst, um etwas zu bekommen, was du nicht verdient hast.»

Angeekelt von dieser boshaften Tirade, stellte ich den Anrufbeantworter aus. Ich ging zur Wohnungstür, schob alle vier Riegel vor und hängte die Sicherheitskette ein. Ins Wohnzimmer zurückgekehrt, setzte ich mich auf die Couch. Ich hatte mein Glas erst halb geleert, als das Telefon läutete. Ich wollte nicht feige sein und nahm ab.

«Hallo.»

«Hi, inzwischen tut es mir schon wieder leid, dass ich dich nach Hause geschickt habe.»

Ich stand mit einem Seufzer auf. «Shamus.» Ans Fenster tretend spähte ich in die Dunkelheit hinaus und wusste plötzlich, dass ich die Nacht nicht allein verbringen wollte. «Was hältst du davon, hierherzukommen und heute mal in meinem Bett zu schlafen?»

«Klingt wunderbar; ich bin in einer halben Stunde da.»

Nach dem Auflegen ging ich in die Küche und verstaute die restlichen Lebensmittel. Ich ließ zu, dass meine Gedanken zu Jeff und der heutigen Situation zurückschweiften. Etwas Schrecklicheres hätte ich mir auch in meinen schlimmsten Phantasien nicht ausmalen können. Beim Gedanken an diese dramatische Zuspitzung hatte ich das Gefühl, in ein undurchschaubares, seltsam verzerrtes Universum geraten zu sein, in dem alles Gute und Schlechte gleichzeitig passierte.

Es gab wieder einen Mann in meinem Leben, einen attraktiven, einfühlsamen Mann, der mich als etwas Besonderes betrachtete. Dass ich ihm lieb und teuer war, bedeutete mir enorm viel, und umso unerträglicher war es mir, dass meine Vergangenheit so tiefe Schatten warf. Ich griff zum Telefonhörer und wählte Lisa Millhouse' Nummer. Ich hatte sie eigentlich schon früher anrufen wollen, es aber zwischendurch vergessen.

«Hallo, ich hatte eigentlich erwartet, früher von Ihnen zu hören.»

Ich lehnte mich gegen die Küchentheke und stellte das Weinglas ab. «Womit soll ich anfangen?»

«Die Frau wollte doch tatsächlich, dass ich ein Fernsehinterview gebe! Sie hat ein Fernsehteam zu mir nach Hause eingeladen!»

Ich seufzte. «Und Sie haben die ganze Mannschaft mit Farbe beschossen?»

Lisa lachte leise. «Nein, so was auf Film, das fehlte gerade noch. Ich habe einfach nur die Polizei gerufen und die Bande wegen Hausfriedensbruchs angezeigt.» Sie schwieg eine Weile und fragte dann leise: «Was ist los, Mercy?»

«Immer, wenn ich das Gefühl habe, jetzt endlich auf dem richtigen Weg zu sein, kommt irgendwas, was mich wieder aus der Bahn wirft.»

«Ich könnte jetzt ganz schnoddrig sagen, dass das Leben nun mal so ist.» Sie stockte und seufzte auf. «Aber das wäre nicht sonderlich tröstlich. Dagegen habe ich mir sagen lassen, dass ein schöner Schwanz am rechten Ort für Sie das Heilmittel der Wahl darstellt.»

Ich schnaubte. «Sie haben schon wieder mit Jane geredet.»

«Janes Ratschläge sind sehr vernünftig.» Lisa lachte. «Dabei besitzt das arme Mädel noch nicht einmal einen Vibrator. Ich kann kaum glauben, dass Sie sie einfach ohne durch die Welt stapfen lassen.»

«Sie ist der Meinung, dass sie so was nicht braucht.»

«Ja, genau wie ich keinen Sauerstoff zum Atmen brauche», gab Lisa zurück.

Ich schloss die Augen und nickte. «Danke.»

«Sie werden sich bestimmt eines Tages revanchieren.»

«Wenn Sie so weit sind, dass Sie mehr über das erzählen wollen, was Ihnen zugestoßen ist, stehe ich zu Ihrer Verfügung.»

«Ich weiß.»

«Shame ist auf dem Weg hierher.»

«Schön für Sie.» Lisa gähnte. «Ficken Sie ihn für mich mit.»

Ich lachte und fragte mich, warum es mir eigentlich nichts ausmachte, dass sie eine Beziehung mit ihm gehabt hatte. «Könnte ich machen. Wollen Sie, dass er mich dann Lisa nennt?»

Lisa lachte laut heraus. «Sie sind mir ja ein Vogel, Mercy. Shame ist wirklich rettungslos verloren. Viel Spaß.»

Ich wünschte ihr eine gute Nacht und beendete das Gespräch. Gerade hatte ich das Telefon auf die Küchentheke gelegt, da klingelte es an der Tür. Ich dachte nur an Shame und freute mich auf die warmen, wunderbaren Gefühle, die er in mir weckte. So eilte ich sofort zum Eingang und entriegelte, was zu entriegeln war, doch als ich dann durch den Spion spähte, zuckte ich heftig zusammen. Ich schluckte und stellte mein Weinglas behutsam auf dem Garderobentisch ab. Die Tür war nur noch mit der Sicherheitskette verschlossen.

Dieses goldglänzende Kettchen war das einzige Hindernis zwischen Jeff King und mir. Mit zitternder Hand machte ich mir an der Tür zu schaffen. Doch meine Finger glitten hilflos vom ersten Riegel ab, als die Tür mit einem Stoß aufging und gegen das Kettchen krachte. Ich schrie unwillkürlich auf und eilte in die Küche, um mein Telefon zu holen.

Doch in einem Anfall wilder, dummer Verzweiflung stürmte ich am Telefon vorbei. Als ich meinen Kleiderschrank im Schlafzimmer aufriss und meinen Baseballschläger hervorholte, hörte ich, wie die Sicherheitskette zerkrachte. Der Stahlschläger lag gut in meiner Hand, doch ich bereute, dass ich nicht den Mut gehabt hatte, mir eine Schusswaffe zu kaufen. Zum Eingang gewandt, erwartete ich Jeff im Schlafzimmer.

Mit der Hand tastete er die Wand nach dem Lichtschalter ab, sobald er in der Tür stand. Das Licht ging an, und er stand vor mir. Das allein reichte aus, dass Angst und Wut in mir hochkochten. Es genügte, dass er mich nur ansah, und ich fühlte mich klein und entsetzlich verletzlich. «Du und ich, wir müssen miteinander reden.»

«Nein, absolut nicht.»

Er warf einen kurzen Blick auf den Baseballschläger, und ein Lächeln huschte über seine Lippen. «Hast du auch nur einen Moment lang geglaubt, dass du mir mit deinem Umzug hierher entkommen könntest? Ich habe die ganze Zeit gewusst, wo du steckst. Du brauchst hier keinem irgendwas vorzumachen. Du kannst es dir sparen, die Wütende zu spielen, wo wir doch beide wissen, wie sehr dir unser kleiner Fick gefallen hat.»

Ich schluckte Galle herunter und umklammerte den Schläger noch ein bisschen fester. «Raus hier. Ich will dich nie wieder sehen.»

«Du hast nicht das Recht, mir etwas zu verwehren. Du bist ein Nichts.»

«Deine Verblendung macht das, was du mir angetan hast, kein bisschen besser. Du bist ein psychotisches Arschloch, das nicht ohne die Illusion von Macht über andere leben kann. Du hast mich weder zerbrochen noch besiegt. Das, was du mir angetan hast, hat mich nur stärker gemacht. Du wirst niemals gewinnen.»

So, wie er sich auf mich stürzte, rechnete er bestimmt nicht damit, dass ich zuschlagen würde. Aber ich holte aus und schlug zu. Und zwar mit aller Kraft. Er fiel auf die Knie, und ich drosch ihm den Schläger über den Rücken. Er krachte zu Boden, und ich stand einfach nur wie doof da und starrte ihn an. Wäre das hier eine Fernsehszene gewesen, hätte ich die Frau wahrscheinlich dafür verflucht, dass sie nicht Reißaus nahm, solange noch Zeit war.

Doch dann verstand ich, warum ich nicht weglief, und

204

ließ den Schläger sinken. Ich stand kurz davor, den Kerl zu Brei zu schlagen.

Plötzlich hörte ich meinen Namen und fuhr zusammen. Dann rief ich zurück: «Shame?»

Gleich darauf tauchte er in der Tür auf und blickte zwischen Jeff und mir hin und her. «Eigentlich hatte ich mir den Abend etwas anders vorgestellt.»

Achselzuckend ließ ich den Schläger sinken. «Er hat die Sicherheitskette aufgebrochen.»

«Das ist mir aufgefallen.» Shame trat den Liegenden, und Jeff stöhnte. «Hey, du Arschloch, steh nur auf, dann bring ich dich um.»

«Das hier ist meine Angelegenheit.» Ich zeigte mahnend mit dem Finger auf Shame und sah dann Jeff an. «Raus aus meiner Wohnung!»

«Du rufst nicht die Polizei?»

«Nein.» Shames geschockter Miene entnahm ich, dass er fest damit gerechnet hatte, dass ich die Polizei rufen und den Eindringling verhaften lassen würde. Doch das kam überhaupt nicht in Frage. Wie denn auch? Der Mann hatte mich vergewaltigt, und ich hatte ihn nicht angezeigt ... der Gedanke, all das noch einmal einem Polizisten erklären zu müssen, war mir unerträglich.

Jeff kam mühsam auf alle viere und warf Shamus einen abschätzigen Blick zu. Von beiden Männern ging eine geradezu glühende Feindseligkeit aus. Ich konnte mir vorstellen, dass Jeff über die Prügel, die er von mir bezogen hatte, ganz schön sauer war. Er war einer dieser Männer, denen die eigene Männlichkeit sehr am Herzen liegt.

Als er wieder auf beiden Beinen stand, fuhr er sich mit der Hand über den Mund und schaute zwischen Shame und mir hin und her. «Du fickst mit diesem Typen?»

«Jeff, du solltest gehen, bevor er seine guten Manieren vergisst und dich zusammenschlägt.» Ich packte den Schläger fester, zügelte mich aber, um den Drecksack nicht noch einmal niederzuschlagen.

Jeff ging auf Shame zu, und als dieser nicht zur Seite trat, um ihm den Weg nach draußen frei zu machen, holte er aus. Shame blieb so cool, dass er sogar noch den Schlag einsteckte, bevor er zurückschlug. Dann aber lag Jeff ein zweites Mal zwischen uns auf dem Boden, diesmal aus Mund und Nase blutend. Verblüfft betrachtete ich den Blutschwall.

«Hau ab, Jeff, oder ich schwöre bei Gott, dass ich gleich bei der Polizei anrufen und Bescheid geben muss, dass jemand in meine Wohnung eingedrungen ist und ich ihn totgeschlagen habe.»

Beide Männer sahen mich entsetzt an.

Ich schluckte und versuchte mir in Erinnerung zu rufen, dass ich in dieser Auseinandersetzung die Zivilisierte war.

Über Jeff hinwegsteigend, verließ ich das Schlafzimmer, ging durch den Flur ins Bad, machte die Tür hinter mir zu und schloss ab. Dankbar, dass ich mir am Morgen die Zeit zum Aufwischen genommen hatte, sank ich auf die Knie. Innerlich bebte ich nur so vor Wut und Angst und war gleichzeitig wegen dieser Angst von Selbsthass zerrissen. Ich hatte Jeff doch die Stirn geboten! Mir war schlecht, doch jetzt auch noch zu erbrechen wäre das Grauen. Als ich so auf dem Boden hockte, musste ich gegen den Drang ankämpfen, mich hin und her zu wiegen. Wieso waren mein Mut und meine Entschlossenheit so plötzlich verschwunden?

Ein paar Minuten später hörte ich Schritte und Geschlurfe im Flur und nahm an, dass Shame Jeff nach draußen brachte. Als es an die Badezimmertür klopfte, stand ich auf.

206

«Was ist?»

Es war Shame. «Mercy, ich steh nicht gern auf der anderen Seite einer verschlossenen Tür.»

Ich ging zur Tür und schloss auf.

Er schob die Tür auf und sah mich an. «Alles in Ordnung mit dir?»

Ich zuckte die Schultern und lehnte den Schläger gegen die Badezimmerablage. «Hast du ihm was getan?»

«Ich hab ihn in ein Taxi gesetzt.»

«Das war nicht die Antwort auf meine Frage.»

«Ich weiß.»

«Verdammt, Shame!»

«Auf mich brauchst du nicht böse zu sein, Mercy.» Er zeigte mahnend auf meine Brust: «Was zum Teufel hast du dir eigentlich dabei gedacht, die Tür aufzumachen, ohne erst mal zu schauen, wer draußen steht?»

«Schrei mich nicht an! Ich bin erwachsen und brauche keine Vorträge!» Ich stampfte mit dem Fuß auf, damit das unmissverständlich war.

Er sah mich von Kopf bis Fuß an und streckte dann die Hand nach mir aus. Ich ließ mich wütend, aber bereitwillig in seine Umarmung ziehen. Er drückte mich an sich und strich mir mit der Hand durchs Haar. «Du hast es ihm gezeigt.»

«Genau», flüsterte ich und grub die Finger in sein Hemd.

«Er hat dich nicht geschlagen?»

«Nein, er hat mich nur angebrüllt.»

Shame zog mich aus dem Bad und brachte mich ins Wohnzimmer. Er setzte mich auf die Couch und kam mit dem Weinglas zurück, das ich auf dem Garderobentisch abgestellt hatte. Ich nahm es entgegen und trank gierig. Er setzte sich vor mich auf den Couchtisch. Ich stellte das Glas ab und sah ihn wütend an.

«Nimm den Arsch von meinem Couchtisch. Den habe ich gerade neu lackieren lassen.»

«Halt den Mund, Mercy, und trink deinen Wein.»

Ich trank den Wein in einem Zug leer und reichte ihm das Glas. «Du brauchst mich nicht zu verhätscheln. Mir geht es bestens.»

«Du hast gerade einen Mann in deinem Schlafzimmer mit einem Baseballschläger niedergeschlagen, und es geht dir bestens?»

Ich zuckte die Schultern. «Ich wünschte, ich hätte kräftig genug zugeschlagen, um ihm ein paar Knochen zu brechen.»

«Scheiße, Mercy, du machst mich vollkommen fertig.» Er erhob sich vom Couchtisch und trat ein paar Schritte weg. «Könntest du dich nicht mal zwanzig Minuten lang wie eine ganz normale Frau benehmen? Du weißt schon, weinen und verängstigt wirken, damit ich den Helden spielen kann?»

Ich ließ mich ins Couchpolster sacken. «Du meinst, du konntest nicht ausreichend den Helden spielen, als du Jeff in ein Taxi *geholfen* hast?»

Er blickte zu Boden und zuckte die Schultern. «Das war nicht dasselbe.»

«Hast du ihm bleibenden Schaden zugefügt?»

Shame sah mich achselzuckend an. «Vielleicht kann er noch Kinder zeugen, vielleicht auch nicht.»

Ich strich mir kopfschüttelnd übers Gesicht. «Sind Männer immer so?»

«Der Kerl hat dich vergewaltigt.» Das sagte er mit zusammengebissenen Zähnen.

Ich zuckte zusammen, weil er so wütend klang. «Ja, das stimmt.»

«Und heute Abend hat er es wieder gemacht.» Er blickte sich seufzend um. «Zwei Jahre hast du gebraucht, um dir ein Leben aufzubauen, in dem du dich sicher fühlst, doch plötzlich ist er wiederaufgetaucht.»

«Und hat alles kaputt gemacht», räumte ich leise ein.

«Aber er ist nicht wichtig, Shame. Welche Rolle er auch in meiner Vergangenheit gespielt haben mag, jetzt ist er ohne Bedeutung. Er hat mir etwas Schreckliches angetan, und diesen Verrat werde ich niemals ganz vergessen können, aber das ist vorbei. Vergangenheit. Es war ein Fehler, ihn damals nicht gleich anzuzeigen, und jetzt habe ich deswegen Schuldgefühle. Ich mache mir Sorgen, was das nächste Mal passiert, wenn er sich einer Frau unterlegen fühlt. Am liebsten würde ich ihm das Wort *Vergewaltiger* in die Stirn brennen, damit ihm nie wieder eine Frau vertraut.»

«Du könntest ihn für das, was damals passiert ist, immer noch anzeigen.»

«Stimmt.»

«Aber du willst nicht?»

«Nein.»

«Warum nicht?», fragte Shame so leise, dass ich erst nach einer Weile merkte, dass er überhaupt etwas gesagt hatte.

«Weil mir dadurch auch keine Gerechtigkeit widerfahren würde. Ich kann mich entweder in Selbstmitleid suhlen, weil er mir so übel mitgespielt hat, oder ich kann aufstehen und weitermachen. Das klingt vielleicht feige. Zum Teufel, vielleicht ist es sogar moralisch verwerflich.»

«Wodurch würde dir denn Gerechtigkeit widerfahren, Mercy?»

«Keine Ahnung.»

«Warum tust du dann nicht einfach diesen Schritt und erstattest Anzeige?»

«Ich habe New York hinter mir zurückgelassen.» Ich stand auf und ging zur anderen Seite des Zimmers. «Wenn ich ihn als Vergewaltiger brandmarkte, würde ich mich vor aller Welt als sein Opfer outen.»

«Und das kannst du nicht?»

«Nicht einmal wenn mein Leben davon abhinge.»

Die Worte waren hart und legten sich zwischen uns. Ich sah ihm in die Augen und bemerkte den Zorn in seinem Blick. Ich wusste, dass er nicht wütend auf mich war, sondern auf eine Situation, die sich als unkontrollierbar erwies. Ich schleppte ein Bündel mit mir herum, das er nicht erwartet hatte.

«So bin ich nun mal, Shamus.»

«Das sehe ich.» Er rieb sich die Stirn. «Schon bevor ich mit dir ins Bett gegangen bin, wusste ich, dass du ein kompliziertes Stück Arbeit bist.»

Ich lachte. «Ich glaube nicht, dass mich jemals ein Mann ein ‹Stück Arbeit› genannt hat.»

«Vielleicht nicht ins Gesicht», murmelte er.

Ich nahm mein leeres Weinglas und ging in die Küche. «Hättest du gerne was zu trinken?»

«Bloß nicht.»

Ich schenkte mir nach, drehte mich um und lehnte mich gegen die Küchentheke. Von der Küche aus sah ich, wie er unruhig auf und ab ging, bevor er in der Küchentür stehen blieb. Ich wartete ab.

«Komm her, Mercy.»

Ich stellte das Glas ab und ging zu ihm. Er reichte mir die Hand, und ich ergriff sie und ließ bebend zu, dass er mich an sich zog. In meinem Inneren brodelte noch immer ein Cocktail aus Adrenalin, Angst und Wut. In Shame spürte ich dieselbe rastlose Energie. Seine Hände wanderten meinen Rücken hinunter und glitten über meinen Arsch. Als er mich hochhob und meine Beine um seine Taille schlang, stockte mir der Atem.

Er setzte mich auf die Küchentheke und streichelte mein Gesicht. «Als ich dich zum ersten Mal gesehen habe, war es, als hätte mir jemand einen Schlag versetzt. Alles in mir zog sich krampfartig zusammen. Damals habe ich nicht verstanden, was das eigentlich war, und heute verstehe ich es noch immer nicht. Aber ich will dich, und wenn das die Bürde ist, die du mitbringst, nehme ich es so, wie es kommt.»

«Okay.»

«Aber ich bin nicht vollkommen.» Er strich mir das Haar aus der Stirn und sah mir aufmerksam ins Gesicht. «Ich werde niemals ein Opfer in dir sehen. Du hast eine scheußliche Gewalttat überstanden. Du bist eine Frau, die siegreich überlebt hat.»

Ich seufzte, als er mich zärtlich küsste, mir mit dem Mund über Kinn und Wangen strich und leise meinen Namen flüsterte.

«Ich konnte nicht um Hilfe rufen», sagte ich.

«Warum denn nicht?»

Zitternd zog ich ihn an mich und vergrub das Gesicht an seinem Hals. «Weil ich damals um Hilfe gerufen habe, ein einziges Mal, doch keiner kam.»

Ich schlüpfte aus dem Bett, verließ das Schlafzimmer und ging ins Bad. Dort warf ich meinen Morgenmantel über und band den Gürtel zu. Das Gesicht, das mir aus dem Spiegel entgegensah, wirkte nicht verängstigt. Die Frau im Spiegel sah sogar verdammt zufrieden drein. Ich blickte mich nach dem Bett um, und dort lag Shame lang ausgestreckt auf der Matratze, als gehörte sie ihm. Er war so plötzlich in mein Leben getreten, und ich staunte noch immer über mein Glück.

Einen Mann wie ihn hatte ich noch nie kennengelernt.

Ich hatte kein Rezept, wie mit ihm umzugehen war. Nach dem Schlafen und dem Sex war mein Haar völlig zerzaust, und ich bürstete es aus. Als ich alle Zotteln gelöst und das Haar mit einer Klammer hochgesteckt hatte, war mein Bett leer. Ich sah mich um und entdeckte Shame, der im Erkerfenster saß, nur mit Boxershorts bekleidet, auf der sich Schweinchen Dick, Bugs Bunny und weitere Trickfilmfiguren tummelten.

«Gib's zu, du hast eine Tante mit sonderbarem Sinn für Humor, und die schickt dir die Dinger immer zu Weihnachten.»

Er schüttelte lachend den Kopf. «Ganz ehrlich, die kauf ich mir selbst. Das gehört einfach zu den Eigenheiten, mit denen du leben musst.»

Nun, wenn das alles war, hatte ich es gut getroffen. Ich ging zu ihm und setzte mich neben ihn ins Erkerfenster. «Du bist enttäuscht, weil ich nicht nach New York zurückwill, um Jeff anzuzeigen.»

«Stimmt.»

Ich schwieg einen Moment lang; ich hatte nicht erwartet, dass er es zugeben würde. Ich kaute auf meiner Unterlippe, entspannte mich dann aber. Irgendwie hatte ich zu dem Thema nichts mehr zu sagen. Seufzend stand ich auf und streckte die Hand aus. «Willst du nicht wieder ins Bett kommen und mir zeigen, wie sehr du mich magst?»

Er stand ebenfalls auf und schob seine Hand in meine. «Nur wenn du mir versprichst, dich nicht über meine Boxershorts lustig zu machen.»

Ich hob eine Augenbraue. «Niemals, Darling, das würde mir im Traum nicht einfallen. Ich hatte mir sogar überlegt, ob ich dir nicht auch mal welche schenken könnte. Gibt es vielleicht Boxershorts mit der Kleinen Meerjungfrau darauf?»

Plötzlich wurde sein Griff hart, und gleich darauf lag ich auf dem Rücken im Bett. Shame drückte mich auf die Matratze und schob mir das Knie zwischen die Beine. «Strafe muss sein.»

«Was? Magst du die Kleine Meerjungfrau etwa nicht?», fragte ich sanft.

Ich stieß ihm das Becken entgegen, als er seinen rasch härter werdenden Steifen gegen meinen Seidenmantel presste. Zwischen uns war einfach zu viel Stoff. Ich machte die Beine breit und wand mich unter seinen Händen. So wartete ich auf Antwort, fest von ihm gepackt und von seinem Überraschungsangriff enorm erregt.

«Was meinst du wohl?»

«Okay, wie wär's dann mit Boxershorts im Partnerlook … du kannst das Biest sein, und ich bin die Schöne.» Ich biss mir auf die Lippen, um nicht loszuprusten.

«Meinst du?»

«O ja.» Ich nickte.

Er zerrte am Gürtel meines Hausmantels und schob den Stoff aus dem Weg. Seine eine Hand hielt meine Handgelenke über dem Kopf fest, und die andere steckte er mir zwischen die Beine. Ich keuchte auf, als Shame mit dem Mund über meine Lippen streifte und dann mit dem Kopf zu einer Titte hinunterging. Er zwirbelte und neckte die Brustwarze mit der Zunge, bis der Nippel so schmerzhaft geschwollen war, dass ich bei jeder Lippenbewegung schaudernd aufstöhnte.

Alles an Shame zwang mich, mich selbst anders wahrzunehmen und meine Bedürfnisse, das, was mir zum Leben wichtig war, anders zu werten. Er ließ meine Hände los, als er aufstand, aus dem Bett stieg und seine Boxershorts ablegte. Mit einem Lächeln der Vorfreude, das ich nicht einmal zu kaschieren versuchte, sah ich zu, wie er ein Kondom aus der Schachtel zog, die er auf meinen Nachttisch gestellt hatte. Er kam zum Bett zurück und streifte den Gummi über seinen mächtigen Schwanz.

Ich rieb die Beine aneinander, als er ein Knie aufs Bett setzte und eines meiner Fußgelenke packte. Sanft zog er mich zur Bettkante. Ich setzte mich auf, streichelte ihm mit der Hand über die Oberschenkel und sah ihm dabei in die Augen. Heftiges Begehren spiegelte sich nackt und ehrlich in seinem Blick.

Nach einem Kuss auf seinen straffen Bauch ergriff ich seine Hände. Er verflocht die Finger mit meinen, zog mich hoch und nahm meinen Platz auf dem Bett ein. Ich ließ mich von ihm dirigieren und glitt rittlings auf seinen Schoß. Er ließ meine Hände los und hob mich hoch. Ich hielt mich an seinen Schultern fest, als er mich vorsichtig auf seinen Steifen niederließ.

Da war er wieder, dieser aufwühlende Lustschmerz, den ich immer empfand, wenn ich ihn in mich hineinnahm. Von der tiefen körperlichen Vereinigung überwältigt, ließ ich den Kopf nach hinten sinken. Als ich mich wieder ein wenig gefasst hatte, hob ich den Kopf und blickte ihm in die Augen. Aus dem Badezimmer sickerte sanftes Licht und ließ seine Züge erkennen. Er zog mich noch näher, und ich begann, sanft auf ihm zu reiten.

Um ihm nicht die Nägel in den Rücken zu krallen, ballte ich die Hände zu Fäusten. «Ich hab das nie verstanden.»

«Was, Baby?» Sanft und forschend glitten seine Hände über meinen Rücken.

«Wie es kommt, dass etwas so gut sein kann, dass es wehtut.»

Er schob die Hand zwischen uns, drückte mit dem Daumen auf meine Klitoris, und auch mein letzter Rest an

Selbstkontrolle schwand dahin. Der Orgasmus brandete auf und überwältigte mich. Ich war so ergriffen, dass ich kaum merkte, wie er aufstand, mich auf den Rücken legte und mit tiefen, gleichmäßigen Stößen fickte.

10

Ich hatte eigentlich keine Zeit für eine Katastrophe. Aber das Leben hat so seine Art. Es wartet so lange ab, bis das Fass zum Überlaufen voll ist, und dann kippt es gleich eine Zweihundertliterladung auf einmal hinein. Gerade in der Galerie angekommen und auf dem Weg in mein Büro, sah ich verwundert, dass Lisa Millhouse im Großraumbüro vor James Brooks stand und ihn wiederholt mit dem Zeigefinger in die Brust piekste. Ausdrücke, die ich normalerweise nur verwendete, wenn ich im Stau feststeckte, sprudelten heftig und nachdrücklich aus ihrem Mund. Falls Schimpfen und Fluchen zu den olympischen Disziplinen gehörten, wäre Lisa definitiv medaillenverdächtig. Mit schiefgelegtem Kopf blickte ich zu Jane hinüber. Sie starrte genau so aufdringlich wie der Rest des Publikums, und diesmal konnte ich es ihr wirklich nicht verdenken. James und Lisa waren ein aufregendes und dynamisches Paar.

Ich rückte meine Handtasche auf der Schulter zurecht, bemühte mich, ein nachsichtiges Lächeln aufzusetzen, und trat vor. «Guten Morgen!»

Beide drehten sich angriffslustig nach mir um und blickten dann zu Boden. Zum Glück merkten sie plötzlich, dass sie gerade vierzehn Zuschauern eine viel zu interessante Showeinlage geboten hatten, und schwiegen. Ich räusperte mich: «Sollten wir diese Diskussion nicht lieber in meinem Büro fortsetzen?»

Ich sah mich nach Jane um und warf ihr den universell bekannten *Ich lechze nach Koffein-Blick* zu. Sie nickte und schoss davon. Vermutlich war sie froh, damit aus der Schusslinie zu sein.

Ich betrat mein Büro und machte die Tür hinter mir zu. Lisa und James saßen vor meinem Schreibtisch, und zwar so, dass der mittlere der drei Besucherstühle einen Puffer zwischen ihnen bildete. Ich ließ mir beim Hinsetzen Zeit.

«Nun?» Ich lehnte mich im Stuhl zurück und betrachtete die beiden aufmerksam. «Da ich nicht einmal wusste, dass Sie beide sich kennen, können Sie versichert sein, dass ich nicht die geringste Ahnung habe, worum es sich bei diesem Streit handelt. Lisa, versuchen Sie einmal zu erzählen, was passiert ist, ohne den Satz *er hat angefangen* zu verwenden.»

Lisa verschränkte die Arme vor der Brust und starrte mich wütend an. Dann holte sie tief Luft, biss sich auf die Unterlippe und platzte heraus: «Aber er hat angefangen!»

«Überhaupt nicht, verdammt nochmal.»

«Mr. Brooks», sagte ich leise. «Sie sind jetzt nicht an der Reihe.»

James sackte auf seinem Stuhl zusammen. «Das ist ungerecht.»

Es war, als redete ich mit Fünfjährigen. «Ist dieser Konflikt geschäftlicher oder persönlicher Natur?»

«Geschäftlich», blaffte Lisa.

«Persönlich», quetschte James zwischen zusammengebissenen Zähnen hervor.

Lisa wurde rot, und ich lachte los. «Dann war wohl die Show, die Sie dem Mitarbeiterteam vor ein paar Minuten geboten haben, das Vorspiel?»

Lisa stand auf. «Sie hätten mich nicht beleidigen dürfen!»

«Sie haben doch mich beleidigt», schimpfte James zurück.

«Oh, verdammt nochmal.» Lisa stürmte aus dem Büro und schlug die Tür so heftig hinter sich zu, dass die Glaswand erzitterte.

Ich sah James an. «Mr. Brooks, haben Sie die Absicht, uns unsere sämtlichen Vertragskünstler abspenstig zu machen, oder sind Sie nur darauf aus, Lisa zu ärgern?»

«Diese Sache geht Sie überhaupt nichts an, Mercy.»

«Einverstanden.»

James fuhr sich mit der Hand übers Gesicht und stand auf. «Diese Frau ist ein unvernünftiges Weibsbild. Normalerweise hat doch keiner was dagegen, dass man ihn zum Essen einlädt.»

Ich trommelte mit einem Fingernagel auf der Schreibtischplatte herum. «Hatten Sie in irgendeiner Weise angedeutet, dass das Essen mit Ihnen Einfluss auf ihren Status in der Galerie haben könnte?»

«Vielen Dank», brummte James. «Ich hatte keine Ahnung, dass Sie mich für ein sexistisches Schwein halten.»

«Das hatte ich nicht gesagt.»

Mit übertriebener Geduld holte er tief Luft und sagte: «Nein, Mercy, ich hatte nicht angedeutet, dass das Ausgehen mit mir irgendeinen Einfluss auf Lisas Status in der Galerie haben könnte.» Er funkelte mich wütend an, anscheinend überzeugt, dass ich ihm nicht glaubte. «Jane hat uns einander vorgestellt, und ich sagte Lisa, dass ich ihre bisherigen Arbeiten sehr schätze. Sie war hier, um mit Jane über dieses Highschool-Projekt zu sprechen. Ich trat dazu, weil ich Lisa attraktiv fand. Gegen Ende des Gesprächs setzte Jane ihr hypergeheimes Teleportationsgerät ein und war plötzlich verschwunden.» Kopfschüttelnd warf er einen Blick auf die Genannte, die gerade mit dem Kaffee kam und ihn auf meinen Schreibtisch stellte, bevor sie sich wieder zurückzog. «Sie besitzt das verblüffende Talent, sich in Luft aufzulösen.»

Ich verstand, was er meinte, und lachte. «Sie kann sehr verstohlen sein. Und was ist dann passiert, als Jane weg war?»

«Ich bat Lisa, mit mir essen zu gehen, und erklärte, ich würde gerne mehr über ihre Inspirationsquelle erfahren. Ich bin noch nie einer Bildhauerin mit einer derart stillen, aber gewalttätigen Leidenschaftlichkeit begegnet.» Er sah mich an, und ich wusste, dass mir meine Gedanken ins Gesicht geschrieben standen.

«Was ist?»

Ich seufzte. «Lisa möchte in Ruhe gelassen werden.»

«Das kann ich verstehen.»

«Nein.» Ich schüttelte den Kopf. «Lisa verteidigt ihre Privatsphäre geradezu zwanghaft. Sie werden sich Lisas Vertrauen zurückerobern müssen, und ich habe ehrlich gesagt keine Ahnung, wie Sie das anstellen sollen.» Seufzend blickte ich ins Großraumbüro hinaus. «Vielleicht könnten Sie Shamus um Rat bitten.»

«Ich dachte, Sie beide wären ...»

«Das stimmt, aber früher hat er einmal eine Beziehung mit Lisa gehabt. Wenn einer von uns sie kennt, dann er.» Ich sah zu, wie James aufstand und die Hände in die Hosentaschen schob. «Übrigens, James, ich gebe Ihnen den guten Rat, Lisa nicht ins Gesicht hinein ein unvernünftiges Weibsbild zu nennen. Sie besitzt einen Schweißbrenner.»

James nickte und verließ mit einem gepressten Lächeln das Büro. Jane wartete tatsächlich anstandshalber ab, bis er die Treppe hinunter war, bevor sie aus ihrem Stuhl hochschoss und in mein Büro eilte.

Sie schloss die Tür, trat feierlich vor meinen Schreibtisch und flüsterte ehrfürchtig: «Außer Schwanzlutscher hat sie ihm jedes erdenkliche Schimpfwort an den Kopf geworfen. Und sich dabei kein einziges Mal wiederholt.»

Um eine ernsthafte Miene bemüht, blickte ich auf meinen Schreibtisch hinunter, doch am Ende verlor ich den Kampf und platzte vor Lachen. Jane setzte sich auf den Stuhl, den James gerade geräumt hatte. Sie wartete, bis ich ausgelacht hatte, bevor sie fortfuhr.

Als hätte sie Fusseln an ihrer Hose entdeckt, zupfte sie daran herum, sah dann aber auf und blickte mir in die Augen: «Die beiden sind total scharf aufeinander.»

Ich nickte und sagte seufzend: «Ja, das ist mir auch aufgefallen.»

Nachdem Miltons Plan, Jeff King einzustellen, in die Hose gegangen war, legte der Direktor sich auch mit den anderen Mitarbeitern an. Er brauchte etwa vier Stunden, um sich praktisch die gesamte Büroetage zum Feind zu machen, und den restlichen Tag, um auch noch das Verkaufspersonal gegen sich aufzubringen. Verkäufer sind daran gewöhnt, mit schwierigen Menschen umzugehen, und vertragen so einiges. Die Frauen im Großraumbüro hatten sich darauf verlegt, abwechselnd zu zweit oder dritt auf der Toilette Zuflucht zu suchen. Die einzigen beiden männlichen Angestellten der Galerie hatte Milton nicht ins Visier genommen, und so hielten die zwei den anderen so gut wie möglich die Bahn frei.

Es war beinahe Mittag, als Milton den Weg in mein Büro fand. Er machte die Tür hinter sich zu und bemühte sich um einen vernichtenden Blick. Er war mir immer als eine Art riesiger, boshafter Kobold erschienen, wobei allerdings Lisas Gartenzwergvergleich durchaus seine Berechtigung hatte. Milton war zwar ein stattlicher Mann, doch sein Charakter ließ ihn klein und nutzlos erscheinen.

«Was kann ich für Sie tun, Milton?»

«Haben Sie die Absicht, Jane Tilwell zu Ihrer Nachfolgerin zu machen?»

«Ja.»

«Sie ist nicht für diese Stelle geeignet.»

«Ms. Tilwell ist sogar doppelt qualifiziert, als examinierte Buchhalterin und als Kunsthistorikerin. Sie ist die perfekte Besetzung für die Stelle.»

«Mit Jeff King wären Sie besser bedient.»

«Nein.»

«Noch bin ich nicht machtlos.»

«Wenn Sie es Macht nennen, andere zu tyrannisieren und zu beschimpfen, haben Sie recht.» Er lief vor Zorn rot an, doch zu meiner Überraschung entdeckte ich auch so etwas wie Reue in seiner Miene. Dass er also vielleicht doch ein Mensch war, ließ mich nicht völlig ungerührt.

Etwas vor sich hin murmelnd, verließ er mein Büro. Ich sah zu Janes Schreibtisch hinüber und stellte fest, dass sie telefonierte. Ich seufzte, und als sie meinen Blick bemerkte, bedeutete ich ihr, gleich herüberzukommen. Sie hatte das Recht zu erfahren, dass Milton, der ohnehin wie eine gereizte Wespe war, nun über ihren geplanten Karrieresprung Bescheid wusste.

Als ich Shames Galerie betrat, hatte ich die Szene mit James eigentlich schon vergessen. Ich schloss die Tür mit dem Schlüssel auf, den Shame an meinem Schlüsselbund befestigt hatte, eilte die Treppe hinauf und stellte überrascht fest, dass dort der Vorstandsvorsitzende in meinem roten Sessel saß, ein Bier in der Hand. Mit der freien Hand gestikulierte er beim Reden. Ich runzelte die Stirn; ich mochte es nicht, dass er meinen Sessel benutzte.

«Dieses verdammte Weibsbild hat einfach nicht das

Recht, so gemein zu sein.» Der Tonfall eines bockigen Kindes.

Shame lachte. «Frauen sind wahrscheinlich die grausamsten Geschöpfe der Welt. Sie sind alle unglaublich eingebildet, aber da nun mal sie die Mösen haben, müssen wir wohl oder übel damit klarkommen.»

Leider hatte ich die große Tasche umgehängt, sonst hätte ich Shame meine Handtasche an den Kopf geschmissen. «Mr. Montgomery.»

Er blickte in meine Richtung, nahm seine Schutzbrille ab und steckte sein Werkzeug in die Hosentasche. «Reizende Mercy, gerade haben wir von dir geredet.»

Ich schüttelte lachend den Kopf. «Warum ertrage ich eigentlich jemanden wie dich?»

«Frag mich das später nochmal. Ich sorg schon dafür, dass es dir wieder einfällt.»

«Mach ich.» Mit hochgezogenen Brauen musterte ich ihn von Kopf bis Fuß.

Ich ging zur Treppe ins Obergeschoss, blieb aber noch einmal stehen, um mir die Schuhe auszuziehen. «Nehmt ihr beide heute das Abendessen in flüssiger Form zu euch?»

«Er trinkt.» Shame zeigte lachend auf James, der anklagend in seine leere Bierflasche schaute. «Ich arbeite. Ich habe etwas zu essen bestellt. Es sollte bald eintreffen.»

Ich nickte und blieb dann am Fuß der Treppe ein weiteres Mal stehen. «James.»

Er lächelte mich an. «Ja, Mercy?»

«Auch wenn Sie noch so tief ins Glas schauen, werden Sie dort die Antwort auf Ihre Frage nicht finden.»

«Heute Abend ersäufe ich meinen Kummer. Ab morgen trainiere ich, kriecherisch zu sein und zu betteln. Und dann setze ich das Gelernte auf Lisas Vortreppe um.»

Ich kicherte. «Vielleicht sollten Sie sich dafür eine Panzerweste zulegen.»

«Wie bitte?»

«Oder wenigstens einen Schutz für Ihr bestes Stück. Das wäre eine gute Investition.»

Als ich die Treppen hinaufging, fragte James Shame, was ich damit habe sagen wollen, und Shame lachte. «Lisa beschießt ungeladene Gäste gerne mit Farbe.»

«Bist du dir wirklich sicher, dass du heimfahren möchtest?»

Wir stiegen die Treppe zur Galerie hinunter, und ich löste die Finger lachend aus Shames Hand. Ich rückte die Handtasche auf der Schulter zurecht und nickte. «Ja. Ich muss noch einiges erledigen und vor allem ein Treffen mit Samuel Castlemen vorbereiten. Er trifft morgen Vormittag ein.»

Shame zog mich an sich und umfing mein Gesicht mit den Händen. Sein Mund legte sich weich und zärtlich auf meinen. Ganz mühelos verschmolz ich mit ihm, doch gleich darauf entzog ich mich und schlüpfte durch die Tür in die Nacht hinaus. Ich lächelte ihm noch einmal über die Schulter zu und ging zum Wagen. Er machte die Haustür erst zu, als ich im Wagen saß und von innen verriegelt hatte.

Auf der Rückfahrt zu meiner Wohnung bedauerte ich, dass wir vor meinem Aufbruch nicht doch noch Sex gehabt hatten. An meiner Wohnungstür klebte ein Haftnotizzettel des Hausmeisters. Die Tür war repariert und die Sicherheitskette durch ein wesentlich stärkeres Kaliber ersetzt worden. Nachdem ich eingetreten war und hinter mir abgeschlossen hatte, ging ich zum Anrufbeantworter und spielte das Band aus reiner Gewohnheit ab.

Als Erstes kam eine Nachricht von meiner Mutter. Seufzend hörte ich zu, wie sie von ihrem jüngsten Shoppingtrip erzählte. Sie hörte nie von allein auf und redete immer, bis der Anrufbeantworter ihr das Wort abschnitt. «Du musst mich nur anrufen, dann komme ich und führe dir meinen neuen Hut vor – er ist leuchtend rot mit einer ...»

Das Band klickte, und ich schüttelte den Kopf. Ich konnte mir nicht vorstellen, womit der Hut verziert sein mochte, und eigentlich wollte ich es auch gar nicht wissen. Ich zupfte nervös an meinen Haaren, und dann kam die nächste Nachricht. Jemand seufzte laut, und ich wusste sofort, dass ich gleich Lisas Stimme hören würde. Sie war der einzige Mensch, der auf meinen Anrufbeantworter seufzte.

«Mercy, ruf mich möglichst bald zurück. Ich habe das letzte Ausstellungsobjekt fertiggestellt und bin jetzt dabei, ein Grab zu schaufeln. Sag diesem Arschloch von Brooks, dass er in Boston bleiben soll, weil sonst nämlich seine Leiche in diesem Loch hier landet.»

Ich rieb mir die Schläfen und wusste nicht, ob ich lachen oder weinen sollte. Mein Gott, dieser wahnsinnige Männerhass war wirklich zum Kotzen. Gleichzeitig verstand ich ihn aber und hätte Lisa so gerne geholfen, sich von ihren Verletzungen zu erholen. Mir war instinktiv klar, dass Lisas Ehe ein einziges Grauen gewesen sein musste, und die Einzelheiten wollte ich gar nicht wissen. Als Freundin fühlte ich mich jedoch gefordert, ihr dabei zur Seite zu stehen, so gut wie möglich über ihre Vergangenheit hinwegzukommen.

Die dritte Nachricht sprang an. «Hallo, Mercy, hier ist Jane. Hör mal, als ich heute Abend nach Hause kam, wartete Jeff King vor meiner Tür. Jetzt ist er weg.»

Als ich das Klicken hörte, mit dem die Aufzeichnung endete, stand ich schon in meiner Wohnungstür und rammte die Füße in ein Paar Schuhe, die beim Eingang gestanden hatten. Im Wagen zwang ich mich, mich zu beruhigen und aufs Fahren zu konzentrieren. Jane wohnte nur zehn Minuten mit dem Auto von mir entfernt, aber es waren die längsten zehn Minuten meines Lebens. Der Gedanke, dass Jeff in Janes Nähe sein könnte, war mir unerträglich.

Plötzlich kamen mir ihr Lachen und ihr unbeschwertes Lächeln wie etwas vor, was ganz leicht zerstörbar war. Ich parkte vor ihrem Wohnblock und rannte ins Gebäude, als wäre der Teufel hinter mir her.

Ihre Wohnung lag im Erdgeschoss; ich hämmerte an die Tür und rüttelte an der Klinke. «Jane?»

Kurz darauf hörte ich den Schlüssel im Schloss, und dann machte Jane mir die Tür auf. Einen Moment lang sah ich sie einfach nur sprachlos an. Sie trug ein Nachthemd mit der Aufschrift VERPISS DICH, DEINE MEINUNG IST HIER NICHT GEFRAGT. Ihre Pantoffeln im Robbenbaby-Design schlappten über den Boden, als sie von der Tür zurücktrat und mich hereinwinkte.

«Solche Dinger hab ich zum letzten Mal gesehen, als … na ja, das ist eine Ewigkeit her.»

Sie sah mich ungnädig an und gähnte. «Was ist los, Mercy?»

Ich schluckte und schüttelte den Kopf. «Jeff war hier?»

«Ja.» Sie reckte sich und setzte sich auf die Couch. «Ich hab keine Ahnung, was er wollte.»

«Wie bist du ihn losgeworden?»

«Ich hab mit meiner Neunmillimeter auf ihn gezielt.»

Mit offenem Mund ließ ich mich hinplumpsen und war froh, dass mein Arsch auf die Sitzfläche eines Stuhls traf. «Du hast eine Schusswaffe?»

«Ja.» Sie zuckte die Schultern. «Meine Brüder und

mein Vater sind Polizisten. Und ich war sogar selbst auf der Polizeischule und habe dort bestanden.»

«Du könntest Polizistin sein?»

«Nein, deswegen trage ich ja viel zu teure Kleider und bin immer hinter schönen Sachen her. Ich könnte keine Polizistin sein.» Sie ließ sich der Länge nach auf die Couch kippen. «Mercy, du hast mich aus dem Tiefschlaf gerissen.» Sie gähnte erneut und sah mich an. «Was ist los?»

«Jeff war hier.»

Jane setzte sich unvermittelt auf. «Du hast dir Sorgen um mich gemacht?»

Ich nickte. «Ja, ich hab mir Sorgen gemacht. Ich hatte schreckliche Angst, dass er dich vielleicht verletzt hätte oder gleich auf dich losgehen würde», erklärte ich kopfschüttelnd. «Das wäre dann mein Fehler gewesen, Jane. Wenn er dir etwas getan hätte …» Ich holte tief Luft.

Ich stand auf und kehrte ihr den Rücken zu. Mein Seufzen ging in ein Schluchzen über. Dass Jane sich von der Couch erhoben hatte, merkte ich erst, als sie die Arme um mich legte und mich fest an sich drückte. Ich ließ mich umarmen und dann zum Stuhl zurückführen.

«Die ganze Zeit habe ich das, was mir zugestoßen ist, als etwas Persönliches betrachtet.»

«Es war etwas Persönliches.»

«Ja.» Ich nickte. «Aber es war mehr als das. Wie konnte ich nur glauben, meine Würde sei wichtiger als seine Bestrafung?» Jane antwortete nicht auf meine Frage. «Tief in mir drin wusste ich, dass ich versuchen sollte, andere Frauen vor ihm zu beschützen. Wenn er als Sexualstraftäter bekannt wäre, würde das immerhin helfen.»

«Ist es dafür schon zu spät?»

Ich schüttelte den Kopf. «Das glaube ich nicht.» Ich warf ihr einen Blick zu und bemerkte ihre besorgte Miene.

«Es tut mir schrecklich leid, Jane. Es ist furchtbar, dass er, nur weil er mir nichts anhaben konnte, hierhergekommen ist und dich bedroht hat.»

«Doch, er konnte dir etwas anhaben.» Jane stand auf und ging ein paar Schritte weg. «Sobald ich dir die Nachricht auf Band gesprochen hatte, war mir plötzlich klar, dass ich mich von ihm habe manipulieren lassen. Er hatte es gar nicht auf mich abgesehen, Mercy, er wollte mir nichts tun; ich war nur das Mittel, um an dich heranzukommen, und deine Zuneigung zu mir war die Waffe.»

Jeff hatte wieder einmal Erfolg gehabt. Ich betrachtete Jane, sah ihre Beherrschtheit, ihre Selbstsicherheit und Leistungsbereitschaft und wusste, dass ich mir den Luxus, mich hinter meiner Würde zu verstecken, nicht länger erlauben konnte. Früher oder später würde wieder irgendeine Frau Jeff King in den Weg kommen, und wenn ich jetzt nichts gegen ihn unternahm, würde er ähnlich brutal mit ihr umspringen wie damals mit mir.

Ich stand auf. «Ich muss jetzt los.»

«Mercy?»

Ich blickte mich nach ihr um. «Ich kann das jetzt nicht mehr länger für mich behalten.»

Jane war nicht direkt hinter mir gewesen, und so blieb ich vor ihrer Wohnungstür stehen und wartete, bis ich hörte, dass sie die Tür von innen verriegelte. Dann kehrte ich zu meinem Wagen zurück und kramte mein Portemonnaie aus der Handtasche. Seit jenem Tag in der Notaufnahme des Krankenhauses steckte eine Visitenkarte darin. Ich betrachtete die Karte, die allein vom Umstecken aus einem Portemonnaie ins andere, wenn ich die Handtasche wechselte, zerknautscht und zerknittert war.

Ich starrte auf den Namen der Frau, die sie mir gegeben hatte. Denise Moore. Damals, als sie mich befragen wollte, war sie Detective gewesen. Welchen Rang sie wohl inzwischen bekleidete und wie weit sie es auf der Karriereleiter gebracht haben mochte? Manchmal, wenn ich im Bett lag, erinnerte ich mich daran, wie sie sich noch einmal in der Tür des Untersuchungsraumes umgedreht und zu mir zurückgeblickt hatte. Sie hatte mich angesehen, als könnte sie mich durch reine Willenskraft zwingen, ihr zu sagen, was sie wissen musste.

Bevor ich meine Meinung noch einmal ändern konnte, griff ich nach meinem Handy und wählte die Nummer, die sie auf die Rückseite des Kärtchens gekritzelt hatte. Es klingelte mehrmals, und dann meldete sich eine verschlafene Frauenstimme. Ich schluckte und senkte den Kopf, während sie schon zum vierten Mal nachfragte, wer da sei.

«Ich heiße Mercy Rothell.»

Es folgte ein sekundenlanges Schweigen, doch dann räusperte sie sich. Ich hörte, dass sie sich bewegte, wahrscheinlich lag sie im Bett und stand jetzt auf. «Womit kann ich Ihnen helfen, Mercy?»

«Sie können mir sagen, ob es noch nicht zu spät ist, den Mann, der mich vergewaltigt hat, zur Rechenschaft zu ziehen.»

«Wie lange liegt die Vergewaltigung zurück?»

«Ungefähr zwei Jahre.»

«Wurde damals ein Bericht über den Vorfall aufgenommen?»

«Ja. Ich habe ausgesagt und mich einer ärztlichen Untersuchung unterzogen, aber dann doch keine Anzeige erstattet.» Ich schloss die Augen und ließ den Kopf sinken, bis ich mit der Stirn das Steuerrad berührte. «Ich dachte, wenn ich versuchte, den Vorfall zu vergessen, würde er mich nicht mehr quälen. Ich dachte, es würde irgendwann keine Rolle mehr spielen.»

«Ich verstehe.»

«Wird sich etwas ändern, wenn ich ihn anzeige?»

«Es ist ein Schritt in Richtung Gerechtigkeit, Mercy. Und damit auch Ihr erster Schritt zur Gesundung. Ich weiß, wie viel Zeit und Mühe es Sie gekostet hat, das, was er zerstört hat, wiederaufzubauen.» Sie seufzte. «Was hat Sie zu Ihrer Entscheidung bewegt?»

«Er verletzt erneut meine Privatsphäre. Er ist in meine Wohnung eingedrungen, und heute Abend hat er eine enge Freundin von mir aufgesucht.»

«Wo sind Sie jetzt?»

«Meinen Sie in diesem Moment? Oder geographisch gesehen?»

Sie lachte; es war ein angenehmes, leises Lachen, das mir guttat. Ich spürte, wie ich mich langsam entspannte und wie mein Magen, der seit mehr als einer Stunde wie zugeschnürt war, sich allmählich entkrampfte. «Ich lebe inzwischen in Boston. Und in diesem Moment sitze ich in meinem Wagen und telefoniere mit dem Handy.»

«Fahren Sie heim.»

«Dort fühle ich mich nicht sicher.»

«Gibt es einen Ort, an dem Sie sich sicher fühlen?»

«Ja.»

«Dann fahren Sie dorthin, Mercy. Suchen Sie sich für heute Nacht einen sicheren Hafen und kommen Sie morgen früh nach New York. Wir erledigen die Formalitäten und sorgen dafür, dass die Sache ins Rollen kommt. Sie haben das Glück, dass ich jemand bin, der niemals aufgibt. Für jede Vergewaltigungsstraftat, mit der ich bisher betraut war, gibt es eine Akte mit allen Beweisen, die ich sammeln konnte, selbst wenn das Opfer später von einer Anzeige absah.»

«Wie können Sie Ihre Arbeit aushalten?»

«Ich sage mir, dass meine Arbeit dazu beiträgt, dass nicht noch mehr Frauen zu Opfern werden.»

«Ich buche einen Flug nach New York und rufe Sie wieder an, sobald ich meine Flugdaten kenne.»

Gerade als ich aus dem Auto stieg, ging die Tür der Galerie auf. Ich blieb stehen und beobachtete, wie Shame sich umsah und mich dann erblickte. Er steckte den Schlüsselbund in die Hosentasche und kam auf mich zu. Ich fragte mich inzwischen nicht mehr, warum es mich immer zu ihm trieb, wenn irgendetwas mich aus der Fassung gebracht hatte. Es war einfach so.

«Wo bist du gewesen?»

Ich zeigte auf meinen Wagen. «Ich hab im Auto gesessen.»

Er reichte mir die Hand und lächelte, als ich sie ergriff. «Jane hat mich vor über einer Stunde angerufen. Warum hast du dein Handy abgeschaltet?»

«Ich hab vorhin jemanden angerufen, und danach war die Batterie leer.»

Ohne etwas zu erwidern, zog er mich hinter sich her. In der Galerie schloss er hinter uns ab und wandte sich mir zu. Zitternd ließ ich zu, dass er mich an sich zog und mir mit den Lippen über Wange, Hals und Schulter strich. Ich grub die Finger in seine Arme und zog ihn an mich. Zwischen uns strömte ein geradezu verzweifeltes Begehren. Ich grub ihm die Zähne in die weiche Kehle und zerrte mit den Händen am Hosenbund seiner Jeans, deren Gürtel er gar nicht erst zugemacht hatte. Er zerrte an meiner Bluse und entblößte meine Schulter. Ich spürte, wie er mit den Zähnen darüber hinwegstreifte, und grub ihm die Finger ins Fleisch. Wilde, heiße Lust durchströmte mich.

Knopf und Reißverschluss seiner Jeans gingen auf, und

ich schob ihm die Hand in die Hose. Warm und schon fast steif kam mir sein Schwanz entgegen. Ich ließ ihn widerstrebend los, als er mir die Bluse aus dem Hosenbund zog. Ich schlüpfte aus den Schuhen, zog mir die Bluse über den Kopf, ließ sie zu Boden fallen und beobachtete aus halbgeschlossenen Augen, wie er meinem Beispiel folgte.

Behutsam zog er mich an sich und ging mit mir zur Treppe. Ich wusste schon, dass wir es nicht bis nach oben schaffen würden. Mit einem freudigen Seufzer ließ ich mich auf seinen Schoß ziehen, als er sich auf die Stufen setzte. Ich presste meine Titten an seine Brust und eroberte seinen Mund mit einem fordernden, unersättlichen Kuss. Ich wusste, dass er mir alles geben würde, was ich brauchte, und zwar genau so, wie ich es wollte.

Ich streichelte seinen Schwanz und drückte ihn an meinen Bauch, während er mir mit den Händen über Rücken und Arsch fuhr. Flüchtig dachte ich an ein Kondom, doch ich wusste, dass wir dieses Stadium hinter uns hatten und nicht mehr danach fahnden mussten. Er hob mich hoch, und ich presste in seinen Armen das Becken vor und glitt auf seinen Schwanz. Ihn so heiß und prall in mich aufzunehmen war die größte Lust, die ich kannte. Wie immer rief mir sein mächtiger Steifer in Erinnerung, wie leer ich mich ohne ihn fühlte. Ich schlang die Arme um ihn und bewegte mich auf und ab.

«Langsam», flüsterte er gegen meinen Hals. «Entspann dich, Mercy.»

Ich begann vor Verlangen zu beben und vergrub mein Gesicht seitlich an seinem Hals. «Ich kann nicht.»

Er lachte und strich mir beruhigend über den Rücken, doch das beruhigte mich keineswegs. Im Gegenteil. Seine Berührung wirkte rau und unerfahren, und plötzlich begriff ich, was das bedeutete. Es war mir endlich gelungen, ihn ebenso rasend vor Lust zu machen, wie ich es in seinen Händen so oft war. Ich packte ihn bei den Schultern, sah ihm in die Augen und erkannte darin eine nackte, primitive Erregung. Das fast Gewaltsame unseres Begehrens zerriss den Schleier unserer Zivilisiertheit.

Er stand auf und hielt mich noch immer fest an sich gepresst. Ich klammerte mich an ihn und keuchte auf, als er mich auf das glänzende Parkett der Galerie legte. Der Boden unter mir gab keinen Millimeter nach, und Shame auf mir drauf war genauso unerbittlich hart. Er hatte die Hände links und rechts von meinem Kopf aufgestützt und stieß mit dem ganzen Körper heftig und fordernd in mich hinein.

«Shame.»

«Halt mich fest, Mercy.»

Nichts anderes wollte ich. Ich presste ihn an mich und ließ alles andere von mir abfallen. Eine schmerzvolle Spannung baute sich in mir auf, und jeder Stoß erinnerte mich daran, wie sehr ich mich nach dieser Vereinigung gesehnt hatte. Das Treppenlicht fiel auf uns und betonte den Kontrast zwischen meiner hellen und seiner dunklen Haut. Ich liebte es, wie er sich anfühlte und wie er aussah. Er war wunderschön, und in diesem leidenschaftlichen, namenlosen Moment verstand ich, dass ich wirklich und wahrhaftig auf ihn gewartet hatte.

Der Orgasmus brauste über meine Klitoris hinweg, und ich bäumte mich auf, Shame entgegen. Ich grub ihm die Nägel in den Rücken, und Tränen liefen mir übers Gesicht, während ich wieder und wieder seinen Namen sagte wie eine Litanei. Wir waren schweißgebadet und bewegten uns weiter. Ich spürte, wie sein heißer Samen in mich hineinströmte, und schloss die Augen in einem uralten Gefühl des Neubeginns.

Epilog
Zwei Monate später

Wie läuft die Sache in New York?», fragte Lesley.

«Jeff hat sich einen Anwalt genommen und behauptet, wir hätten einvernehmlichen Sex gehabt. Aber der Staatsanwalt hat nach einem einzigen Blick auf die Fotos in meiner Akte Anklage erhoben.» Ich verzog das Gesicht. «Diese Fotos hatte ich bis dahin noch gar nicht gesehen. Ich hatte ganz vergessen, dass ich damals so viele Prellungen und Quetschungen hatte. Das Verfahren ist noch nicht eröffnet, aber dass die Sache vor Gericht kommt, ist sehr wahrscheinlich.»

Ich zog im Sitzen die Beine an und sagte achselzuckend: «Ich möchte nichts tun, was mir ein schlechtes Gewissen macht. Das mag verrückt klingen, aber eine Zeit lang hatte ich sogar Schuldgefühle. Jeff hat mir mit einer Schadenersatzklage wegen Rufmordes gedroht.»

«Er hat seine Stelle verloren, nicht wahr?»

Ich nickte seufzend. «Er wurde bis zur gerichtlichen Entscheidung beurlaubt. Edwards offizieller Kommentar lautete, dass er die weiblichen Angestellten des Museums nicht wissentlich einem Risiko aussetzen dürfe.»

«Warum hatten Sie dann überhaupt Schuldgefühle?»

«Ich mache sein Leben kaputt.» Dieses Eingeständnis bereitete mir allerdings inzwischen kein schlechtes Gewissen mehr. «Ich würde gerne glauben, dass er einfach nur einen Fehler gemacht hat und so etwas nie wieder tun wird. Aber leider bin ich davon absolut nicht überzeugt.»

«Wie läuft es in der Galerie?»

Ich verzog kopfschüttelnd das Gesicht. «Als die Mitarbeiter Wind von dem bekamen, was mir zugestoßen war, behandelten mich plötzlich alle, als wäre ich aus Porzellan.» Seufzend dachte ich darüber nach, wie ich die Situation in der Galerie empfand. «Anfangs verübelte ich den Leuten dieses Mitleid, aber dann wurde mir klar, dass das in Wirklichkeit gar kein Mitleid war. Sie hatten einfach nur Angst. Die meisten Angestellten der Galerie sind Frauen. Immer, wenn sie mich sehen, müssen sie nun daran denken, dass eine Vergewaltigung etwas ist, was jeder Frau zustoßen kann.» Es war mir zuwider, dass ich auf diese Art in die Statistik eingegangen war, aber das ließ sich nun mal nicht ändern. *Alle zwei Minuten wird in Amerika eine Frau vergewaltigt.* Das hatte mir der Staatsanwalt in New York gesagt. Ich hatte noch immer im Ohr, wie zornig er dabei geklungen hatte. «Ich bin nicht einfach nur eine Zahl in der Statistik.»

«Nein.»

«Jetzt, wo ich Direktorin bin, habe ich wesentlich mehr am Hals. Alle Nase lang will ein aufstrebender Künstler mich sprechen, oder ein Agent versucht, mich zu einer Ausstellung zu überreden. Alles ist jetzt anders.»

So war es. Jane blühte in ihrer neuen Rolle als Stellvertretende Direktorin auf und hatte das Highschool-Projekt gänzlich in die Hand genommen. Es lief großartig. All diese jungen, energiegeladenen Leute in der Galerie zu haben war eine unglaublich erfrischende Erfahrung.

Ich trat vor den Alabasterblock und zog das Schutztuch herunter. Dann war ich so überwältigt, dass ich das Werk nur stumm anstarren konnte. Shame war fertig. Die Statue war poliert und schimmerte glänzend. Ich berührte mein glattes Alabastergesicht und ging dann um die Statue herum, um mich von hinten zu betrachten. Wie es wohl die meisten Frauen getan hätten, vergewisserte ich mich, wie viel die Statue von meinem Arsch zeigte, und stellte erleichtert fest, dass er nicht allzu fett wirkte.

«Wie findest du sie?»

«Ich hätte niemals gedacht, dass ich so nackt sein könnte», antwortete ich ehrlich und trat wieder nach vorn, um erneut mein Alabastergesicht zu betrachten. «Das siehst du also, wenn du mich anschaust?»

«Ja, ich sehe eine starke und ungewöhnliche Frau.» Er kam zu mir und zog mich in seine Arme. «Ich habe etwas über dich gelernt, Mercy.»

«Nämlich?»

«Ich wollte dich unverhüllt vor mir haben, aber dazu war etwas ganz anderes nötig, als dich ohne Kleider zu sehen.» Er küsste mich auf die Stirn und seufzte. «Jedenfalls habe ich beschlossen, dass das dreiundzwanzigste Ausstellungsobjekt in der Holman Gallery die Bronzestatue sein wird. So nackt wie hier bekomme nur ich dich zu sehen.»

Lachend betrachtete ich die glänzende Alabasterfrau. «Nackter war ich nie.»

Er zog mich an sich und schloss mich in die Arme. «Wie war es bei Lesley?»

«Gut.» Ich redete nie viel über die Therapie, und Shame nahm das anstandslos hin. Dass er niemals Druck machte und mich so, wie ich war, vollkommen akzeptierte, war etwas, das mich immer wieder aufs Neue erstaunte.

Die Wahrhaftigkeit der Statue machte mich sprachlos. Jedes Gefühl, das ich hegte, war dort zu sehen, jeder Triumph und jede Tragödie lag offen zutage. Ich hatte nicht das Gefühl, dass Shame mir damit zu nahe getreten war, obwohl manche Frau vielleicht so reagiert hätte. Im

Gegenteil, ich fühlte mich dadurch befreit, fühlte mich von all den Lasten erlöst, die ich schon viel zu lange mit mir herumgeschleppt hatte. Doch in der Statue war nicht nur meine Vergangenheit zu sehen, sondern auch meine Zukunft. Meine Hoffnung und die Liebe für ihn, die ich noch niemals in Worte gefasst hatte, war in meinem Gesicht deutlich zu sehen.

«Es ist wahr», sagte ich schließlich.

«Ich weiß.»

Jede andere hätte die Worte ausgesprochen, aber das war gar nicht nötig. Er hatte es mir angesehen, bevor ich selbst dieses Wissen zugelassen hatte. Er hatte Hoffnung in mir erkannt, bevor ich auch nur versucht hatte, welche zu hegen. Die Worte würde ich für mich behalten, zumindest noch eine Weile. Er strich mir mit der Hand über den Rücken und zupfte an meiner Bluse.

«Was machst du da?»

«Ich denke, das dürfte wohl offensichtlich sein.» Behutsam zog er mir die Bluse aus der Hose. «Mach mir meine Phantasie nicht kaputt. Wenn du nichts dazu beizusteuern hast, halt einfach den Mund.»

Ich lachte. Obwohl ich es normalerweise nicht ausstehen konnte, wenn jemand mich auf diese Weise parodierte. Ich grub die Finger in seinen Hosenbund und zog ihn zu mir. «Ich kann etwas beisteuern, was noch keines Menschen Aug' gesehen.»

«Reicher Lohn wäre dir sicher», versprach er und führte mich sanft, aber bestimmt zu seinem Lieblingssessel.

Ach Gott, wie ich diesen roten Sessel liebe.

Portia Da Costa
Der Club der Lust
Erotischer Roman
Die Journalistin Natalie fährt zu ihrer Halbschwester Patti. Schon im Zug hat die junge Frau ein besonderes Erlebnis: Sex mit einem Fremden. Sie ahnt nicht, dass sie ihn wieder treffen wird. Und auch nicht, dass Patti sie in einen geheimnisvollen Club der Lust einführen will ... rororo 24138

Erotische Literatur bei rororo
Nur Frauen wissen,
wovon Frauen wirklich träumen.

Juliet Hastings
Spiele im Harem
Erotischer Roman
1168: Die junge Melisende reist zu ihrem Bruder in das Heilige Land, um dort verheiratet zu werden. Sie kann es kaum abwarten, ihre Jungfräulichkeit loszuwerden. Aber das Schicksal schlägt zu: Sie verliebt sich, dann wird sie Opfer eines Überfalls. Sie findet sich als Gefangene wieder – im Harem.
rororo 23965

Corinna Rückert
Lustschreie
Erotischer Roman
Eine Frau beim Blind Date: Plötzlich hat sie eine Binde vor den Augen und wird zart und doch fordernd von einem Unbekannten verführt. Ihre Erregung ist grenzenlos ...
Außergewöhnlich anregende und sinnliche Geschichten von der grenzenlosen Lust an der Lust. rororo 23962

Weitere Informationen in der Rowohlt Revue *oder unter* www.rororo.de